永远不要说你老了

〔日〕村上龙 著
张智渊 译

江苏凤凰文艺出版社
JIANGSU PHOENIX LITERATURE AND
ART PUBLISHING, LTD

图书在版编目（CIP）数据

永远不要说你老了 / （日）村上龙著；张智渊译
. -- 南京：江苏凤凰文艺出版社，2020.5
ISBN 978-7-5594-4685-5

Ⅰ.①永… Ⅱ.①村… ②张… Ⅲ.①中篇小说-小
说集-日本-现代 ②短篇小说-小说集-日本-现代
Ⅳ.① I313.45

中国版本图书馆 CIP 数据核字 (2020) 第 045533 号

- -

版权局著作权登记号：图字 10-2020-139
55-SAI KARA NO HARO RAIFU by MURAKAMI Ryu
Copyright © 2013 MURAKAMI Ryu
Originally published in Japan by Gentosha Inc.
Chinese (in simplified character only) translation rights arranged
with MURAKAMI Ryu, Japan
through THE SAKAI AGENCY and BARDON-CHINESE MEDIA AGENCY.
Simplified Chinese translation copyright © 2020 Chu Chen Books.

永远不要说你老了

[日] 村上龙 著

张智渊 译

出 版 人	张在健	
图书策划	楚尘文化	
项目统筹	孙　茜	
责任编辑	牟盛洁	
特约编辑	郝志坚	
装帧设计	一千遍工作室	
责任印制	刘　巍	
出版发行	江苏凤凰文艺出版社	
	南京市中央路 165 号，邮编：210009	
网　　址	http://www.jswenyi.com	
印　　刷	北京华联印刷有限公司	
开　　本	880 毫米 × 1230 毫米　1/32	
印　　张	10.25	
字　　数	168 千字	
版　　次	2020 年 5 月第 1 版　2020 年 5 月第 1 次印刷	
书　　号	ISBN 978 - 7 - 5594 - 4685 - 5	
定　　价	48.00 元	

江苏凤凰文艺版图书凡印刷、装订错误可随时向承印厂调换

目录

婚姻介绍所

自己选择自己的人生，

她从一开始就觉得那种事情不可能……

伯爵茶

今天是特别的日子。中米志津子比平常早起两小时左右，悠闲地泡红茶。她的一天总是始于红茶。她是在四年前，爱上了红茶。

前夫于六十岁退休，再找工作屡屡失败，结果变得整天开着电视，对着电视发牢骚。

他确实以前就有难搞之处，个性算是沉默寡言，除了看职业棒球之外，几乎不太看电视。退休后，他简直像是变了个人似的，焦虑不安，没完没了地嫌东嫌西，惹得志津子不愉快。不久之后，她再也受不了跟他待在一起，开始出门到埼玉市大宫的酒店打工。她的工作是打扫客房，工作繁重，结果两个月就辞职了。酒店附近有一家红茶专卖店。

傍晚，工作结束之后，她不想回家，就会在那家红茶店打发时间。有一天，年迈的老板娘推荐她喝伯爵红茶，浓郁的香味和略带苦味的温润口感，令她觉得狂乱的心情像是棱角尖锐的方糖溶解似的，逐渐平息了下来。

虽然只有一刹那，但她得以忘记前夫。从此，即便在辞掉酒店的工作之后，她还是会定期地上门买伯爵红茶。

在那之后，她持续在附近的超市、大宫的百货公司、板桥的快餐店等打工。前夫什么也没说，依旧不肯从电视前面离开。

结果，志津子五十四岁时，离婚了。当她说"我想离婚"时，前夫也没有从电视屏幕上移开视线，只是说了一句"随便你"。

婚姻说离就离，连她自己也很惊讶，没想到竟能如此轻易地和一起生活将近三十年的人分开。嫁到新潟的女儿也没有反对。

志津子化完妆，边吃涂了自制果酱的吐司，边看韩剧。那一部韩剧叫作《红字》，是一部韩剧中特有的男女复仇剧。剧情进入高潮，但她自我克制，看到一半关掉了。

今天是特别的日子，差不多该出门了。今天是跟婚姻介绍所介绍的对象见面的日子。

屋龄二十八年的木造灰泥公寓，是一间看起来随时都会倒塌的破屋，建于住宅区边上，能够眺望附近公园的绿意；几乎介于东武野田线的大宫公园站和大和田站中间，依时段而定，有时候从东北本线的土吕站搭车比较方便。无论如何，公寓的位置距离哪一站都相当远。步行要花二十分钟以上，而且公交车的班数也少，所以房租也低于行情价不少，格局是两间四叠[1]半的房间和厨房，电费、燃气费加一加，也不到四万日元。

离婚之后的独居生活，令志津子感到寂寞和解脱。但是，解脱感渐渐胜过寂寞，连她自己也感到惊讶，寂寞竟然很快就逐渐淡去。她到派遣公司登记，有了一份销售员的工作，在超市等地方贩卖试吃、试喝的食品，如今也继续着。一个月当中，约有半个月，会从大宫前往板桥一带，贩卖各式各样的食材和食品。只要在五天前告知派遣公司的负责人希望工作的日期，不知道为什么，她一定会有工作。在希望工作的日期总是有工作，似乎很稀奇。

志津子不擅长在人前出声吆喝，担心自己是否真能胜任销售员。她从小学就很内向，即使课堂上知道答案，她也无法举手回答。但实际尝试工作后，不可思议的是，声音便源源不绝地从喉咙发出来。

1　叠，日语中，榻榻米的量词。一叠榻榻米面积为1.62平方米。以下就借用"叠"来表示面积大小。——编者注

"中米小姐，你一直没用'汽油'，所以积了一堆。"

同事小山如此对她说。

据小山所说，人的一生当中，说话的分量有限。生性害羞、内向的人，在人生中的某个时点，经常会像是水坝决堤似的，滔滔不绝地说起话来。

"中米小姐，你或许天生就是要吃销售这行饭的。"

志津子莫名地有点懂。但是，当小山指出她在想工作的日子一定会有工作的理由时，她实在无法相信，觉得小山在说谎。

"因为，你是美女。"

美女？志津子自己不曾这么想过，至今也没人对她说过。

前夫从认识到离婚，也不曾夸奖过她的容貌。除此之外，像是个性、厨艺、爱好等，也不曾被赞扬。她是在高中毕业之后，在当地岩规的药品、化妆品批发公司担任行政人员时，认识了前夫。志津子与前夫待在同一个公司的商品管理部，他们朝夕相处。二十五岁时，在身边人的建议之下，而且父母也赞成的情况下，她觉得当然要结婚，所以就结婚了。

前夫也是高中毕业，出人头地无望。"商品管理"这个名称表面上好听，实际上做的不过是整理仓库的商品、库存，以及出货罢了。但是，薪资在80年代中期之前都会调涨，所以他们在公司附近买了一套九十九平方米左右的小住宅。不久之后，女儿出生了。

说到这个，长得像前夫的女儿唯独在高中时，说过一次"我要是长得像妈妈就好了"，但是志津子当时没有思考那句话是什么意思。

"美女？别闹了。"

志津子照着车站验票口旁的等身镜，一面检查服装仪容，一面无声地低喃道。她身穿米白色连衣裙、衣领和袖口缝上毛皮的黑色羊毛大衣，脚穿一双很珍贵的名牌靴。

接下来要跟婚姻介绍所介绍的男人见面。根据婚姻介绍所出示的资料，对方是六十多岁、退休前曾是公司经营者的男人。

男人的头发有点稀疏，但志津子觉得他西装的穿法和藏青色的领带很帅气。领带的中央有淡淡的白色斑点图案，个人简介上写着——那是象征男人的星座——双子座。资产栏中写道，他拥有三百九十六平方米的楼房、别墅，以及相当于几千万日元的股票。

我真的想找再婚对象吗？志津子还不确定。

她并不是因为寂寞而想要伴侣。但是，她冀望结婚的理由起码有二。

从大宫到新宿，若搭乘埼京线的快速列车，包含在大宫转车的时间，预估大约一个半小时不会错。见面地点是婚姻介绍所准备的小隔间，时间是上午十一点半。志津子在电车上看手表。

按照这个情况来看，会比约定时间早一小时抵达新宿。

不过，即使提早抵达，她也可以在百货公司享受看红茶和茶杯的乐趣。手表是前夫在二十年前买给她的精工（SEIKO）表，皮革表带磨损得相当严重。男人拥有相当于几千万的股票和别墅，系着有自己星座的图案、恐怕价格不菲的名牌领带，会怎么看待戴着表带磨损的手表的五十八岁女人呢？志津子心中掠过一丝不安，心想：要是因此被对方讨厌的话，就不该结婚。

志津子之所以考虑再婚，首先是基于经济上的理由。

离婚时，前夫二话不说地交给她存款和终身保险的一半，相当于四百万日元左右的赡养费。

销售这份工作的平均收入是一个月十五万日元左右，所以不够生活。赡养费已经减少一半，又不能依靠女儿。女儿和在打工的地方认识、从事机械设计的男人结婚，但是有两个孩子，经济上并不宽裕。

志津子不知道销售这份工作能够做到什么时候，而且养老金有等于无。万一生了病，存款一转眼就会花光。她觉得和有某种程度经济能力的男人再婚，是最正确的选择。

一个人并不寂寞。有销售这份工作、红茶和韩剧，再加上在中元节和过年跟外孙见面，人生算是圆满了。

不过，志津子想和前夫之外的男人交往看看。她不曾接触过前夫之外的男人。

她心想：自己八成是受到了韩剧的影响。认识小山之后，志津子开始看韩剧。小山会上网下载别人偷录的各种DVD（数字多功能影音光盘）资源，分享给志津子。韩剧里的剧情不同于自己生活的世界，有一种令人情绪激昂的魅力。

包含性爱在内，我想和前夫之外的男人交往看看。

这正是志津子希望再婚的第二个理由，看着韩剧的过程中，她不知不觉开始这么想。早上起床看一集三十分钟的韩剧，边吃晚餐边看一集六十分钟的韩剧，睡前将白兰地加入红茶，边喝边看另一部每集六十分钟的韩剧。

一天看三集，合计一百五十分钟的韩剧，志津子察觉到剧情的进展方式有共通之处。

她最爱的是爱得死去活来的男女复仇剧，但无论是古装剧或恋爱喜剧，剧中人物都会有话直说。有时候会因为话说过头，而陷入无可挽回的境况。而且，剧中人物会若无其事地闯进不受欢迎的地方，像是情敌的老家等，不会考虑对方的情况。

志津子看着从眼前流逝的风景，心想：自己无论是结婚前或结婚后，都只思考身边的人和对方的情况而活。

人自出生起，就一直有一个宛如这辆电车的玻璃窗一样的东西，将自己和身边的人隔开。

那有时候可以保护自己，免于受到对方露骨的批判或恶意攻击，但也令自己心生绝望，觉得自己的深层想法完全无法传达至对方心中。在韩剧的世界里，没有像是玻璃窗的东西会隔开自己和身边的人。纵然有，剧中人物也会受到愤怒或爱情的驱使，奋不顾身地击碎玻璃。

那种事情，她应该办不到。志津子摇头苦笑。但是，说不定她好歹能够让玻璃产生裂痕。

前夫在离婚之后，寄来了几封眷恋不舍的信，令志津子吓了一跳。如今他也偶尔会发来手机短信。

"过得好吗？我经常想起你。"

志津子不曾回复。她对这种客气的语气感到不对劲。前夫从来没有说话这么客气过。信或短信都像是出自别人之手，令她感到不寒而栗。志津子曾经想过，假如击碎前夫和自己之间的玻璃，会怎么样呢？但是，一切都太迟了。

前夫只有五条领带。婚丧喜庆用的两条，其余三条轮流用到退休。因为是搭配工作服，而不是西装，反正领带几乎看不见，所以不必讲究颜色、花纹或设计。

关于婚姻介绍所的信息，是从小山等同事口中获知。

志津子隶属的销售员派遣公司，有两百多名女性登记。她们会个别地被派遣至不同的地点或会场，几乎不会在工作中碰面，但是一群女人会在前期培训或商品的学习交流等场合中，聊得起劲。小山比志津子大四岁，但另一名认识的女性年近四十，成为好几家婚姻介绍所的会员，因为努力找结婚对象，而成了话题。

"话说回来，用膝盖想也知道，会聚集在婚姻介绍所的男人没一个是好货。"小山说道。

那名认识的女性苦笑道："我一共花了将近一百万日元。"于是，其实自己之前也加入过会员的女性一一报上名来，午休时，众人热情地聊着这个话题。或许因为彼此都是女性，放松了戒心，又或者是因为所有人都憋不住秘密，想要告诉别人，劲爆的个人经验一个接一个，培训室里笑声不断。

一位名叫近野、四十多岁的女性，在介绍所的介绍之下，和一位同辈的男性见过几次面，差点就成了。但是有一天，自称是那位男性母亲的女人打电话来，希望近野不要勾引她儿子。从此之后，他们便断绝了联系。近野说："我如今也不晓得她是否真的是那个男人的母亲。"另一名女性说："据说时下男人有恋母情结的概率超过百分之八十，这是在网上看到的信息。"不知谁说也有母亲陪着去婚姻介绍所的案例，又引发了一阵笑声。

当时，志津子正在认真地考虑再婚，听着众人谈论，忍不住做笔记。小山问："你在做什么？"志津子回答她在思考再婚的事，于是小山说：

"如果是你，或许能够找到好男人。"

志津子在新宿下车，来到西口，朝摩天大楼的方向走去。她进入百货公司，想要逛一逛红茶卖场，但是进出的人比平常多，而且动作匆忙，卖场好像人潮涌动，于是作罢。她想从容不迫地看红茶和茶杯。看到装饰在展示橱窗里的圣诞节摆设，她才想到早已迈入了十二月。在做销售这份工作、看韩剧、喝红茶的过程中，一年不知不觉就要过去了。她虽然不会感到焦躁，但还是希望有些变化。

酒店和办公大楼的门口附近，分别装饰着别出心裁的圣诞树。志津子缓步而行，比约定的时间早到了不少。或许即使有点拥挤，也该去百货公司逛一逛。

志津子思考自己为何犹豫，意识到自己第一次感到紧张。她经过接下来要前往的大楼，走至东京都政府。第二政府大楼的角落，有个她喜爱的空间。幸好有微弱的阳光照射，室外不怎么冷。步下石造阶梯，有一个小学教室大小的空间，种植着树木，摆放着形状弯曲的花岗岩长椅。因为是午休前，所以没什么人。

志津子在小山等人的建议下，选了一家老字号的大型婚姻介绍所。她在一个月前，打电话预约了，这是第一次前往。那家婚姻介绍所位于摩天大楼的一间办公室，室内装潢和家具都走沉稳风格。几乎跟志津子同辈的女性咨询人员接待她，聊了一阵子之后，志津子认为对方值得信赖，当场办理了入会手续。女性咨询人员问她是否去过其他介绍所，志津子回答没有，女性咨询人员不发一语，只是微笑点头。志津子喜欢这种自然的应对方式。

有一种中高龄者专用的方案，入会费将近十五万日元，月会费有九千日元和五千四百日元两种，每个月所介绍的对象人数不同。因为还有工作要做，被介绍那么多人也应付不来，于是志津子选择了便宜的那一种。

"能够拍摄介绍自己的影片，不知您意下如何？"

被女性咨询人员如此问道时，志津子感觉自己脸红了。

第一次相亲

女性咨询人员说："拍摄影片在小隔间进行，只是做简单的自我介绍，信息量就多过照片，会表现出人格与素养，所以建议像您这样的女士拍摄。"但是志津子谢绝了。她听到拍摄影片时，内心涌现奇怪的幻想，产生了抗拒的反应。办理入会手续之后，志津子只被要求了拍摄照片。她出示户口簿、请市公所人员在介绍所寄去的表格上填写的单身证明书，以现金支付入会费和半年的会费，在告知"与介绍者之间产生问题的情况下，要自行负责"的承诺书上签名。写着会员登记的表格上，要填写住址、联系电话、工作内容与年收入、学历、身高、体重、是否抽烟等信息，以及填写证照、执照、结婚经历、家庭成员、爱好、个性、八十个字以内的简短自我介绍。

家庭成员分成父母、兄弟姐妹和孩子，除了血亲之外，还必须详细填写同居、分居、死亡、已婚、扶养、有无监护权等。个性底下罗列的选项尽是较为正面的项目，像是"清楚地告诉对方自己的意见""话题丰富""律己甚严""无法拒绝别人的要求"等，陆续勾选"是"或"否"的勾选栏。

联系方式中有电子邮箱的填写栏，志津子问："是不是只填手机的电子邮箱就可以了？"去年，志津子接收了女儿的旧电脑，但是懒得学怎么用，如今仍放在柜子上。她担心自己不擅长使用电脑，也没在上网会被瞧不起，但是女性咨询人员说："不要紧。"这令她松了一口气。

女性咨询人员说"照片也能在签约的摄影工作室拍摄"，但志津子在介绍所的小隔间解决了。一名男性咨询人员用相机替她拍摄。志津子坐在古董风格的椅子上，男性咨询人员提出各种要求，像是不要面向正面，稍微面向一旁，微微偏头，自然地微笑，等等。最后，男性咨询人员说"如果可以的话，最好解开衬衫最上面的两颗扣子"时，志津子不知为何，险些掉泪。男性咨询人员的用意是为了让脖子看起来纤细，但是几乎填写了所有隐私之后，听到"最好敞开衬衫"，志津子觉得自己简直像是在卖身。

她解开衬衫扣子的手指在颤抖，问道："非解开扣子不可吗？"男性咨询人员冷淡地说："解不解开，我是无所谓啦。"

"呃，中米女士是吗？我是真心希望您遇见好对象，才给予这种建议，并不是因为我个人想看。恕我失礼，您得考虑一下自己的年纪。我们既然收了您不少钱，无论如何都得让您迈向彩色的终点。您全力以赴的意志很重要。"

看似四十五六岁的男性咨询人员，相较于刚才负责接待自己的女性咨询人员，让人感觉冷淡，或者应该说是直言不讳。但志津子觉得，男性咨询人员说得没错。她又不是要找朋友或玩伴，她在这里是为了跟某个人结婚，而且付了一大笔钱。或许说狠话才是一种亲切的做法。志津子心想豁出去了，解开了衬衫的两颗扣子。

拍照之后，志津子在会员资料背面的"希望对象"这一页中，陆续勾选年龄、年收入、身高、职业与行业、学历、结婚经历、是否希望入赘等。负责接待的女性咨询人员目不转睛地盯着答案，当志津子在年龄、年收入、行业、学历的项目犹豫时，女性咨询人员给予建议："如果稍微低于您的要求，能够介绍给您的对象就会更多。"

志津子经过思考之后，在年龄项目勾选了"同辈"。

年收入从"没有特别在意"细分至"一千万日元以上"。有"一百万日元左右"这一个选项，未免太低，令志津子大吃一惊。她想选择"一千万日元以上"这一个选项，但不愿被人认为她"眼高于顶"，于是选择了"三百至四百万日元左右"。

身高项目勾选了"比自己高五厘米左右"。这跟前夫差不多高。

总之，她想选择跟前夫不同类型的人。

学历更加巨细无遗，除了"没有特别在意"之外，细分成了"初中""初中毕业后进入专科学校就读""高中""高中毕业后进入专科学校就读""短期大学""高等专科学校""大学（研究所）文科""大学（研究所）理工科""医学院医师""医学院牙科医师""医学院药剂师""医学院其他（护士、物理治疗师等）"。

"短期大学也可以，但最好是四年制大学毕业"的情况下，志津子不知道该勾选哪一个才好。

"这个嘛，勾选短期大学就行了。它会自动涵盖短期大学以上的人。"

填完所有会员资料后，女性咨询人员拿起它，端详了一会，然后展开了咨询。

"我笼统地问，中米女士想必难以回答，但请问您希望的对象是怎么样的人呢？"

被这么一问，志津子不知道是否可以老实说。

她心想：假如是跟前夫不同的类型，就算条件多少有点不合，我也想见一见对方，但这么露骨地说好吗？女性咨询人员微微偏头，微笑地看着她。

女性咨询人员应该跟自己年纪相仿，自然地穿着衬衫，胸前的珍珠项链十分适合她。她一定是个拥有温暖、幸福家庭的人吧。志津子对于坦白告诉这种人自己的不安和寂寞有所抗拒。

"有各式各样的对象哟。"

女性咨询人员仿佛察觉到了志津子的心情，语气柔和地如此对她说道。

"光靠养老金生活，担忧三餐不继的人当然有；年收入两亿，拥有令人吃惊的财产，在国内外有好几栋别墅的人也有。不过，您或许会认为我不该说这种话，但是这里没有对人生满意的人。毕竟是这种世道，所有人都有所不安，想要和某个人分享人生、一起度过美好时光、一同欣赏美丽的风景，然后想和某个人说话、聊天，所有人都这么想。

"我十分清楚。公司规定……咨询人员要少提个人隐私，但我也离过婚，所以，我认为我多少理解各位会员的心情。"

志津子听到高雅、体贴的女性咨询人员离过婚，大吃一惊。

她忍不住问："你离过婚吗？"女性咨询人员注视着她，点了个头。

"你长得漂亮，又气质高雅，我以为你一定有个幸福的家庭。"

志津子这么一说，女性咨询人员以手捂口，腼腆地笑着说："哎呀，多谢夸奖。"

志津子的心情变得轻松，不禁询问："你为什么会从事这个工作呢？"

"是啊，为什么呢？"女性咨询人员说着，将双手放在膝上，露出了望向远方的表情。

"为了生活，也是原因之一。如今，我单身一个人，孩子还在念研究生，迟迟没有进入社会，所以还没'完成责任'。啊——'完成责任'是我们的用语，意思是完成养育孩子的责任。

"至于为什么从事这个工作，我虽然不算个中高手，但是会员支付高昂的金额，因此当会员达成目标，打从心底露出笑容时，我会心有所感。那应该是一种对别人有所帮助的成就感吧。

"当然，我们只是介绍，但是有人会因此得到幸福。

"虽然不是每一次都会进行得那么顺利，但是当觉得自己有助于别人获得幸福时，会忘了辛劳。"

志津子觉得自己懂那种感觉。自己从事销售员这份工作，当店长向自己道谢，或者慰劳自己时，也会切身感觉到对别人有所帮助。

或许可以对这个人老实说出心里话。志津子看着始终面带微笑的女性咨询人员，如此心想。

她告诉了女性咨询人员，自己和前夫之间的事。前夫退休后，再找工作时一再失败，窝在电视前面一动也不动，自己无法忍受跟他待在一起，于是离婚了。

离婚之后，志津子都搞不懂前夫是个怎样的人、为何跟他在一起生活几十年了。

前夫如今也会发短信来，但是志津子不曾回复。她不是憎恨或讨厌前夫，只是过去一起度过何种时光、聊过什么、因为什么事而一同欢喜悲伤，都像是蒙上了一层浓雾般模糊不清，莫名其妙。

"所以，我想和某个不同于前夫的男性，度过不同于和前夫在一起度过的另一种时光。"

志津子一口气说完这些话，女性咨询人员边点头边听她说，然后以告诫的语气说：

"我知道了。我十分明白。不过，如果您不让我清楚知道您具体希望的对象，可能会有非常危险的事。"

女性咨询人员说"可能会有非常危险的事"，志津子隐隐明白。她也同时感觉到了放心和沮丧。

志津子低着头低喃："我知道。"女性咨询人员说："不要紧。"并伸手轻轻地摸了摸志津子的膝盖一带。

"我想您知道，不是只有您想遇见与前夫不同人格、个性、身材的人。许多人都有这种心情。我认为，这是自然的事。再说，您也那么说，所以没关系。我说的不要紧，是指这个。"女性咨询人员说道。她又举出至今负责过的会员的例子，更加详细地说明。

据说有个熟年离婚[1]、担任大企业主管的女性。

她五十五六岁，拥有高学历、精通外语，也曾被外派至国外，丈夫是会计师，两人是公认的精英夫妇。

那位离过婚的女性绵密地分析自己的婚姻生活和离婚，令女性咨询人员大吃一惊，而且希望的对象也非常具体。

她希望对象的身高越高越好，学历是旧帝国大学的国立大学，或者早稻田大学、庆应大学，担任股票在东京证券交易所市场第一部上市的企业主管，爱好众多，而且最好是打网球、开游艇、登山等动态爱好，有幽默感，能言善道，最好没有孩子，如果有的话，必须是"完成责任"。

女性咨询人员双手捂口笑道："怎么可能有那种人。"志津子也跟着出声笑了。

1　熟年离婚，泛指子女刚刚成人、正在步入老年的夫妻离婚现象。熟年指年龄介于45岁至64岁之间的群体。——编者注

"哎呀，世上当然一定有许多那种男人。可是，那种人就各种层面而言很稳定，就算因为什么缘故而离婚，如果想要再婚，也会比较轻松地实现。"

婚姻介绍所没有能够介绍给那位女性主管的对象，即使偶尔有条件接近的人，她也毫不留情地拒绝。过一阵子之后，她像是变了个人似的，开始在介绍所外面跟各种男人交往。不久之后，她遇见一个小她二十岁、像是骗子的坏蛋，落得几乎失去所有财产的下场。

"虽说是结婚对象，终究是男人和女人。身心不会完全遵从大脑思考、决定的事情。跟前夫不同类型的男人，这个条件还不错。不过，更重要的是，自己今后想过怎样的人生。"

这个地方很适合冷静地思考事情。志津子在东京都政府的第二政府大楼旁的空间，坐在形状弯曲的花岗岩长椅上，想起第一次造访婚姻介绍所的事，一转眼就过了半小时。中午时，吃午餐的人和抽烟的人会聚集在这个空间。东京都政府是巨大的水泥建筑物，但是周围绿意盎然。

两栋政府大楼中间有一个广场，后方有一条名为普罗姆纳德的步道，比例协调地配置了植栽和花坛。

志津子觉得东京都政府的外围空间最特别，这里有阶梯状的和缓斜坡。原本是水会从那里往下流的构造，或许是因为大地震之后为了省电，如今停止流水。

结构是水蓄积在以瓷砖贴出马赛克花纹的浅池内，好几个形状像是三角柱平放的金属纪念物在池内并排着。志津子是在第二次来介绍所时，发现了这个空间，当时，也是比约定的时间早到许多，即使在百货公司看红茶和茶杯，时间还是充裕的，于是一面游览，一面在东京都政府四周信步而行，像是误闯，又像是被吸引似的，来到了这个空间。

第二次造访介绍所时，女性咨询人员给志津子看了四位男性的照片和资料。有两位男性大她两岁。但是，她觉得自己终究无法接受他们。她原本决定不以貌取人，但是实际看到照片，差点失去现实感。他们不是长得令人讨厌，或者长得猥琐那种层次，而是看起来既不像人，又不像哺乳类，令人恶心。一个人像鱼类，另一个人像昆虫，志津子无法想象自己跟他们见面聊天。第三个人年逾七十，瘦骨嶙峋，脸色不佳，志津子怀疑他是否真为活人。而第四个人，是系着有自己星座图案的领带的男人。他的头发稀疏，感觉中性，但是志津子决定见一见他。

当她正要从花岗岩长椅起身时，手机发出收到短信的声音。是前夫发来的。

"你好吗？我想在过年之后去新潟一趟，想邀你一道前往。

我会再发短信给你。"

新潟是独生女嫁过去的地方，女儿不可能提议要父亲去玩。女儿住在新潟市一所两室两厅的公寓，靠近女婿上班的公司，但是没有客房，所以每年过了大年初三，女儿都会带着外孙来母亲这边玩。老旧公寓实在太窄，所以女儿会住在大宫的酒店，但她很期待离开老公一阵子，去按摩或把孩子交给母亲带，然后去东京都中心的百货公司购物。

但为什么偏偏在这种时候，收到前夫发来的短信呢？他简直像是在哪里监视着我一样。

前夫大致上会以一个月一次左右的频率发来短信，而且平常的内容更短。

距离约定的时间还剩十分钟时，志津子朝一栋闪烁着银色光芒的摩天大楼迈开步伐。

上午的阳光被大楼的玻璃窗反射，令人目眩。志津子很喜欢这幕景象。

包含东京都政府在内的大楼群确实具有压迫感，或许是因为建筑材料只用了水泥、玻璃和钢筋，才令人觉得冰冷而清爽。前夫真的想去新潟吗？

不关我的事。

志津子试图在林立的大楼缝隙间，勾勒前夫的长相，但却想不起来。

"这位是栗本洋介先生。"

女性咨询人员介绍男女双方。三人进入三叠左右的小隔间，空间狭窄，令人感到喘不过气。

名叫栗本的男性本人比照片胖。

十二月天，室内的暖气并不强，但他的额头和鼻头冒汗，令人怀疑他是跑步来的。

而且，他没有系绣着自己星座图案的领带，而是系着平凡花纹的黄色领带，但那一定是高级货。

"栗本先生在新宿的餐厅订了位子，中米女士方便一起用午餐吗？"

女性咨询人员以"你不必勉强自己陪他用午餐"这种语气，对志津子微笑道。

志津子说："栗本先生既然特地订了位子，我就恭敬不如从命了。请多指教。"她接受了午餐的邀约。虽然栗本本人比照片胖、容易出汗，而且系的不是绣着自己星座图案的领带，但志津子还是接受了他的邀约，部分原因或许是对前夫的反感。

但是，她失败了。不该陪他用午餐的。

用餐地点不是高级餐厅，而是位于新宿车站东口一家有名水果咖啡店后方的日本料理店。它位于鱼龙混杂的大楼地下室，桌与桌的间隔狭窄，午餐时间挤满了人，其中一边有几间包厢，其中一间包厢挂着"预约席"的牌子。包厢的空间约三叠，因为是地下室，所以没有窗户。紧张也是原因之一，喝不出女服务生奉上的茶的味道。志津子心想：要是现在能悠闲地喝伯爵茶，该多好。

"这里意外地没什么人知道，使用长野产的荞麦粉，荞麦面是一绝。"栗本一面盘腿坐下，一面对志津子笑道。

女服务生一送上湿毛巾，他便不断地擦拭脸上的汗水。栗本问："你爱吃荞麦面吧？"志津子"嗯"地应了一声，点了下头。在介绍所的小隔间没察觉到，栗本身上散发出一股熟悉的臭味。跟前夫一样，中高龄男性特有的臭味，令人心情无法平静。现在的日本男人到底怎么了？志津子的脑海中浮现小山的话。和小山一起在大宫的超市工作时，小山说："我不想和时下的一群臭男人一起搭乘狭窄的电梯。因为年轻男人是汗臭味，大叔则是老人臭。"

"好吃吗？"

栗本点了两千九百八十日元的中午套餐"梅"。生鱼片、茶碗蒸和荞麦面一起摆放在食案上，感觉相当豪华。志津子将鲔鱼生鱼片放入口中，意外美味，应道："嗯，非常好吃。"栗本问："要不要喝啤酒？"志津子摇了摇头。结果，栗本说："我要喝。"点了生啤酒，一口气干掉半杯以上。他嘴角沾着泡沫，又说："真好喝——"前夫不太喝酒，所以白天就豪迈畅饮啤酒的男人，令志津子感到新鲜。她心想：自己只是因为紧张而有戒心，说不定栗本是个不修边幅、个性直率的人。他津津有味地将生鱼片和茶碗蒸吃个精光，吃法也不粗俗。

"听说你有孩子，我可以问这方面的事吗？"

志津子挤出笑容说："当然可以。""请问……"栗本说道，趋身向前，重新盘腿坐好，然后问，"你肚子上想必有妊娠纹吧？"

这个人究竟在说什么呢？志津子开始没听懂"妊娠纹"（ninshinsen）这三个字的意思，以为是什么二（ni）、C（shi）、千（sen）之类的专业词语。不过，志津子清楚地听见了"肚子"这两个字，所以"妊娠纹"的意思慢慢地在脑海中浮现，她感觉自己脸红了。

"你叫志津子是吗？然后，你的乳头该不会很黑吧？"

志津子这次清楚地听懂了栗本这个男人说的话。他并没有喝醉。他喝了中杯啤酒，但是说话方式和态度都很正常。他是清醒地在问自己妊娠纹和乳头的颜色。

"关于再婚，我认为性爱很重要。其实，我离婚的原因是因为前妻讨厌做爱。日本人会想隐瞒这种事。我经常因为工作去欧洲，那里的人会光明正大地聊性爱。我觉得这是好事。"

令人无法置信的是，栗本这个男人连女服务生端来水果甜点，收走中午套餐"梅"的食案时，也左一句性爱、右一句性爱，简直像是要说给女服务生听似的。

"再婚之后，你能做爱吧？可以吧？不过，我会感到不安，或者应该说是担心，不知道为什么，我受不了令我联想到怀孕的性爱。我曾经找过妓女当床伴，但是对方明明还很年轻，乳头却黑得要命，我怀疑她是不是怀孕，结果那一晚就硬不起来了。我第一次那样。我想，妊娠纹要是太明显，我也会无法行房。"

栗本突然聊起性爱的话题，志津子整个人傻掉了，然后内心涌起一股怒气，身体开始颤抖。她想把装了热茶的茶杯砸到栗本身上，但是女服务生进进出出，所以她隐忍了下来。她不知该义正词严地告诉他"请你说话放尊重一点"，还是默默地从位子上起身比较好。栗本这个男人喋喋不休地诉说性爱在人生中，占了多么重要的部分。志津子再也受不了了。

"告辞。"

志津子只说了这么一句，便从位子上起身，走出了店外。她朝车站走着，赫然回神，泪水夺眶而出。

一年后的圣诞节

志津子心想：我再也不要相亲了。她在新宿车站的厕所等待泪干，回到大宫，走进了熟悉的红茶专卖店。她以喜爱的海伦德（Herend）茶杯，点了伯爵茶。妊娠纹和黑乳头这几个字，在耳边萦绕不去。她觉得自己被轻薄了，心有不甘，一想起栗本那张满是汗水的脸，又险些流下泪来。

从茶杯散发出独特的香味，那是用于增添香味、叫作佛手柑的柑橘味。类似柚子的苦涩中，透出微微的酸甜，香味忽隐忽现。志津子喜欢这种细致感。因为是增添香味，所以热饮时，会避免茶泡得太浓。这家店的伯爵茶，无论是香味或口味，总是完美。志津子在闻香的过程中，心情稍微平静了下来。

她昨晚刚看了韩剧《红字》，脑海中浮现"我讨厌你。令人毛骨悚然。我不只讨厌你的声音，连你的呼吸都讨厌"这几句台词。这是一个为了保护心爱的女人，无可奈何地和坏到骨子里的女人在一起的男人的台词。坏女人问："你那么讨厌我吗？"原本沉默寡言的男人从白天就在喝酒，喝醉了，一脸空洞的表情，清楚地回答："我讨厌你。"

"跟你在一起就像身陷地狱。因为无法忍受地狱，所以才会像这样，从白天就开始喝酒。"

志津子想象自己像韩剧中的人物一样，把杯子里的水泼在那个叫作栗本的男人身上，吼出决定性的台词。但是她半句话也说不出口，哭着逃回来了。她也想告诉女性咨询人员，栗本是个差劲的人，但是作罢。女性咨询人员说过，离开婚姻介绍所之后，一对一相处要自行负责。而且如果把介绍的男人嫌得一文不值，说不定会被介绍所误以为理想太高，今后就不再介绍好对象给她了。志津子想了一下入会费和月会费，那绝不便宜。

明明刚才心想，再也不要相亲了，但却担心女性咨询人员不再向她介绍对象。志津子觉得自己真是个没有节操的女人，兀自苦笑。一定是伯爵茶让心情放松了。

"哎呀，发生了什么好事吗？"红茶专卖店的老板娘问道。

"没有，好事接下来才要发生。"志津子回答。

志津子过了好一阵子，才进行第二次相亲。因为不想浪费月会费，所以希望介绍所快点介绍下一位男性，但是再也不想受伤了，两种心情交错，让志津子迟迟无法下定决心，前往婚姻介绍所。

第一次相亲之后，过了一个月，小山问："中米小姐，找结婚对象找得怎么样了？"志津子告诉她栗本这个男人的事。志津子原本觉得丢脸，想要当作秘密，但是她看韩剧的时候，总是心想：一个人把事情闷在心里也不好。于是，她忍不住向小山大吐苦水。

韩剧中的人物或许是因为面子薄如蝉翼，或者是不好意思造成别人的困扰，老是一个人独揽心事和秘密，自取灭亡。志津子总是心想：找人讨论就好了，这些人真蠢啊。

"那家伙到底过着怎样的人生呢？你要是把热水浇在他头上就好了。"小山安慰她。

志津子跟她讨论，说："入会费不是一笔小数目，我今后还想继续相亲，你觉得如何？"小山说："不久就会有好事发生啦。"

"我在想，满心期待地等着遇到好对象的时候，反而遇不到对的人。是不是有时候，忽然就遇到了对的人呢？"

初春时分，志津子连续两周和新的对象相亲，但是第一个同辈的男人，照片和本人之间的落差大到令人无法置信。另一个人是六十多岁，但只是单方面地诉说死别的亡妻约有两个小时。同辈的男人在照片中身穿西装，但相亲时，却穿着像是工厂制服的灰色夹克现身，双眼距离太开，令人联想到鲽鱼或比目鱼。他问志津子："我想从通信开始，可以吗？"

六十多岁的男人挂着绿色的拐杖，肥胖但皮肤薄，好像如果用针一戳，就会像气球一样爆裂。据女性咨询人员所说，他是相当有钱的财主，但是离开介绍所，搭出租车到伊势丹百货公司的七百一十日元车费，他竟然说要平分，令志津子大感错愕。

但是，志津子想起有人说过，越有钱的人越节省，虽然试图转换心情，但惊讶还嫌太早。"那这是我的份。"她说道，掏出一枚五百日元硬币。气球男也从鸵鸟皮钱包的零钱袋，一样拿出一枚五百日元硬币。付给司机。然后从出租车下车时，他理所当然地一脸若无其事的表情，将收据连同两百九十日元找零收进了鸵鸟皮钱包的零钱袋。

志津子心想这个人才不是节省，惊讶得哑口无言。既然是平分，就应该给我一半的找零。两百九十日元平分确实很麻烦，但是她觉得，一副理所当然的样子，将两枚百日元硬币、一枚五十日元硬币和四枚十日元硬币顺手放进自己的零钱袋并非常人所为。志津子太过惊讶，想要相亲或再婚的心情完全消失了，但是反倒对于这种男人在哪种地方用餐、会聊哪种话题产生兴趣，决定陪他用午餐。

男人一面用绿色拐杖支撑身体，一面走路，引领志津子前往一家位于歌舞伎町入口附近的牛排馆。因为是工作日，店内没什么客人，能够坐在可以环顾靖国通的靠窗座位，室内装潢宛如出现在美国西部片中的场景，代替前菜上桌的牛尾汤、牛排的味道都不差。脸像气球一样鼓胀的老人进一步鼓起红润的脸颊，说："牛肉就是要吃菲力，油脂少，菲力之外的肉根本不能吃，我绝对不吃菲力之外的牛肉。"志津子看到他反复诉说菲力牛排的事，只觉有趣。她一心想着快点告诉小山这个男人的事。吃完了午餐，一千九百六十日元的菲力牛排也是平分。

午餐之后，男人邀志津子去唱卡拉 OK，但她拒绝了。临别之际，男人问："我们今后要怎么交往呢？"志津子笑着回答："我会向咨询人员回复。"她的脑海却一直在勾勒用针戳破气球的画面。

梅雨季时，志津子又跟两个男人相亲。第一个人——前后第四个相亲的男人小她九岁，而且是 IT（信息技术）相关企业的正式员工，没有结过婚，头发略显稀疏，但是仪容端正。志津子心想：这种人为什么要相亲呢？她感到不可思议，向女性咨询人员提起此事，女性咨询人员应道："他是个非常好的人，但比较不擅长与人沟通。"于是，在介绍所的小隔间面对面时，她立刻明白了女性咨询人员的言下之意。

"公园里有一只大狗。好大一只。我骑着脚踏车，但是一颗心七上八下，担心会被那只大狗咬，好可怕。它有时候会汪汪叫，我怕得要命。"

男人劈头就说起了这种事。

"吉田先生。"女性咨询人员呼唤那个男人的名字，接着说，"不要紧，中米女士是个温柔的人。"她的话让他放心。

但是，吉田这个男人夹杂着汪汪的狗叫声，没完没了地继续说公园里狗的事。

他的声音不大，感觉像是嘀嘀咕咕地喃喃自语，现场弥漫着异常的气氛。志津子心想：该怎么做才好呢？她不禁感到焦躁。

志津子露出诧异的表情，女性咨询人员说："呃，方便借一步说话吗？"促请她到外面，也告诉她："吉田这个男人在几年前得了精神疾病，之后重新站起来，回归社会，但是如今无法顺畅地和第一次见面的人对话。"

"他是因为第一次见面紧张，才会像那样自言自语。可是见了几次面，他卸下心理防备之后，好像就会放心，你不用担心。实际上，他会跟我像一般人一样地对话。"

吉田这个男人为什么会跟素不相识的自己见面呢？

"他看到您的照片，说'这个人看起来很温柔'，决定鼓起勇气跟您见面。"

志津子回到小隔间，感觉微妙地出声应和、点头，听了公园和狗的话题将近一小时。但不可思议的是，她不觉得厌恶。吉田皱紧眉头，露出像是在忍耐什么的表情说话。而且，他绝对不会和人对上目光。无论是条纹衬衫，还是藏青色西装外套，看起来都不怎么昂贵，但是都仔细地熨过，皮鞋也擦得晶亮。

志津子可以从服装，大致看出一个人的人品。是否穿着名牌不重要，她无法信任穿着邋遢的男人。她觉得，这个人既老实又诚恳。

她心想：或许正因为既老实又诚恳，内心才会失衡。吉田说："经常在公园里遇到的狗又大又可怕。"他没完没了地反复说着一样的话。但是，志津子从紧锁眉头的深邃皱纹，感受到他经历过一段痛苦的时光。他仿佛在说："希望你了解我。"

志津子想起了前夫。

因为前夫也曾露出过类似的表情。再找工作屡屡失败，他开始整天坐在电视前面，对着屏幕抱怨。当时，他跟吉田这个男人一样，总是眉头深锁。前夫看起来像是在生气，他一定也痛苦不已。

前夫依旧会定期地发来短信。

"我很好。虽然觉得不该这么做，但我还是忍不住发了短信。"

"这种短信会造成你的困扰吧？如果会的话，请你换一个手机邮箱。"

"你没有换新的手机邮箱吗？道谢也很怪，但是谢谢你。"

"我只去工作了一天，工作内容是打扫大楼。我渐渐开始工作了。"

"我意识到，我过去太依赖你了。事到如今才醒悟也太晚了，对吧？"

短信中有"谢谢"等，与前夫在一起生活时，这些是他不会使用的话语。这令志津子感到恶心，她完全没有回复半条信息。但是，她也没有换新的手机邮箱。

前夫写道："我过去太依赖你了。"那些像是在生气的眉间皱纹，是他毫无自觉地依赖她的印记。

既然如此，吉田这个男人将来也会依赖我。然而，依赖毫无经济能力、青春、美貌，一无是处、年近六十、第一次见面的女人，究竟是怎么一回事呢？

不过，志津子听到女性咨询人员说"他看到您的照片，说'这个人看起来很温柔'"时很开心，完全没有对没完没了地自言自语的男人产生轻蔑或厌恶的情绪。依赖这种关系是一个愿打、一个愿挨，会给予依赖者和被依赖者双方某种心安。志津子心想：我之所以没有换新的手机邮箱，八成也是因为这个缘故。但是，这种心安扭曲了。志津子看着吉田这个男人的眉间皱纹，心想：我还是无法跟这个人交往。

第一次造访介绍所，接受面谈时，女性咨询人员说："重要的是今后想过怎样的人生。像是希望经济上稳定就好、想找一个能够推心置腹的说话对象、想要一起去旅行、想要找到伴侣，让家人和亲戚放心。"

以什么条件为优先，确实会改变想找的对象类型。实际上，在和几位男性见面的过程中，志津子开始隐约知道自己想要什么了。

她之前没有思考过，自己想过怎样的人生。这个问题的意思是，自己选择自己的人生，她从一开始就觉得那种事情不可能。因此，忘了第几次造访介绍所时，她若无其事地问女性咨询人员：

"能够自己选择自己人生的人不多吧？"

除非是相当有钱，或者拥有相当天分的人，否则一定办不到。包含自己在内，大多数的人都只能默默地接受上天给予的事物。她心想：以演员比喻，会比较容易明白。超级大牌的演员能够选择要演出的电影或电视剧。但是，不怎么红的演员就无法拒绝工作。

"不，实际上，没有人能够自己选择人生中的一切。"女性咨询人员答道。

"我想即使是您作为演员，其实一生当中，真正想演的角色也没几个。无论再有天分或金钱，人生也不是事事顺心如意。因为不管是工作或生活，都有别人，也就是相处的对象。别人不是机器人，所以我想，要随心所欲地行动是不可能的。不过，会思考自己想过怎样人生的人，跟完全没有思考的人之间，应该会相差甚多。"

志津子开始隐约知道自己想要什么了。那就是改变。活到这把岁数，不可能变成有钱人、获得天分，或者想动整形手术，改变长相或身体。不过，她想要某种改变。那说不定是性爱或亲密感。自从有了孩子之后，她就不再和前夫行房。连身体接触拥抱、亲吻也没有。前夫也不曾夸奖她的容貌或举止。

志津子开始想瞧一瞧和之前的她截然不同的自己。这正是她放弃没完没了地诉说公园和狗的男性的真正理由。那位男性很诚恳，志津子对他有好感。但是，他一定会跟前夫一样，每天对自己有所顾虑，依赖自己。纵然跟他在一起，改变也不会翩然降临。

然而，第五个男人不一样。

第五个男人经营一家机械零件公司，爱好是全程马拉松和骑自行车，六十多岁，感觉精力充沛。他名叫木村，长相和身高都很平凡，但是没有老人臭，整体而言，人很客气，话题丰富。虽说是经营者，但是员工包含家人在内，也只有七个人，所以他爽朗地笑道："唉，我是小工厂里的典型大叔。"第一次午餐的出租车费、餐费，都是由他付钱。结婚三十年的妻子在几年前死于癌症，有一对儿女，他们已经各自成家，两人都在公司里帮忙。

木村是志津子第一个约第二次会的男人。而且，第二次不是吃午餐，而是晚上见面。第一次的午餐是在涩谷的百货公司内的日本料理店，第二次的晚餐是位于新宿车站西口摩天大楼美食街的意大利餐厅。

虽然两家店都不是高级餐厅，但是店内清洁，员工的态度良好，餐点也相当美味。

木村在意大利餐厅，说起了从前常去国外旅行的话题。亡妻爱吃中餐，去过好几次中国香港和新加坡，所以如今不太想吃中餐。如此说完之后，他道歉说："这种时候提起亡妻的话题，不好意思。"

木村说他订了附近唱卡拉OK的大包厢，志津子决定陪他去唱歌。真的是大包厢，沙发等摆设让人感觉也很高级。于是，木村调暗灯光，在一片漆黑当中，在聚光灯的照射下，高唱

《陆奥独自旅行》(みちのくひとり旅) 这首以前的演歌。

他反复唱了好几遍"你是我最后的女人"这句歌词，志津子心想，这搞不好是求婚。

韩剧中，男人会下各种功夫，讨女人欢心，向女人求婚。

像是沿着步道点燃蜡烛、包下宽敞的餐厅或游览船，或者在酒店套房里摆满玫瑰花，然后单膝下跪，说"嫁给我"。租下剧场唱情歌也是常见的模式，志津子猜想，木村的《陆奥独自旅行》或许就接近那种情节。

唱完之后，木村说："能否请你考虑结婚呢？"

果然是求婚。或许是有那种服务，服务生送来花束，木村握紧志津子的手，向她求婚。她发自内心地感到开心，眼眶泛泪。但是，木村仍旧握着她的手，说："有件事得先告诉你。"他低下了头，说起了工厂的现状。总之，干活的人手不足，女儿、女婿、儿子、媳妇跟他同住。

"虽说是工作，但也不是要你做切割或焊接。假如你数字能力强，肯当会计的话，那就太好了，不行的话，只打扫工厂也可以。或者继续做现在销售员的工作也非常棒。不过，我家的经济状况并不太富裕，所以希望你明白这一点。其实，像我这样的人或许不该考虑再婚，但是孩子们劝我这么做，而且人手不足也是事实。"

志津子缓缓地抽回了被握住的手，心情像是突然背负了沉重的行李。她觉得木村为人老实，外表和个性也令人满意，所以答应了晚上的约会，也陪他继续唱歌。意外的求婚令她泫然欲泣，她很开心。

但是，她无法忍受自己被视为干活的人手。再说，不管怎么想，她也没办法跟他两个成家的孩子同居。尽管如此，她还是无法马上拒绝。她深切地知道，木村是很难遇见的好人，如果忍耐的话，说不定能够设法和他携手走下去，一时内心天人交战。但是，她随即意识到了，"如果忍耐的话"这种假设本身就是个错误。忍耐和改变无法并存。

"中米小姐，这种话不该说，但是有钱、个性又正经的男人，应该早就跟谁在一起了吧。"

志津子听到小山这么说，心有不甘，但是又觉得她或许没说错。拒绝木村的求婚之后，志津子也继续相亲，但是个个经济不富裕，有人露骨地询问她的养老金和存款金额，有人一见面就马上宣告双方都工作是结婚的条件。也有有钱的男人，但是他们无一例外地个性上有问题。不是自顾自地说话，就是正好相反，完全聊不起来，或者把自己的想法强加在她身上，还有男人始终自吹自擂。

"话说回来，日本的公司就像是培养只会对上阿谀逢迎、对下趾高气扬的男人的地方，所以也没办法。"小山啐道。

志津子知道这是她安慰人的方式，所以心情变得轻松。

于是，那个令人难忘的圣诞夜来了。

前往介绍所之后，过了将近一年。总共相亲了十四次，但终究无法和任何人修成正果。志津子对着手机发牢骚："趁早死心比较好吧？"女性咨询人员斩钉截铁地说："绝对没那回事。"那既非安慰的口吻，也不是鼓励。淡淡的语气，简直像是天气预报说"明天全国应该是晴天"一样，所以反而具有说服力。

"确实，有人入会之后，像是一个月，快则两周就遇见对象。相对地，也有人加入介绍所多年，没有着落。但并不是因为擅长妥协的人很快就觅得良人，或者理想太高，所以旷日费时。我们经营介绍所确实是在做生意，但并不是在卖商品。各位会员拥有各自不同的人生，说相遇是缘分，或许夸大其词，应该说是受到命运引导，我希望您知道，人与人相遇没有方程式，也没有正确答案。"

"中米女士，我今天要向您介绍派对。"女性咨询人员来电联系。

似乎是"推荐会员限定"的圣诞节派对。据说只有六名咨

- 042 -

询人员推荐的人才能参加，所以参加者都彬彬有礼，能够令人放心。派对日期是圣诞夜的前一天。虽然销售员有休息的时间，但派对是在晚上，而且志津子听到地点是西新宿的超高层酒店，有点心生畏怯。在高级酒店举办的夜间私人派对，对于志津子而言，是只有在电视和杂志中看过的世界。再说，她不晓得该穿哪种服装去才好。

"不要紧。各位会员都会穿一般的西装和连衣裙。虽说是酒店，也只是在小宴会厅采取站着用餐的形式，所以希望您别想成相亲，轻松地认为是品尝美食、美酒就好。我身为推荐者，希望您务必参加。"

会费是一万五千日元，绝不便宜。但是，志津子爽快地决定参加，连自己也傻眼。打电话告诉女性咨询人员自己要参加之后，她自言自语地说："万一无聊的话，马上离席就好了。"对此，她都莫名觉得可笑，一个人出声笑了。她心想：或许是因为一年来，和各种男人见面，发生了各种事，所以胆子不知不觉间变大了。

派对当天，志津子一如往常地边喝伯爵茶边化妆，极为自然地穿上了网购的性感内衣。她一面将脚穿过内裤，一面心想"我到底在做什么呢？"，霎时感到困惑。但是，她没有脱下那件小不拉几的红色内裤。穿上颜色明亮的套装，围上名牌领巾，脚上穿着好久没穿的高跟鞋，而不是工作穿的轻便女鞋。

会场所在的酒店，位于东京都政府旁边。那是前往东京都政府旁的小空间时，总会从它前面经过的酒店，所以外观熟悉，但是当然没有走进去过。门童向志津子打招呼，说："欢迎光临。"她走在悬吊华丽水晶吊灯的大厅，心想"自己来错地方了"，突然感到害怕，心跳加速。她觉得像是被身边的人看见了裙子底下的花哨内裤，感到羞耻。因为和各种男人见面、发生了各种事，就以为自己胆子变大了，简直是天大的误会。她坐在摆放于大厅的椅子上，觉得穿着性感内衣前来的自己好蠢。从眼前经过的人们，个个看起来气质高雅。志津子觉得唯独自己和现场格格不入，心跳平静不下来，她想去参加派对的勇气完全消失了。

她问保安洗手间在哪里，搭乘电梯上到三楼。三楼有一间气氛沉稳的酒吧。她当然不曾进入过高级酒店的酒吧。但是，喝杯啤酒或许能让心情稍微平静下来。

"一位吗？"站在入口的服务生问道。志津子回答："对。"服务生又问："要坐吧台还是一般座位？"她选择了角落的一般座位，点了啤酒，喝完一半左右时，那个声音传来了。起先，她以为是痛苦的呼吸声，但并不是。原来是独自一人坐在对面座位的男人，正在压低声音哭泣。

或许是因为时间尚早，客人不多。一般座位的整个区域以雾面玻璃的隔板隔成好几个区间，志津子的周围除了那个在哭泣的男人之外，没有其他客人。而且因为是在正对面，所以男人的身影不可避免地进入志津子的视野。间接照明的微弱灯光，使得男人的脸部轮廓朦胧地浮现。大概三十五六岁吧，男人以手背拭泪，偶尔环顾四周，然后一定会回头望向入口。志津子和他一度四目相视，然后又缓缓地移开视线。

一旁的椅子上放着一束玫瑰花，旁边有个冰桶。他八成在等人，频频地看手表，然后叹气。眼前有装了水的玻璃杯，但是他没有喝。而压低音量的哭泣声断断续续地传来。他拼命地忍住不哭，但是每当想起什么，心情就会动摇。他身穿深灰色西装外套、水蓝色衬衫，系着暖色系的素色领带，志津子觉得他非常有品位。他不断地用双手拨动头发，所以凌乱的刘海遮住了额头。

志津子竟然做了连自己也不敢相信的事。她招来服务生，询问是否有伯爵红茶，吩咐服务生将红茶和蜂蜜一起送给男人。或许是因为喝啤酒醉了。志津子虽然无法向男人攀谈，但是距离太近，无法忽视他。之前自己因为痛苦或悲伤，心情动摇时，若将蜂蜜加入伯爵茶喝下，心情总是会稍微平静一些。

服务生端了茶壶和茶杯过去，以手指示志津子，说："是那位客人送的。"男人露出惊讶的表情，朝她轻轻点头致意。男人将蜂蜜倒入茶杯，闻了闻香味，慢慢喝了一口。志津子心想，今晚这样就够了，正要从座位起身时，男人目不转睛地凝视着她，随即也站了起来，拿起原本放在一旁的花束，走了过来。

"谢谢你。不好意思，可以请你收下这束花吗？"

男人递出鲜红的玫瑰花束说道。

志津子顿时心头小鹿乱撞，但是不能收下。她送男人红茶，没有搭讪的意思，对男人微微一笑，摇了摇头，说："我不能收。毕竟，那一定是原本要送给其他人的花吧？"

"是啊。抱歉，真的很对不起。"

男人如此说道，将递出的花束收回手边，露出了不知道该怎么做才好的悲痛表情。志津子心想"他会不会又就此哭起来呢？"，觉得自己好像做了什么残酷的事似的感到罪恶。男人坐着时，她没发现，没想到他的个头意外矮小，眉清目秀，并且看到他握住花束的手指细长。她心想：假如自己有儿子的话，说不定也差不多是这个年纪。

"呃，我可以问你一件事吗？"男人问道。

志津子说："可以啊。"并点了个头。男人低着头杵在原地，问："为什么送我红茶？"志津子回答："那是伯爵茶，如果加入蜂蜜喝下，心情动摇时，会让心情平静下来。"她没说谎。这种饮用方式是大宫的红茶专卖店老板娘教她的。开始考虑离婚时，她自己没有察觉，但是当时一定总是露出阴沉的表情。

任谁都有难过的时候。精神不稳定时，若能细细品味饮料，任何人应该都能让自己的心情平静下来。那就像是一种仪式，而且不必依赖任何人。志津子每次看到电视上播报自杀的新闻时，都会心想：虽然不知道这个人遇到了多么让他痛不欲生的事，但如果慢慢喝某种喜欢的饮料，心情一定会平静下来。

志津子说："可是啊，不可以喝酒。"男人说："我知道。"点了个头。

"因为有时候不管怎么喝都喝不醉。"

男人先回到自己的桌子，然后抱着红酒冰桶，又走了回来。

"那么，能不能让我送你这瓶香槟，当作伯爵茶的回礼呢？其实花束也是如此，我已经不需要了。能不能请你收下呢？这瓶是我喜欢的香槟，叫作 Grande Dame，但是我不能带它回去，能不能请你和等一下见面的人喝呢？"

男人仿佛抱着婴儿似的，双手捧着装了香槟酒瓶的冰桶，难为情地低下头，结结巴巴地说："我想送你香槟。"他误以为志津子和谁约了碰面。她原本打算喝完杯底所剩不多的啤酒之后，走过圣诞节的霓虹灯闪烁、大楼林立的街区，去到新宿车站，一个人搭乘电车回公寓。

"没有人会来。"

她如此低喃之后，男人"咦？"了一声，抬起头来。

"是哟。你爱喝红茶啊？"

志津子说她还没吃晚餐，男人替她点了蜗牛、生火腿和鸡尾酒虾沙拉。她丢下一万五千日元的派对不管，和年纪差不多可以当自己儿子的男人一起喝香槟。她不太清楚自己为什么这么做，也不太想知道理由。不过，她不想一个人前往车站，搭乘电车，回到公寓。然而，她觉得自己简直像是变了个人一样。"如果你不嫌弃的话，一起喝怎么样？"男人微笑道，请她在一旁的椅子坐下。假如告诉小山，她一定会吓一跳吧。

"我也喜欢瓷器。海伦德茶杯太贵，我买不起，但是我有几个韦奇伍德（Wedgwood）的马克杯。"

两人针对红茶和茶杯，已经聊了将近一小时，但是完全没有诉说，也没有过问隐私的事，连彼此的名字也还不知道。但是，两人在一起非常愉快。既没有介绍者，也不必弄清养老金、年收入、家庭成员。而最关键的是，彼此都觉得享受现在这一瞬间即可，希望对方待在身边。

"我刚才也说过了，我觉得大吉岭红茶对我而言，味道有点太强。阿萨姆红茶非得加牛奶，否则味道太呛。"

两人一直在聊一样的话题。Grande Dame 这支香槟的香味、口感俱佳，喝得越多，身心的某个部分越醉，而另外的某个部分越清醒，这让人觉得很不可思议。不久之后，香槟喝光时，男人以非常自然的感觉说：

"有一部我想跟你一起看的电影。要不要在房间再喝一点呢？"

男人说想跟志津子一起看的电影，是有名的《向日葵》（I Girasoli）。这部意大利片的内容是透过一对被拆散的情侣，诉说战争的悲惨。女主角是索菲亚·罗兰（Sophia Loren），男主角的名字志津子不记得了，男人告诉她是马尔切洛·马斯特罗亚尼（Marcello Mastroianni）。男人在同一家酒店订了房间，用客房服务点了红酒和奶酪拼盘。

从窗户能够看到东京都政府和其周边的景色。在超高层酒店的一间客房眺望夜景，志津子品尝着酒标上画了女神的红酒，仿佛悄悄地从现实中被抽离了。但是她并没有失去现实感，那感觉宛如水果的皮被剥掉一般，覆盖现实与日常生活的薄膜裂开，出现甘甜炽热的东西，委身于它似的。心情非常亢奋，但志津子总觉得甘甜炽热的东西中心潜藏着危险。

电影播到索菲亚·罗兰为了寻找出征时下落不明的丈夫，正要出发前往苏联。在这家酒店能够租到这片 DVD 吗？

"我网上买的，带来的。"男人答道，脸色一沉。

客房角落放着一个大型行李箱。男人看起来不像是从外地来出差，说不定他是因为圣诞节休假，从国外回国。志津子看着索菲亚·罗兰走在苏联的市中心，小声地问："你住在国外吗？"之后，她又说："说来丢脸，我还没有去过国外。"

"我住在美国北卡罗来纳州的乡下。"

志津子曾听过这个地名，但是不清楚它在哪里。

"叫作威尔明顿的城市，虽然比不上好莱坞，不过是美国东岸最大的电影制作小镇。我在那里从事贩卖、出租摄影器材的工作。我原本做的是电脑动画，但后来比起操作器材，我更爱器材本身。"

男人说，他已经住在北卡罗来纳州的那个小镇将近七年了。

"这叫作异地恋吧？我在日本有个女友，要是生活上再宽裕一点的话，我就请她搬过去了。结果，分隔两地长达七年，我们的恋情终于走不下去了。今晚，就在今晚，我们的恋情彻底结束了。"

男人说"今晚，我们的恋情彻底结束了"，又露出了泫然欲泣的表情。志津子不知道该作何反应才好。男人果然是三十五六岁吧。长年在国外工作应该也是原因之一，看起来比同辈的日本男人老成，或者应该说是成熟。男人透露了自己的隐私，志津子心想："自己也该开诚布公些什么吧。但是，我的私生活实在不值一提。"男人说他在美国从事电影相关的工作七年了，今晚彻底失去了长年异地恋的女友，这件事很浪漫。志津子羡慕他的心情，更甚于同情他，心想"我离婚之后，一面打工做销售员，一面持续在婚姻介绍所相亲，多么无趣的人生啊"，叹了一口气。

电影终于播到索菲亚·罗兰和下落不明的丈夫重逢。志津子从前在电视的电影剧场看过《向日葵》这部作品，但是记忆已经模糊了。她知道那个丈夫和可爱的俄罗斯女孩结婚，还生了孩子，以为最后一幕是女主角没有和丈夫交谈，搭上了列车，但却不然。在那之后，换成丈夫马尔切洛·马斯特罗亚尼为了见索菲亚·罗兰，而跑去意大利。

然而，男人为什么会想看这部电影呢？

"我女友说，我看了《向日葵》之后，应该会明白她的心情。她说她想结束这段感情了。我问她：'那么，你是讨厌我了吗？'她说：'并非如此。'我问她：'那么，到底是怎么了？'于是她提起了《向日葵》这部电影。可是，她跑来了北卡罗来纳州。她特地跑来北卡罗来纳州，只为了说她想结束这段感情。假如她真的讨厌我的话，大可以写电子邮件或打电话，不是吗？所以，我一心认定我们的恋情还没结束，写电子邮件告诉她：'假如有一丝可能性的话，希望你今晚来那家酒吧。'她没有回信，但是我相信，她一定会来。"

听着男人说这段话的过程中，《向日葵》演完了。志津子热泪盈眶，觉得没有比这更悲伤的电影了。而她觉得自己终于明白，男人的女友想透过《向日葵》，告诉他什么了。

志津子拼命思考：该怎么说，他才会懂呢？身心因为香槟和红酒而松软，心情获得了解放。她告诉自己，现在不必掩饰自己。面对这个年纪可以当自己儿子的男人，不必展现自己美好的一面，或者避免被他讨厌，那种顾虑是多余的，只要坦率地直接说出心中的想法即可。

"关于刚才的电影，之前看的时候，我一直以为它想传达的是控诉战争。但是如今，我意识到不仅如此，觉得剧情或许和你女友说的话有关。《向日葵》中，男女双方互相去见彼此，对吧？我想，这就是关键所在。假如索菲亚·罗兰没有去苏联寻找丈夫，就什么也不会知道，说不定会一直不知道丈夫的下落，就某种层面而言，是安稳地度过岁月，对吧？我不曾像你的女友或索菲亚·罗兰一样，前往远方旅行，寻找、传达什么，所以无法亲身体会，但是我想她们是在竭尽心意。

"远渡重洋，大老远跑去对方所在的地方，传达重要的什么，我觉得只是如此，就非常有意义。这必须要有诚意才行，如果不爱对方也做不到。可是，借由这么做，能够竭尽心意。

'竭尽'具有全部用完的意思，以及为了对方做出某种努力的意思。我想，或许你的女友、索菲亚·罗兰，以及她在苏联成家的前夫都需要这两者，当然，你也需要这两者。"

志津子说完"竭尽心意"这件事之后，男人说："我想，我懂。"深深地叹了一口气，然后又开始流泪。他用双手捂住脸，呜咽地一再道歉。志津子看到男人这样，感觉胸口一紧，像是在哄小孩子似的，伸手触摸男人的肩膀一带。男人在第一次见面的陌生人面前，像个幼童般抽抽噎噎地哭泣。志津子想对他说："无论是你本身、结束的恋情、你的泪水，都有意义。那不可怜，也不可耻。该感到可耻的是，无视对方的人格和心情，只想到自己、只诉说自己的事的人。"志津子认为，如今，他或许感到伤心、痛苦，但比起什么事也没发生的无聊人生，他过着更丰富的时光。但是，志津子什么也说不出口。因为那种话不能实际说出口。化为言语的瞬间，会被修饰，掺杂谎言，足以撼动别人内心的深沉悲伤，拒绝言语。

不久之后，男人停止哭泣，紧握住志津子放在他肩上的手。她心想：唯独今晚，无论发生什么事，我也不甩开这个男人的手。

黎明醒来，志津子避免吵醒在一旁呼呼大睡的男人，悄悄地下了床。身体微微出汗，想要冲澡，但是她忍住了。男人说不定会醒来。她捡拾地上的内衣和衣服，静静地穿上。手提包在浴室。昨晚卸妆时，她就那么摆在那里了。

钱包、手机、家里的钥匙，志津子检查手提包里的物件，确认有没有忘了什么。男人交给她的名片在手提包里，犹豫了半天，她决定带回家。她在酒店的便条纸上，写下一封简短的信。

"我先走了。你睡得很熟，我没叫醒你就走了，对不起。"

志津子离开客房之前，凝视男人的睡脸良久。

应该再也不会见面了吧。但是，志津子毫无罪恶感，也不感到后悔。她心想：我确实体验了改变。

和男人的这一晚，她不能告诉小山或任何人。HAYASAKA YOICHI（早坂洋一），这是男人的名字。名片上只有英文，住址除了最后的"USA"之外，其他的也看不太懂。拿到名片时，男人说："方便的话，请跟我联系。"志津子发了几次短信，但是都无法按下发送键。男人说，他在故乡长野和父母见面之后，会在过年前回美国。如果发送短信，他应该会回复吧。但是，两人之间什么也不会展开。问题不是年龄。圣诞节前的那一晚是特别的时光，纵然互相联系、见面，也无法再次重现。

男人说："请来美国，威尔明顿的BLT非常好吃。"志津子问："BLT是什么？"男人告诉她："是夹着培根、莴苣和西红柿的三明治。"她借着醉意，说："是喔，那一起边喝伯爵茶边吃吧。"但去美国是不可能的事。她没有那么多钱，而且完全不懂英文，然而这些都不是真正的理由。《向日葵》的男女主角明明重逢了，也没有结合。因为丈夫和俄罗斯女孩结婚，有了孩子，但是理由不仅如此。

志津子心想：我们一旦展开另一种人生，就会变成另一个人。她觉得自己和前夫离婚之后，变成了另一个人。并非改变了长相、姓名或个性，而是像昆虫蜕皮一样摆脱了什么，内心铭刻上其他的事物。《向日葵》之所以那么悲伤，是因为它毫不掩饰且正确地描述了人会因岁月和状况而改变。

公园

她在那一晚，那一瞬间变成了另一个人。然而，后来去做了几次销售员的工作，跟平常一样和小山她们开玩笑，嘻嘻哈哈，马上又变回了原本的自己。只体验了极短时间的改变，但是得以窥见过另一种人生的可能性。这样就够了。确实留下了什么。

"新年快乐。今年要不要见一面？"

过年之后，前夫传来了这种短信。志津子连自己也不太知道为什么，就同意了和他见面。

明明之前一次也不曾回复，志津子却答应了前夫"要不要见一面"这次邀约。

　　"好。见个面吧。什么时候方便？"

　　志津子发去回复短信，三十秒后前夫发来了确认的信息，内容是："真的吗？我真不敢相信。你是说真的吧？"离婚将近四年，以一至两个月一次的频率，不断地持续发送短信，前夫连一次回复也没收到。志津子仿佛看见了他笑容满面、喜不自禁的样子。

　　约见面那一天，天气较为暖和，阳光和煦，两人决定在毗邻公寓的公园内见面。公园中央有个广场，再过去有银杏的林荫大道，摆放着长椅。志津子以短信告诉前夫，她在那里的长椅等他。她不想在咖啡店或餐厅等室内见面，总觉得会窒息。再说，她不想看到前夫吃喝什么，更遑论让他进入家里了，志津子甚至不想让他知道自己住在什么地方。

　　离约定的时间还早，她就前往公园了，缓缓地在树林中的步道和广场周边漫步。我为什么会决定跟前夫见面呢？前夫发来的短信常让她觉得他仍眷恋不舍，说不定他想破镜重圆。志津子去了婚姻介绍所一年多，没有找到对象，甚至觉得没有半个条件好的人。

丢下圣诞派对不管，心里过意不去，于是向女性咨询人员撒了个谎，说她得了重感冒。她觉得打电话不礼貌，所以前往介绍所，当面告诉了女性咨询人员。女性咨询人员一脸歉然地说："派对的会费不能退哟。"志津子说："那当然，那种事无所谓。"但是，她内心感到轻微的罪恶感，担心同一时间待在酒店酒吧的事情会不会被发现。聊着派对的话题时，脑海中浮现在酒店的酒吧，遇见那个哭泣男人时的事，志津子感觉自己自然地放松了嘴角。伯爵茶、玫瑰花束，以及叫作 Grande Dame 的香槟。酒瓶的形状宛如洋梨般不可思议。连浮现在酒瓶表面的一颗颗水珠，她都鲜明地记得。

"中米女士，最近发生了什么好事吗？"

志津子听到女性咨询人员如此问道，大吃一惊，反问："为什么这么问呢？"于是，女性咨询人员微笑道："我不知道你发生了什么事，但你看起来神采奕奕。"志津子不好意思，感觉自己脸颊发烫。绝对不能说那个男人的事。她说："女儿每年过年都会带外孙来玩，好久没度过热闹的时光，一定是因为满心期待的缘故。"含糊带过。

女儿一如往年，于过年前来，在大宫的酒店住三晚，享用美食、蒸桑拿，接受按摩，然后再回新潟。女婿在当地的中小企业从事机械设计，似乎除了大年初一之外都要工作，今年也没有露脸。志津子没有告诉女儿，自己要跟前夫见面。女儿在大宫住三晚的期间，通常只会跟父亲吃一次饭。这次似乎也在回去的前一天，一起吃了一顿午餐，女儿只说"爸很好"，除此之外，没有多说什么，志津子也没过问。女儿好像认为夫妻之间的事，连孩子也不该插嘴。女儿带着外孙来家里时，志津子将那一晚穿的红色内衣，塞进了衣柜抽屉的最内侧。虽然不可能被女儿发现，但她总觉得，那像是绝对不能摊在大太阳底下的秘密的象征物。

约定的时间下午一点整，前夫出现在公园。在附近的蔬果市场的报时声响尚未停息之前，他就现身在林荫大道的另一头，快步走了过来。他准时一点现身，令人怀疑他其实早就到了，约定的时间之前一直躲在树后。他脸上挤出笑容，朝她挥手；头发剪得干净利落，身穿年轻人在穿的合身羽绒夹克、丹宁裤，脚穿咖啡色皮靴。前夫边说"嘿哟"，边在长椅上落座。志津子微微起身，重新坐好，若无其事地远离前夫。她和前夫保持一小段距离。

志津子说："你打扮变年轻了耶。"前夫露出腼腆的笑容，说："优衣库的啊。"接着，他将身体转向她，又说："好久不见。"这时，志津子知道自己为什么想跟前夫见面了。

她想比较那个男人和前夫，确认一件事。她想确认他们的年龄、身高、长相、个性、生活方式截然不同，觉得自己是个多么残酷的女人啊。

"我渐渐开始工作了。"

前夫低着头，有一句、没一句地说起话来。他说："要身为正式员工重新就职非常困难，只有打扫大楼、管理停车场，以及道路施工或包装等轻度劳动的工作，但是只要体力许可，我就会尽可能地继续下去。"

"我在几家派遣公司登记，如果不挑三拣四的话，工作倒也是有。不过，终究是上了年纪，好想任职于某家公司。我昨天也刚去一家保安公司面试。"

前夫反复诉说自己在持续打工，也在找工作。实际上在见面之前，志津子就讨厌他的说话方式，甚至连他的呼吸都感到厌恶，而他坐在旁边时，忍不住让身体远离他。但是，她内心极为自然地涌现一股怀念之情。过去的婚姻生活无趣，几乎想不起任何愉快的事，但到底是一起拉扯女儿长大，在一起生活了将近三十年。他手背的皱纹、说话时的嘴角、隐隐覆盖下颚一带的胡茬、坐在椅子上时跷脚的方式，这一些都好熟悉，志津子无法压制内心涌现的亲密感。

"没有工作的日子啊，我会在附近小学的斑马线当爱心爸爸，或者陪小学生上下学。有一次散步的时候，我也顺便在办公室登记了。喏，邮局旁边的空地不是盖了新的居民活动中心吗？我偶尔会去下象棋、学唱歌。"

如果再次一起生活，会发生哪种事呢？有一件事是确定的。如果有一起生活的人，起码能够逃离寂寞。

蓦地，志津子环顾四周，发现一个女人步履蹒跚地走在林荫大道上，朝这边而来，样子有点奇怪。她抱着什么，好像是婴儿。她的头发散乱，身穿薄毛衣和裙子、光脚踩着凉鞋，一身不适合寒冬的异常打扮。尽管有阳光，天气温暖，但仍是需要大衣和围巾的温度。女人一再地回顾身后，环顾四周之后，坐在对面的长椅上。

"别人常说我怪，我自己不太清楚，我还是不擅长说话，所以该怎么说呢，我深深地觉得自己不擅长表达感情，受够了这样的自己。"

前夫一下子仰望天空，一下子不时地望向她，嘀嘀咕咕地持续说话。他似乎没有察觉到对面长椅上的女人。

"你也没变。我有点害怕，万一你染了头发、指甲涂红的话怎么办。啊，对了。很久以前，我们去过金泽的温泉，对吧？你记得吗？"

志津子记得，公司的几对同事夫妇一起去旅行过。但是，她不记得是不是金泽的温泉，而且觉得那种事并不重要。她在意对面长椅上的女人。她曾跟小山等人聊过家暴。她听了许多家暴的事，像是某个认识的年轻女销售员被丈夫持续施暴，下颚的骨头骨折。也聊过有男人会对孩子动手，某个女性总是空手跑出家门，逃到公园之类的话题。

女人抱着婴儿，在寒冬身穿薄毛衣、脚踩凉鞋，坐在对面的长椅上。她是在逃离丈夫的家暴吗？她弯曲身体，想要替婴儿挡去寒风。

"那个温泉怎么样？要不要再一起去一次？"

志津子心想自己错了。她并非想要比较共度一晚的那个年轻男人和前夫，而是想要竭尽心意。她自己原本没有察觉到，但是经过那一晚之后，她开始一个人感到寂寞。然而，再怎么寂寞，也不能再和这个男人生活了。她为了确认这一点，而决定和他见面。对于她而言，吐出心中残存的一丝眷恋，意味着竭尽心意。

前夫丝毫没有注意到对面长椅上的女人。他似乎在小学附近的斑马线当爱心爸爸，也会陪小学生上下学。但是，他好像完全没有察觉到抱着婴儿、冷得发抖的女人。

"我意识到了，我想人生可以重来。人生可以一再地重来，你不觉得吗？"

确实，人生或许能够重来。尤其是在绝望和失意之后，若认为人生不可以重来，应该会活不下去。但是，是通过发现其他生活方式，而不是单纯地恢复原本的模样。而且志津子总觉得，认为人生不能重来的人，更能重视当下而活。

志津子决定要一个人活下去。她要再去婚姻介绍所一阵子。虽然遇见好对象的可能性不高，但那位女性咨询人员是她的救星。只是认识她，入会就有了意义。

她对金钱和健康等，依然感到不安，也可以说是内心充满了不安。但是，人生中最可怕的是，一边后悔一边生活，而不是孤独。和前夫道别之后，与对面长椅上的女人攀谈吧。然后，如果她不嫌弃的话，试着邀她一起喝杯红茶。志津子一心想着"我想快点吸入满腔的伯爵茶香"。

再做一次翱翔天际的梦

他不是为了福田，
而是觉得如果不做点什么，
一辈子就再也无法振作起来了。

可口的水

　　因藤茂雄心想，没料到人这么容易沦为游民。六年前，他被任职的小出版社裁员。当时，他五十四岁。后来过了四年左右时，他开始对游民产生了异常的反应。在街上看到游民时，他就会心绪不宁，无法保持平静。他担心自己搞不好也会加入在公园或路上起居的人群，因而感到畏怯。而如今，他的担忧与日俱增。

　　因藤生长于佐贺县的鸟栖市，毕业于东京的私立大学文学院，当初的目标是成为作家。他从小就爱看书、写文章，初二时，作文得了市长奖。他也曾被邀请至墙上挂着历代市长肖像照、充满威严的市长办公室，坐在豪华的皮革沙发上，接受蛋糕和果汁的接待。除了他之外，还有绘画、手工艺，以及书法组的得奖者，但市长特别指名因藤，赞扬他。

"因藤同学，我从你的作文中，感受到了独创性。"

当时他心想，写文章是他的天职。全市最伟大的人称赞他有独创性。但是学生时代，他参加了几次大出版社的新人文学奖，却悉数落选，也不曾留到最终评选。毕业后，他任职于一家员工只有十人左右的小出版社，工作内容主要是编撰企业的历史和行政的公关杂志等。薪资低到不能和大型出版社相提并论，员工福利也很差，阅读各种数据和文件，撰写文章，编辑书籍的工作，但他并不以为苦。这份工作最吸引他的是：没什么时间上的限制，能够继续写小说。

他一直持续参加文学奖，只有一次进入最终评选，但是年纪到了三十五六岁，他已经失去了写小说的动力。不过，他如今仍在继续写一样东西，那就是做梦日记。就在放弃当作家时，他开始将做的梦写在笔记本上。一开始只是做笔记，后来甚至开始推敲。一旦担忧说不定会变成游民，他就会反复阅读做梦日记，如此一来，心情就会平静下来。他给日记取的名称是：再做一次翱翔天际的梦。

小时候，他经常做在天空飞翔的梦。他曾像鸟一样，飞舞在从小生长的家的高空，滑翔于只有在照片或电影中看过的外国大海、湖泊或山顶上，或者像超人一样脚蹬地面，飞到宇宙中。但是，飞行不会持续太久。一定会在途中失速，原因不明地坠落地面，然后不管怎么用力脚蹬地面、双手拼命地像鸟一样振翅，却再也无法飘浮于空中。尽管如此，他真的很喜欢做翱翔天际的梦。醒来之后，他觉得精神愉快，心情轻松。

不知道从什么时候开始，他不再做翱翔天际的梦了。讽刺的是，从开始写做梦日记之后，他完全没有再做那种梦。他曾试着问公司同事，但是同事说，只有小时候才会做翱翔天际的梦。

任职的出版社销售额锐减，施行裁员，但因藤心想，无论是公司或自己，都跟不上时代的潮流了。DTP，也就是桌上排版系统（Desktop Publishing）。这种编辑、印刷技术成为主流，仰赖从前手工作业的公司在竞争中被淘汰，业绩在一夕之间恶化，最资深的员工因藤成了第一个被裁员的对象。因为是小出版社，所以退职金[1]也少得可怜，而且晚婚，年近四十才结婚，所以那时独子才念高中。他在埼玉县新座市租了一间又旧又小的房子，主张完全不进行旅行等奢侈的消费，但是因为薪资少，所以几乎没有存款。

1　退职金，退休后所领取的钱。日本的退职金是一次性付清，所以和中国的退休金不同。

妻子曾是公司同事，小他四岁，个性和容貌都很朴素，甚至自称全世界最平凡的女人，但是对于丈夫遭到裁员这种紧急情况，她展现出刚毅的一面，开始到自家附近的超市打工。因藤失去工作，除了写文章之外，毫无长处，而且他马上就知道了中高龄者要再找工作，工作极为有限，只能局限在包装等轻度劳动、停车场的管理员、打扫大楼之类。总之，他除了工作之外，别无选择。

后来过了一阵子之后，他心中对游民产生了不安。

他自己也不晓得，为什么会对游民产生不安。他来到东京，正在找工作的时候，一开始是新宿车站大楼地下楼层的美食街。他记得很清楚。事发太过突然，而且强烈的不安令他自己也感到惊讶。或许是因为如此，他才会鲜明地记得。

从设有中高龄就业窗口的求职公司 Hello Work 回来的路上，正好是午餐时间，想吃碗站着吃的荞麦面，于是进入了车站大楼地下楼层的美食街。来东京时，他决定只吃便利商店的饭团、站着吃的荞麦面或日式牛肉面。在地下走道看见在翻餐饮店垃圾场的游民，他忽然开始心跳加速。

当然，他并不是有生以来，第一次近距离看到游民。因为工作三十多年的出版社在早稻田，所以一天到晚都可以在车站或公园看到。此外，他不曾歧视游民，也不觉得他们很脏或可怕。他受到身为邮局员工及劳动组织干部的父亲影响，从大学时代就站在偏左翼的立场，思考政治和文化。因此，他对富裕阶层反感，对游民等贫困阶层，反倒寄予同情。

走在东京街头，一定会遇到游民。他每次都会心跳加速、冒冷汗，严重时甚至差点当场跌坐在地。因此，他也无法去便利商店买饭团到公园吃。

如果可以的话，因藤想在住家当地获得工作，因为当地几乎没有游民。总之，他必须工作。光靠妻子打工的收入，日子实在过不下去。家里仅有的一点存款也已经几乎花光，节衣缩食地勉强生活，向老家借钱让独子念公立大学，但是他还有一年才毕业。儿子也在打工，但还是花钱。

但在当地，即将迈入花甲之年的人，顶多只有替公园除草这种工作。即使打工做道路施工的交通引导员、搬家或快递、打扫大楼等，在这种经济不景气的时候，只有东京才有工作。他害怕游民，只能持续在东京工作。

因藤除了做梦日记之外，还有另一个令他心情平静的东西。那就是水。小学远足时，他发现了它的美好。三年级时，去爬附近的山，但是新鞋严重磨脚。水泡破了，他痛得边哭边走，班主任发现了，替他治疗。当他向班主任道谢，正要迈开步伐时，班主任说："因藤，等一下。"班主任叫住他，要他喝水。因藤的水壶里装着他爱喝的可尔必思（一种乳酸菌饮料），所以班主任让他喝自己水壶里的水。水非常凉，味道略微甘甜，令他心情平静了下来。班主任说："爬上山的时候，有一间神社，对吧？那里有涌泉。很好喝吧？因藤，你听好了，发生什么痛苦或不顺心的事时，要先慢慢地喝水，那么一来，心情就会平静下来。不能喝混浊的水或腐臭的水，要喝跟这种水一样干净、澄澈的水。"

从此之后，他就开始对水有所坚持了。在还没有塑料瓶装矿泉水的时代，他会用一升的酒瓶装班主任告诉他的那间神社的涌泉饮用。父亲经常会骑摩托车载他去神社，但因为是珍贵的水，所以不能常喝，他会在疲累时，或者在考试前想让心情平静时喝。

他也曾向住在脊振山山麓的朋友讨他家里的井水，或在高中时，自己步行于群山之间，寻找涌泉。大学来到东京之后，他费了好一番工夫，寻找清甜的水。他也曾询问对山熟悉的朋友，前往富士山山麓取水，而在八王子和奥多摩则有许多取水的地点。但工作之后，他就抽不出空儿远行了。因此，"六甲的纯净水"上市时，他心情雀跃得想要手舞足蹈。上市当时，用的容器不是如今的塑料瓶，而是以内部涂一层铝箔的纸容器出售。90年代之后，才开始出售各种塑料瓶装的矿泉水。

任职于出版社时，购买各种矿泉水是他唯一的乐趣。他喜欢欧洲的气泡水，最爱的是产自法国的科西嘉岛、叫作OREZZA的水。

然而，自从被裁员之后，包含OREZZA在内，他不得不放弃进口的纯净水，被迫一口气缩减生活开支。OREZZA这种气泡水是五百毫升的瓶装，一打要价五千日元，他买不起这种水。他也想要一个巴卡拉（Baccarat）的水晶玻璃杯，但是只能死心。

因藤在被裁员之后，才发现自己的生活基盘是如此脆弱。不，其实他或许隐约知道，但是害怕清楚地看到。他不晓得具体的养老金金额，也不想去查。他只知道薪资低，所以应该领不到多少养老金。

退职金少到和大型出版社无法相提并论。明明工作了三十多年，但即使加上优退津贴，顶多也区区七百万日元不到。他险些发飙，怒吼："就这么一丁点吗?!"但是进公司之后，数度关注他的社长说："抱歉，这是上限了。"他也只能接受。存款只有两百万日元，而且没有房产，所以包含电费、燃气费等，一个月的开销将近十五万日元。今后，儿子就业和结婚等，应该需要花一大笔钱，而且自己和妻子也上了年纪，不见得永远身体健康。妻子的打工收入是一个月十四万日元左右，想到生活费、儿子的学费，以及各种保险费等，除非因藤继续工作，否则积蓄一转眼就会归零。计算完时，眼前一片漆黑。

非工作不可这个压力，令他感到痛苦。而且，无论是道路施工的交通引导员、快递的包装或配送、打扫大楼等，都是体力上吃不消的工作，所以他的身体状况数度亮红灯。每次因为感冒或腰痛、背痛而无法工作，就必须寻找新的派遣公司。年近花甲之后，实际上一个月只能工作半个月，委实难堪。或许是因为慢性睡眠不足的缘故，他也几乎不再做梦，有时甚至半年多没写做梦日记。

　　就在这个时候，他心中产生了对游民的不安，他自己也觉得，身心俱疲造成了重大影响。

　　但是，非得设法消除内心的不安才行。

　　有一次，因藤想要针对不安的对象——游民，进行调查。他天生爱读书，但是一开始连阅读游民相关的书也感到害怕。他在二手书店买了四本书，在不用工作的日子里，以及在前往东京的电车上，他会一面平息不安，一面阅读。两本是学者和做支援的公益团体针对游民的实际状况所写的报告，而另外两本则是现场采访记者实际采访游民所写成的书，每一本都写得很好，阅读的过程中，他发现了令人意外的事实。

　　首先，他知道了许多变成游民的人并非好吃懒做，而是因为一连串的不幸，迫于无奈才不得不选择露宿街头。再者，如果可以的话，许多人很想工作。高龄者几乎是初中毕业或高中毕业，但是大学毕业的人占整体的三成以上。行政机关的自立支援中心没有充分发挥功能。许多人生病，尤其是患肺结核等感染类病居多；还有许多人酒精成瘾；因为需要地址、亲人等信息，所以申请社会救助的人不多；各个公园有以出生地聚集的趋势；也有许多人为了逃避讨债者，所以容易聚集在距离福祉中心较远的地方。

采访游民的书中，强调了令人害怕的事——那就是人意想不到地容易沦为游民。其中，也有人曾是大型贸易公司的主管或建筑公司的能干业务员。他们沦为游民的背后因素都是，泡沫经济瓦解和之后的长期经济不景气，也有许多人背了一屁股债。因藤下定决心，绝对不要举债。

看完之后，他决定将沦为游民时的共同点汇整于笔记本。他心想：为了避免成为游民，只要留意避开这些共同点就行了。

基本上，他们都失去了工作，也大多因为生病或意外等，而失去了健康。一旦生活穷困，夫妻关系几乎都会变得恶劣，不久之后失去家人，然后失去住处。最后，因藤在笔记本上用红笔写下：

"必须彻底守住工作、家人、健康。死守住处。绝对不借钱。"

黑色推销员

做梦日期：二○一二年二月二日（周四）。继续做上周的川崎自来水工程。

步下夜间的山路。道路非常狭窄，走路必须注意脚底下。从周围的黑暗中，发出不知是鸟或昆虫、令人毛骨悚然的叫声。两侧都是树林，树木稠密。我漫无目的地行走。不久之后，道路向右弯，前方出现光亮。似乎是河滩，好像有人群。我诧异地心想：这么晚了，他们在做什么呢？我好像目击到了什么。人群察觉到我，个个手持棍棒或柴刀，朝我追了过来。我吓得动弹不得。（至今做过几次一样的梦。不祥的梦。但愿不会发生不好的事。)

　　因藤在川崎市内的住宅区，手持人称闪烁灯的引导灯，站在单向通行的出入口，引导车辆。那里正在进行自来水管的更换工程。去年大地震之后，各地的行政机关一起作业。地震时，老旧的自来水管破裂，陆续出现断水的地区，抱怨蜂拥而至。行政机关好像疲于应对。早上八点半，因为是住宅区，所以交通量小。因藤全身像冻僵一样，腰和左胸一带疼痛。他担心是心脏不好，但是妻子说，应该是肋间神经痛。

　　今天早上因藤做了噩梦，伴随可能会发生什么不好的事的预感醒来。他搭乘东武东上线的第一班电车，先后在池袋、武藏小杉转乘电车，前往被派遣到的建筑公司，和工人们一起搭乘面包车，前往工地现场。在冷清的住宅区引导交通很简单，但是站着的时间长，所以寒气渗透了全身。

　　阳光若是照在身上，身体就会渐渐暖和起来，腰痛也会减轻。因藤喜欢这个时光。虽然工作本身辛苦，但是切身感觉到自己在工作。工地主任拿着热咖啡来给他。主任名叫久保山，才三十六七岁，待他非常和善。

　　"因藤先生，你认识那个男人吗？"久保山说道。

　　确实有一个男人站在马路上，看着这边。

"哎呀，距离太远，我看不太清楚，但我在这一带没有认识的人。"

因藤眺望那个男人许久之后，如此答道。

男人戴着黑色帽子，身穿长及膝下的黑色长大衣，身高一般，但是看起来有点肥胖。他大概是发现了久保山和因藤看着自己，随即别开视线，缓缓地远离工地。

"原来如此。我以为他在看你。哎呀，我一开始以为是这一带的居民要来抱怨噪声呢。但是他什么话也没说，只是看着我们工作，又没有干扰我们，我就假装没看见了。我之所以问你认不认识他，是因为年轻小伙子说他好像在看你。"

久保山笑着如此说道，又回了工地。

因藤总是觉得，久保山是个好人。毕业于知名大学的工学院，但是想在工地现场累积经验，于是任职于员工数十人的小建筑公司。这是一家主要承揽行政机关工程的小公司，很少四年制大学毕业的人来应聘，何况又是知名大学，所以他马上被委派至工地现场。而且他认真念书，考取了一级管线工程施工管理技师的证照。

大部分的工人都比久保山年长，然而，他身为主任受到众人信赖，人人都喜爱他。他虽然对工作严格，但是个性稳重，不会作威作福，而且彬彬有礼。对于因藤而言，最受不了的倒不是寒冷或酷热，而是被比自己年轻的人斥责怒骂。久保山完全不会做出那种事。交通引导员这份工作虽然常令因藤感到体力吃紧，但是人与人之间的关系并不差。

因为是承揽工作的小公司，所以经常以勉强刚好的人数工作。若不互助合作，工作就进展不了，而且大家中午一定会一起吃便当、聊天。麻烦的反倒是订货的行政机关，以及原包装商。他们的人时不时会身穿没有半点污迹的工作服、系着领带，来巡视工地。他们好像认为自己身为管理者，必须指导些什么，所以会提醒无关紧要的事，或者严厉斥责。

因藤挥舞着引导灯，让老妇人开的红色轻型汽车停下，等待前方三十米的同事的信号，再让她驱车前进。他看见轻型汽车驶去的地方，又站着刚才那个一身黑衣的男人。

一身黑衣的男人好像某人。但是距离遥远，而且他戴着的针织帽压得很低，所以看不见长相。因此，他并非像谁，而是令因藤联想到西方的恶魔、手持大镰刀的死神，或者幽灵之类不祥的东西。说话回来，黑色大衣、黑色帽子这种打扮，和幽静的住宅区格格不入。因藤在担任交通引导员之后才知道，都市的住宅区基于条例，禁止高层公寓、商业大楼、店铺和工厂进驻，所以外人自然显眼。

居民基本上开车，所以走路的人不多。除此之外，顶多是快递员，外送比萨、寿司和荞麦面等的店员，以及登门拜访的销售员、传教者，居民大致上都带着幼童或牵着狗。

一身黑衣的男人或许是觉得站在同一个地方很显眼，而且会遭人起疑，所以在工地现场的周围徘徊，一会儿身体靠在行道树上，一会儿靠在附近人家的门柱上。

因藤不再将注意力放在黑衣男人身上，因为到了中午，交通量稍微增加了。在单向通行的马路上引导车辆，站在两边停止线的引导员互相合作很重要。最近，也有许多年轻小伙子不认真地接受培训，派遣的保安公司几乎不会录用那种人。此外，公司会配置老手到高速公路和交通信号灯复杂的工地，而新人则是先从住宅区这种引导上相对简单的地方开始。

必须算准时间点，对站在另一边停止线的同事和车辆，动作利落地使用内藏 LED（发光二极管的简称）的闪烁灯才行。瞬间的犹豫经常会引发混乱。因藤的工作是确认车辆减速、停止，然后向同事发送"可以通过"的信号。工作内容单调，但是一个失神，注意力不集中，经常也会造成车祸。培训中反复教导的是，要以坚决的态度，要求车辆减速和停止，获得协助的情况下，要行礼表示敬意。

"喂，你是因藤吧？你是因藤茂雄，对吧？"

午餐时，忽然有人对他说话，因藤回头一看，那个一身黑衣的男人正看着他。男人将手插在大衣的口袋里，弓身站着，眼睛直盯着他。男人身上发出诡异的臭味，像是女用香水般香甜而刺鼻的臭味。

"那是便利商店的便当吗？看起来很好吃。"

男人看到因藤手中的便当，笑着说道。因藤想起了《黑色推销员》(笑ゥせぇるすまん)。看到一身黑衣的男人时，因藤有了不祥的感觉，觉得他好像某人。原来他有点像漫画的主角。虽然主角头戴礼帽，一身黑衣的男人头戴针织帽，但是像的不是外形，而是感觉。男人身上有一股像是会带来霉运或不幸的讨厌气场。

他为何知道我的名字呢？因藤看了一眼胸前的名牌。上头以手写体写着全名。但是，两人之间的距离没有近到能够看清名牌上的字。因藤坐在人行道边上吃便当，男人站在他身后，灰黑色的针织帽被压得很低，脖子上围着一样颜色的围脖，所以看不清楚他的长相。

公司会到便利商店，一起给工人买午餐。因藤是保安公司派遣的人，所以一毛不少地自己支付餐费。今天是四百九十日元的牛绞肉便当，除了自己带便当的人之外，基本上所有人都吃一样的食物，饮料是放在面包车上的热茶。依工地而定，引导员有时候也会一面继续工作，一面以饭团解决午餐。因为无法移动工程车辆，或者无法解除单向通行的情况下，不能停止引导交通。

因藤一面心想眼前的情况真诡异啊，一面吃便当。他和一身黑衣的男人之间，隔着人行道的护栏。或许是因为身穿长下摆的大衣，男人无法跨越护栏，依旧站在因藤背后。因藤虽然好奇他是谁，但是没空理他。总之，引导员必须快点用完餐。

"因藤，是我啊，你不记得了吧？"

一身黑衣的男人将上半身靠近因藤，拉下围脖，如此说道。

男人拉下围脖之后，出现了一张同辈的疲惫脸庞。因藤满口牛绞肉便当的饭，问："不好意思，请问你是哪位？"

"你不记得了吧？我是福田啊。初中时，我们同班。我是转学生，而且只在鸟栖待了半年，所以也难怪你不记得我了。"

福田？因藤还是不记得。然而，为什么他会知道因藤的事呢？因藤头戴安全帽，而且两人之间有一小段距离。

"那个啊。"

自称福田的男人，指着因藤背在肩上的膳魔师运动保温瓶。那是真空隔热型的不锈钢制水壶，容量为一升，里面装了 PARADISO 这种意大利产的气泡矿泉水。PARADISO 比 OREZZA 等略为便宜，碳酸也不怎么强。想让心情平静时，因藤会小口小口地喝。包覆运动保温瓶的袋子是鲜艳的红色，确实很显眼，但尽管如此，为什么男人会知道那是水壶呢？

"你在鸟栖东中学，也老是背着水壶，不是吗？"

因藤听到鸟栖东中学，一股怀念之情忽然涌上心头。这个男人肯定是初中同学没错。否则，他不可能知道那所学校的名字。福田？他是自卫队干部的儿子，擅长数学的福田贞夫吗？

"是啊。你都叫我阿贞。"

福田曾说他因为父亲工作的关系，一再转学。可是，因藤觉得自己跟他并不怎么亲近。

"我刚转学，没有朋友的时候，你对我很好。"

因藤记得昵称为"阿贞"的转学生。不久之后，下午的工作开始了。因藤说："真高兴见到你。"他正要离去时，福田问："你明天也会在这里吗？"因藤回答："明天要移动两百米左右，但是在同一个小镇内。"福田指着马路的另一边，说："我明天再来，我家在那后面。"两人交换手机号码后，道别了。

做梦日期：二〇一二年二月三日（周五）。继续做上周的川崎自来水工程。在工地遇见了同学。

狗的前脚似乎扎着一根大刺。不是从旁边刺进，而是像支柱似的，沿着骨头刺进肉的内部，而且刺在下方凸出来。人们叽叽喳喳地说："好可怜。"我一看，那不是刺，而是前端锐利、像细木棒一样的东西。我一面支撑狗的身体，一面轻轻地触摸它的脚，慢慢地替它拔出木棒。意外顺利地拔出了。狗没有看我，朝看似饲主的女性跑了过去。（好久没梦到狗。或许是在工地受寒，腰痛强烈了。我得设法努力才行。）

因藤忍着腰痛，搭乘第一班电车。喉咙也觉得不舒服，他站在车站的月台上，确认一旁没人，将痰吐在面纸里包了起来。早上喉咙的情况总是不好。年轻时，他不会这么在意痰。小时候，看到喉咙发出"哗啊——"一声吐痰的大人，他会感到不悦，总觉得那是一种旁若无人的象征。因此，因藤在吐痰时，会顾及周围的人。

昨晚，因藤难得在睡前想喝酒。他平常几乎都不喝，偶尔吃晚餐时，小酌一瓶罐装啤酒而已。但是昨天不知道为什么，想喝烈酒。他拿出早已落上灰尘的三得利角瓶，掺了 PARADISO 喝，从壁橱内的手工自制书柜拿出《黑色推销员》，看了几篇。

酒醉之际，因藤想起了许多关于福田的事。他们曾一起去看学校禁止的电影，替彼此向对方喜欢的女生告白，因藤还经常让福田从自己随身携带的水壶喝脊振山的涌泉。自己为什么无法立刻想起他呢？说不定是因为不想让曾是同学的男人，看见在当交通引导员的自己。

因藤抵达工地后，一面挥舞引导灯，疏导车辆，一面寻找福田的身影。然而，福田迟迟没有出现。

福田到了十一点也没现身。因藤心想："他大概是昨天来到工地，知道自己无法在午餐前交谈吧。所以，他说不定打算配合午休时间，来见自己。"今天工作的地方距离昨天的工地将近两百米，但并非找不到的地方。而且福田说，他住在这附近。

午餐时，因藤在稍微远离其他工人的地方，打开便当，坐在岔路的一棵樱花树树根上。正好位于丁字路的交会点，他能够清楚地环顾四周。今天是便利商店的鲑鱼便当，因为工作的关系，用餐时间不到十五分钟。然而，不能因为只有十五分钟，而狼吞虎咽地猛扒饭。

从前尚未习惯时，因藤吃过好几次苦头。在数百人作业的高速公路工程等地，会准备简单的流动厕所，但是在铺设自来水管或通信电缆等小规模的工地，必须在作业前先解决内急。离开公司时自不待言，顺道前往加油站、便利商店等，一定要先去上厕所。在交通量大的地方感到尿意或便意，简直身陷地狱，痛苦不堪。因藤甚至有一阵子包尿布，但是事后处理很麻烦，所以如今没有那么做了。如果附近有没人看到的地方，小便就能设法解决，但是大便可就不行了。

因藤先从运动保温瓶喝一点PARADISO，做了一个深呼吸，让心情平静下来，然后慢慢地吃便当。他细嚼慢咽，极力避免喝饮料。汗如雨下的夏天不喝饮料反而危险，他会喝动元素（Aquarius）等能够补充盐分的运动饮料，而不喝水。他一面吃鲑鱼便当，一面在腰部贴上新的暖暖包。今天腰不知道撑不撑得住。吃了镇痛消炎药，疼痛稍减了。

即使午餐时间结束，福田还是没有现身。随着时间流逝，因藤发现自己满心期待着福田出现。他想告诉福田"我清楚记得你哟"。他的目光注意着四周，持续挥舞引导灯。

下午四点时，福田终于出现在丁字路的转角。

福田一面挥手，一面朝因藤走过来。但是，他的走路方式很奇怪——他拖着一条腿。难道是受伤了吗？还是腰不舒服呢？因藤腰痛得厉害时，也会变成类似的走路方式。因为体重直接落在腰部，就会引发一阵剧痛，所以不可避免地拖着一条腿。

福田身穿黑色大衣，头戴针织帽，一身跟昨天一样的打扮。但是因藤并不觉得不自然，自己也只有穿了一件外套。

"嗨。"

福田来到附近，出声向因藤打招呼。倾斜的阳光照在福田脸上。他的脸色依旧不佳，肌肤没有光泽，颜色黑得不健康。他开始不停地咳嗽了好一阵子，包含久保山在内，工人们往这边看过来。因藤一问："你没事吧？"福田一副没什么大不了的样子，摇了摇头，说："你别理我，继续工作。"边说着，边将右手掌对着他。

"因藤，有水吗？"

福田拖着脚靠近因藤身旁，一脸痛苦的表情问道。一阵强烈的臭味飘了过来，跟昨天一样类似女用香水的臭味，恐怕会破坏嗅觉。

"喏，喝吧。"

因藤打开装了PARADISO的运动保温瓶的瓶盖，递给福田。但是，福田拿在手中，迟迟没有就口，问："我真的可以喝吗？"他好像在迟疑，方不方便将保温瓶直接就口喝。因藤说："喝就是了。"福田露出了僵硬的笑容，说："不好意思。"他笑的时候，因藤霎时看见了他口内，上下各缺了一颗门牙，大吃一惊。

"我没喝过这么好喝的水。跟当时一样。"

福田开心地笑了。

工作结束之后，福田说想让因藤看一看他家，所以因藤拜托久保山，给他五分钟的时间。从工地稍微爬上坡道处，有一座围着红砖围墙的豪宅，福田在那里停下脚步，说："就是这里，你没时间进去一下吧？"随后，又剧烈地咳个不停。因藤说："我得搭面包车跟大家一起回去。"福田露出落寞的表情，点了个头，说："那就没办法了。"

福田蹲在大门旁的车库前面。那是一个大车库，停放两辆大型轿车绰绰有余，若是轻型汽车，应该停得下三辆。淡蓝色的电动铁卷门关着，毫无脏污。大门是具有暗淡光泽的锻铁制，高度超过两米。红砖围墙内，耸立着有大阳台的三层楼建筑物。因藤抬头仰望，惊呼："好气派的房子。"福田又不停地咳嗽，说："没什么大不了的。"因藤打算等福田进入家里之后再回工地，但是全身散发强烈臭味的同学却迟迟不肯开门。

"我要回工地了，你进去吧。"

其他工人正在工地善后，因藤必须快点回去。但是，福田说："不，我目送你走。"他又迈开脚步。这时，低调地安装在门柱旁的小金属门牌映入眼帘。门牌上以罗马拼音写着"SAWA"（佐和），并非福田（HUKUDA）。福田发现因藤在看门牌，苦笑道："就是那么一回事。"他说："其实，这里是我妻子的亲戚家，那个亲戚的老公外派国外，所以暂时借住。"

因藤点头道："原来是这样啊。"他想要回工地时，一名牵着狗的妇人走在路上，朝这边而来。福田察觉到她，牵起因藤的手，赶紧离开大门，移动到马路的另一边。牵着狗的妇人看了身在马路另一边的两人一眼，皱起眉头，直接在安装于门柱上的电动锁开关盒处输入密码，打开挂着"SAWA"这个门牌的家门，进入其中。

"她是帮佣，我们不对眼。真是伤脑筋。"福田面露苦笑说道。

因藤心想，这里不是福田家。但是，因藤没有把这件事说出口，只说了"那我走啰"，朝工地迈开脚步。

"你明天也会来这一带吧？"福田问道。

因藤回答："明天要去另一个工地，不会来这里。""是喔。"福田低下了头，又不停地咳嗽，以几乎听不见的音量说："有事的话，我会打电话给你。"

前往山谷

做梦日期：二〇一二年二月六日（周一）。今天也因为腰痛而站不起来。

夜间的山路。四周的黑暗令人毛骨悚然。两侧是树林，树木稠密。不久之后，道路向右弯，前方是河滩。人群是一群敌人或犯罪者。他们拿着武器追我。（附记：平常做的不祥之梦。难道会发生更糟的事吗？）

或许与连日天寒有关系，腰痛日益严重。前天几乎是从被窝里爬出来的，只是想起身，从臀部到腰部，乃至于背脊一阵剧痛，站不起来。那一天的工地是在练马区大泉学园的住宅区，比前一天的川崎更近，但身体状况实在无法去工作。

有工作的日子，因藤会在清晨四点离开被窝。为了避免吵醒妻子，他会悄悄起身，但是那一天疼痛剧烈，忍不住出声哀号。他以弓着背、倾斜身体的奇怪姿势，忍痛好一阵子，然后低喃："拜托，拜托，别那么痛，让我去工作，如果请假，说不定又得找新的派遣公司了。"

"你怎么了？腰痛吗？"妻子醒来，语气担忧地问道。

"不要紧。"因藤想回答，但是发不出声音。清晨的寒气笼罩身体，疼痛非但没有好转，反而越来越剧烈。妻子一边说"喂，天冷，被子盖着"，一边轻抚他的背部。因藤想说"不要紧"，但还是发不出声音。赫然回神，他发现自己在呜咽。

真丢脸，这样不行，不出门工作的话，收入会中断。

妻子说："你得休息才行。"她前几天也不安地嘟囔道："当地的超市似乎要在春天重新开幕，说不定打工的机会会没了。"对了，这一切都是发生在见到福田之后。那家伙果然像是笑容满面的推销员一样，是会带来霉运和不幸的扫把星吗？为了避免成为游民必须死守住这个项目，可是这种情况下去，因藤感觉自己过不了多久就会失去工作和健康。他心生不安。

他打电话到派遣公司，说腰痛严重，想要请假。他告诉负责人："周末休息，下周一起应该就能去工地。""请你好好休养，把病治好。"负责人语气温和地说完就挂了电话。因藤担心派遣公司说不定会删除他的登记。

大地震之后，自来水管和通信缆线的铺设工程，以及建筑物、道路和桥梁等的补强工程增加，引导员不足，现在登记的派遣公司比较有良心，会介绍交通量小的近距离工地给高龄者。也有公司会强迫派遣员住在东北或北关东的工地。再说，如果要去新的派遣公司登记，就又得前往有游民的东京了。

除此之外，妻子害怕失去工作的担忧在下周一成真了。原本工作的超市在重新开幕的同时，大幅改变卖场的配置，妻子原本工作的熟食区关闭，似乎变成了沙拉专卖店。妻子垂头丧气地说："之前是以手工的妈妈味这种广告标语，出售牛蒡丝和马铃薯炖肉等熟食，但是消费者吃腻了，销售额每况愈下。"

随着年纪增加，睡眠时间也越来越短，不太做梦。尤其是自从开始当引导员之后，几乎没写做梦日记，顶多一个月写一次就算不错了。即使做梦，早上也要早起，匆匆忙忙地准备出门，所以来不及写下内容就忘了。

但是，这一阵子做梦连连。而且相隔好几年，做了两次在深夜的山路被人追这种不祥之梦。因藤并不相信占梦这种东西。

可是，相隔许久做了不祥之梦那一天，他遇见了福田这个同学。因藤确实感到怀念，但那家伙说不定会像黑色推销员一样带来霉运和不幸，这样的担忧一直没有消失。

在妻子的建议之下，内藤去附近的民俗疗馆推拿，腰痛稍微改善了。不过，只是改善到勉强能走的程度，还是痛得相当厉害，已经不能勉强自己了。他没有自信再胜任引导员。腰痛恶化也是在做不祥之梦，遇见福田之后才发生的。

第一次看到福田时，为什么会觉得他像黑色推销员呢？重看的漫画中，出现了许多人改变，无法恢复原状这种恐怖的主题。举例来说，有一个认真的上班族憧憬喝酒、赌博、玩女人这种刺激的生活，黑色推销员交给他假发和太阳眼镜，说："戴上它们，你就能变成别人。"他连日在酒店街像别人一样粗暴地行动，原本压抑的情绪获得了释放。他每天过着刺激的生活，觉得很愉快，黑色推销员建议他要不要真的变成别人看看。他拿着黑色推销员给他的字条，前往一间破公寓一看，有一户孩子众多的贫穷家庭，孩子们叫他"爸爸"。而故事的最后一幕是，妻子在他原本的家前面感叹道："老公到底去哪里了呢？"

从前，公司的社长和同事们曾在酒席间聊到：人生中最可怕的事情是什么呢？如今回想起来，那是不适合宴席的话题，但是泡沫时期的出版界朝气蓬勃，流行喝醉了酒，进行严肃的讨论。有人说："有比自己死掉更可怕的事吗？"因藤反驳："比起自己死掉，最爱的人死掉更可怕"。最后社长抛出疑问，说："自己或最爱的人死掉，跟完全变成别人，哪一个比较可怕呢？"

当时，因为喝得酩酊大醉，所以笑着聊那种话题，但是在那之后，"完全变成别人"这件事在脑海中久久挥之不去。因为完全变成别人，可不是因为厌恶而改变态度，或者变心这种层次；而是丧失所有记忆，精神发生异常、无法认知对方或自己，以及身体被外星人或鬼魂侵占。因藤心想：这些情况，是否比死亡更可怕。人死是物理性的消灭，但即使变成别人，那个人也必须活下去。

黑色推销员的黑色幽默是基于这种恐惧。话说回来，福田为何会在那个川崎的住宅区呢？

那座豪宅不是福田的家。那位牵着狗的女性也不是帮佣。她身上穿的是典型的有钱人的服装，采取的是典型的有钱人的态度。因藤在高级住宅区当交通引导员后才知道，真正的有钱人不会表现出自己是有钱人，绝对不会自以为了不起。但是，他们会身穿在任何人眼中都不丢脸的服装，逢人必打招呼。虽然有的人阴沉或冷淡，但是态度低调，那是因为仗着自信。福田为什么会想带因藤去那座豪宅呢？他应该知道因藤必须马上回去工地。因藤无法理解，他为什么要带自己去门牌上的姓氏跟他的不一样的房子前。再说，那一身黑色大衣和针织帽也跟住宅区格格不入。最异常的是臭味——像是女用香水的强烈臭味。因藤越想越糊涂，尽是令人百思不得其解的事。假如那座豪宅不是福田的，他为什么待在那个住宅区呢？他在做什么呢？

不过，因藤很高兴他记得水的事。当福田咳个不停，看起来身体不佳时，因藤之所以让他喝运动保温瓶里的PARADISO，也是因为初中时，福田说装在水壶里的脊振山的涌泉好喝。因藤很少会给别人喝重要的水。他不是因为舍不得给别人喝，而是因为自己挑选、自行装进容器的水，是某种绝不让步的象征。

然而，随着时光流逝，福田这个同学的事变得无关紧要，因为因藤自顾不暇。妻子失去工作，迟迟找不到下一份工作，一丁点积蓄见底只是时间的问题。再说，尽管身体状况稍微恢复，但是由于腰部状况，他还是不能整天持续站在路上，派遣的保安公司也不再来电联系，而因藤也没有力气前往东京的Hello work。

因藤的话变少了，和妻子的对话也减少了。虽然他担心存款的余额，但是彼此都害怕说出口。做什么都要花钱，因为腰痛的缘故，他连散步都去不了。

"您是因藤先生吗？您认识福田这个人吧？"

迈入三月后不久，一个陌生人打电话来。

即使听到福田这个名字，因藤一时也想不起来他是谁。在川崎的住宅区遇见福田之后，已经过了一个多月，而且经济窘迫，日子一天比一天更具有柴米油盐味，因藤满脑子想的都是该怎么筹出儿子四月要缴的学费，治疗费也不是一笔小钱，是否该停止去民俗疗馆比较好。

"呃，因藤先生？您是因藤茂雄先生吧？"

电话应该是一名中高龄的女性打来的，她的说话方式标准而冷淡，令人联想到政府机关、医院或警察，因藤产生戒心，小声地应道："我是，有什么事吗？"

"我是台东区一家叫作富士旅馆的人，喂，您在听吗？"

那名女性的声音并不尖锐，说话方式也很缓慢，但是因藤觉得她的说话方式有点带刺，所以感到焦躁。他当然不晓得台东区叫那个名字的旅馆，而且即使去东京，也不曾去过老街。于是，因藤语气不悦地应道："有什么事吗？"女性又问："福田先生，福田贞夫先生，您认识他吧？"因藤心想"我想起来了，那是像黑色推销员的福田啊"，以一种"我认识他，那又怎么样"的说话方式，应道："是，我认识。"

"福田先生，是我们的房客，因为某种缘故，要请他搬出客房，呃，那个，他生病了，身体动不了。一般的话，我们会请房客到政府机关申请社会救助，收取房钱，然后请房客去医院。但是福田先生怎么也不愿意申请社会救助，我们无计可施，他已经欠了两个月的房钱。一般来说，会将房客送到医院，但是福田先生说了您的名字和电话号码，要我们跟您联系，所以我才会打电话给您。"

因藤搞不太清楚情况。他跟福田交换了手机的号码。如果有事，他应该会自己打电话来。

"福田先生没有手机。哎呀，我不晓得他和您见面时怎么样，总之，他现在没有手机，身体也动不了，我们很伤脑筋。"

女性说是台东区，但那是哪一带呢？因藤心想：先问地点再说。问了之后，女性要他从南千住站过了明治通之后，前往城北劳动福祉中心。

"以旧地名来说，是山谷。"

女人说了"山谷"。那是有名的简易旅馆街。因藤曾在杂志上看过，那里如今是游民的聚集场所。福田为什么在那种地方，希望我做什么呢？因藤在便条纸上写下：南千住，过了明治通，城北劳动福祉中心。最后询问了电话号码，他也写了下来。

"呃，请等一下。"

女性正要挂电话时，因藤连忙制止她。

"所以，呃，你到底要我做什么呢？"

女性沉默半晌之后，不耐烦地清了清嗓子，以责怪的语气说："我说你啊，你不是福田先生的朋友吗？"

"我们也很困扰，拖欠住宿费、拒绝社会救助、无法步行、没有亲人，还要我跟你联系。所以，我才像这样跟你联系。你懂了吗？如果你不能过来一趟的话，请你现在就说。我会告诉福田先生，你不会来。"

如果自己不去的话，福田会怎么样呢？话说回来，因藤也不晓得福田为何会在山谷的旅馆。难道他说那座豪宅是他家，是骗我的，其实他住在简易旅馆街吗？说到这个，在工地见面时，他也一直在咳嗽，脸色极差，他生病了吗？因藤对于详情一无所知，但是事情演变成了麻烦的局面。因藤如此心想着，便问："福田的状况如何？"女性呛了一句："我又不是医生，我哪儿知道！"

"他咳个不停。还有，不能行走。你知道吗？他大小便失禁。顾虑到其他房客，基本上我们会打扫，但是枕边有沾了血的面纸，我们已经无法忍受了。你不能来是吗？这样的话，就由我们处理，真的可以吗？"

处理是指怎样处理呢？因藤询问的声音在颤抖。女性的语气渐渐变得刻薄，因藤感到异常的气氛，害怕了起来。

"送他去医院。我们会在车上铺塑料布，请你不用担心。"

女性忽然粗鲁地挂断电话。因藤握着手机，愣了许久然后想起了之前看过关于游民的报告。有一段记载是，住在山谷的廉价旅馆，金钱告罄，而且因病不能动的流浪汉，深夜被弃置于医院的大门前。据说是丢包者懒得叫救护车，所以开车将流浪汉丢包于医院。

过一会儿，发生了不可思议的事。因藤的脑海中浮现福田一面咳嗽，一面躺在山谷的廉价旅馆，然后忽然鲜明地想起了初中时代的相遇。因藤在入学典礼那一天，遇见了福田。教室里充满了春天的阳光，男女学生各依毕业的小学分成两群，内心感到兴奋与不安，高声聊着制服、社团活动和班主任。一个学生待在窗边，他不属于任何一群，神情恍惚地眺望窗外，没有人注意到他。

因藤不太记得，自己为何靠近那个学生。无论是念书或运动，因藤都属中等，不是会成为班级干部的那种学生，个性不算体贴，也不会多管闲事。因藤对他"嗨"了一声，说了自己的名字。那个学生自称福田。他似乎是在寒假，从关东搬过来的，说得一口标准语。

"真难得啊。真的很难得。"福田面带微笑地说道。

"难得什么？"因藤问道。

福田似乎因为父亲工作的关系，从小学开始就反复转学。父亲是精英自卫官，驻扎地经常改变。福田说："对于转学，我有让自己适应的诀窍，那就是在新环境中找出一个好的部分。大多是可爱的女生，不然就是美丽的景色、善待自己的班主任。往往会有某个好的部分，如果不积极地寻找，经常不会觉察到。"

转学几乎免不了讨厌的事，像是被霸凌，或被当作空气，对于陌生的景色和第一次听到的方言，会心生不安。所以，福田会试图寻找好的部分，但是像今天这样，第一天就找到，很难得。

福田在窗边远离其他学生，神情恍惚地望着窗外的景色，在脑海中挥之不去。从窗户能够看见有池塘的中庭，柔和的阳光笼罩福田。但是，因藤总觉得那道阳光映衬出了转学生的孤独。

"不好意思，敝姓因藤，你们刚才有打电话给我。"

因藤打电话到富士这家旅馆，决定明天去山谷一趟。他没有义务去见福田，自己都生活窘迫，不晓得能否替福田做什么，而且对于自己的腰部能否忍受搭电车的移动和步行，感到不安。

"怎么了吗？"妻子购物回来问道。因藤依旧抓着手机，杵在客厅。妻子说："你脸色很差。"因藤没有告诉妻子福田的事——我在川崎的住宅区工地偶然遇见初中同学，他带我到一座豪宅，但其实那不是他家，他现在似乎吐血倒在山谷的廉价旅馆，我决定明天去见他。即使告诉妻子这种事，她也不可能理解。妻子八成会问："你要去做什么？"因藤答不上来。连他自己也不晓得，自己要去做什么。

隔天早上，因藤为了确认，打电话给富士那家旅馆的女性，告诉她："我现在过去。"女性问："你要从哪里来？"因藤回答："埼玉的新座。"女性不耐烦地叹了一口气，说："旅馆的大门旁有柜台，到了喊一声。"因藤一问福田的情况，女性冷淡地嘟囔道："你来了就知道，待会儿见。"之后，便挂断了电话。

因藤将 PARADISO 装进运动保温瓶，把两瓶备用的塑料瓶装的水塞进后背包，嚼碎止痛的扶他林（Voltaren）吞下，搭乘电车。虽是上午，但是空气尚且冷冽，腰部贴了三个暖暖包。寒冷和湿气使得腰痛再度发作。

因藤告诉妻子，要去新的派遣公司面试。两人的收入都中断，眼看着积蓄越来越少，所以妻子虽然担心他的腰痛，但还是答应了。而且为了以防万一，在他的钱包里塞了三万日元。因藤想将钱还给妻子，说道："我不需要这么多钱。"但是妻子说："你要是走不动的话，就用这些钱搭出租车回来。"因藤不得已，只好收下了。

因藤搭乘武藏野线至南浦和，转乘京滨东北线到上野，再转乘常盘线几分钟，抵达了南千住。腰部勉强撑过了电车的震动。

因藤走在山谷一带，觉得和其他街道有些不同。从明治通能够看见晴空塔，往来的车辆、行人的服装和表情都极为一般。眼前的景象并非宛如国外贫民窟般临时搭建的小屋林立，垃圾散乱一地，或是打赤脚的孩子们在尘土飞扬中跑来跑去。偶尔会看见几个看似游民的男人，但是并非几百人聚集在路边或屋檐下。

走进狭窄的小巷，旅馆和酒店鳞次栉比。几乎所有住宿设施都是住一晚两千两百日元。商店街的拱顶，悬挂着几面垂幕，上头写着：小拳王的故乡。午餐前，想买饭团或三明治时，因藤知道这里和其他街道哪里不同了——没有便利商店。

除了限制开店的住宅区之外，大多走一百米就有便利商店。但是，过了明治通，走进狭窄的小巷之后，映入眼帘的尽是旅馆和酒店，便利商店连一家也没有。因藤在有拱顶的商店街步行一阵，入口附近有肉店、药店，餐厅、酒店、五金行等一家接一家地开。拉下铁卷门的店家前面，有醒目的瓦楞纸箱和毛毯等，但是不见游民的身影。气氛像是故乡鸟栖也有的怀旧商店街，感觉并不是非常萧条。

然而，因藤来到"松""本""洋""行"这几个字——分别写在正方形广告牌上的舶来品店时，感觉心跳加速。遮雨棚到处破裂，以封箱胶带修补，或者重叠着颜色微妙不同的布。遮雨棚中央有"男性服饰"几个大字，其左右小小地写着舶来品、西装裤、夹克、工作服。因藤是在看见并排着裸露日光灯管的店头，满满地悬挂着夹克和运动服时，感觉到心跳加速。那些采用独特颜色和材质的衣服，看起来简直像是在展示游民的躯壳。

因藤告诉自己"不要紧"，从运动保温瓶喝了一口PARA-DISO，眺望垂幕上的"小拳王"良久。《小拳王》（あしたのジョー）是高中时期沉迷阅读的漫画。剧情是在描述矢吹丈这个孤儿，一天到晚跟人打架，走过泪桥，流浪到山谷的简易旅馆街，遇见酒精中毒的前拳击手丹下段平，拜他为师，对拳击开了窍。于是，两人交换"倒着走出泪桥"[1]这个暗语，以成为冠军为目标。"为了明天·其一"[2]这句话成为流行语，当时发生劫机事件，几名犯人留下了"我们是小拳王"这项声明。垂幕上画着矢吹丈和丹下段平，写着"我回到了这个小镇"这句台词，令因藤心生怀念，心跳渐渐缓和了下来。

离开有拱顶的商店街，走在旅馆街，有几个坐在路上喝酒、看似游民的男人。

1　丹下段平在漫画中对矢吹丈讲了一段话。他说：人生失败的人，个个渡过这座泪桥，流落到这个小镇。我和你总有一天会获得光荣，倒着走出这座泪桥。因此"倒着走出泪桥"暗指"不要在逆境中一蹶不振，而是要努力获得光荣"。——译者注（书中无特殊说明，均为译者注）

2　丹下段平一开始教导矢吹丈拳击时，将各个课题依序命名为其一、其二……

那些看似游民的男人，摊开双腿坐在水泥地上，互相大声嚷嚷着什么。他们醉得口齿不清，因藤听不太清楚他们在说什么，避免和他们对上目光地经过。不可思议的是，心跳得不怎么剧烈，内心也没有不安。因藤害怕万一他们找碴儿，袭击自己的话怎么办，但是并没有像在其他街头看见游民时，陷入忐忑不安的情绪。或许是因为他们融入了街景的缘故。若在其他街头，游民会被人们视为异物，在街头中显得醒目。因藤心想，八成是游民和街景之间的落差会令人心生不安，然后瞬间觉得自己明白了为什么这里没有便利商店。

　　去年冬天，他在新宿的东京都政府附近，为了买饭团而进入便利商店，店内聚集着一群人。他隔着一群人的肩膀看过去，有一个游民一屁股坐在走道上发抖，两名年轻店员一脸不安地站在一旁，其他客人保持一点距离，望着游民的样子。不久之后，三名警官出现，对游民说了什么之后，将他拖出了店。那一天十分寒冷，因藤听见两名店员在谈论：他来捡客人丢弃的便当，身体不舒服，摇摇晃晃地走进有暖气的店内，直接坐了下来。因此，说不定便利商店不会在尽是游民的地方开店。

　　因藤向一名走在路上的五十多岁男人，询问城北劳动福祉中心在哪里。男人从头到脚仔细打量因藤之后，默默地指着一栋近在眼前的老旧建筑物。因藤身穿牛仔裤和羽绒夹克，脚穿运动鞋，背着后背包。男人说不定在确认因藤是不是自己的同类，因藤心想"他以为我是游民吧？"，郁闷地卷起羽绒夹克的袖子，闻一闻自己的手臂臭不臭。几个坐在路上喝酒、看似游民的男人，以及刚才的五十多岁男人，身上都发出了独特的臭味，像是在熬煮什么时的发酵臭味。因藤频频将鼻子凑近手腕一带，闻一闻臭不臭，但他闻不出来自己是否发出一样的臭味。

中心的斜前方，有一面写着"富士旅馆"的招牌，大门前放着各种大大小小的花盆。

纵深数十厘米的架子上，摆满了花盆，大门是组合木框和雾面玻璃的拉门，与其说是旅馆，看起来更像令人怀念的老街民宅。大门上以封箱胶带贴着"暖气开放中"的纸条，一旁贴着一张 A3 左右的厚纸，上头写着"住宿费""一晚两千两百日元／人（先付制）""设备完善，有冷暖气、电视、冰箱、免费热水器、茶具、微波炉、洗衣机、清洁浴缸"。

福田肯定就在城北劳动福祉中心附近的这家"富士旅馆"里面。因藤一碰拉门，门轻易地打开，他连忙又将门关上。

我到底来做什么呢？因藤鼓不起勇气入内，又从运动保温瓶喝一口 PARADISO，做了个深呼吸。

他心想一直杵在大门前也不是办法，手指放进拉门凹陷的把手时，门忽然猛地打开，有人走了出来。因藤吓了一跳，不禁向后退，走出来的中年男子看也不看他一眼，眼睛看着地面低喃道："柜台四点开始受理，现在还不能入住哟。"因藤心想：果然跟臭不臭无关，我因为年龄和服装，也被人当作是这种廉价旅馆的房客。

"有人在吗？"

因藤入内，旅馆内也弥漫着一样的臭味。有一个不锈钢制的鞋柜，从缝隙间露出破破烂烂的运动鞋和磨损的皮鞋。大门旁有个看似柜台的小房间，玻璃拉门对面简直像是展示橱窗似的，柜子上摆着招财猫、不倒翁、狸猫，以及七福神的摆饰。微暗的走廊朝内侧延伸，写着"请严守十一点的门禁时间""为了节能省电，外出时请务必关掉客房的电灯和空调的开关""非房客切勿进入客房"的告示，以非常狭窄的间隔，贴在客房的门上。

"有人在吗？"

因藤又问了一次，从对讲机传来那个女性的冷淡声音："柜台四点开始受理，请回去。"

"呃，敝姓因藤，刚才有打电话来。"

因藤将脸凑近对讲机，报上姓名，女性只是散漫地发出"哈？"的声音。

"我是来见福田贞夫的人。"

因藤这么一说，女性说："哦——那个人啊，请等一下。"对讲机发出被关掉的声音。不久之后，从走廊另一侧出现人影，对方一面做出撩起头发的动作，一面靠了过来。对方是一名看似五十五六岁、个头高大的女性，身穿红色的刷毛运动服，脚穿有花纹的拖鞋，头上还夹着粉红色的发卷。

"请进。这边。"

鞋柜没有多余的空间，因藤只好把运动鞋放在玄关。他担心会不会被偷。但是女性带头，快步走在走廊上，不得已之下，因藤只好跟着她走。

明明是白天，但是光线昏暗，看不太清楚脚底下。走廊长达十米以上，完全没有窗户。说到灯，只有两根裸露的日光灯管以铁丝悬吊在天花板上。走到底有一道楼梯，但是没有扶手，所以因藤手撑着腰，缓缓地一阶阶拾级而上。二楼有一条T字形的走廊，上面有写着201、202……门牌号的门一字排开，但其间隔非常狭窄。

"这里就是了。"

女性在208这间客房前面，轻轻地敲了敲门，说："福田先生，我要开门啰。"没人回应。女性从口袋掏出备用钥匙，毫不顾虑房客隐私，动作自然地打开了门。像是打开了塞满发酵食品的木桶盖子似的，客房里的异臭飘了出来。除了游民特有的酸臭味之外，还掺杂了之前闻过的女用香水味、酒的气味，以及排泄物的臭味。

"福田先生，你朋友来了。"

因藤在女性的促请之下，站在客房门口。那是一间三叠大小的房间，除了棉被之外，几乎空无一物。福田靠在靠窗的墙上，一身灰色的运动服，坐在棉被上面。但是，他只是双眼空洞地看着这边，毫无反应。

女性说："那么，就麻烦你了。"并想要关上门。因藤还没问"我该怎么办才好？"，女性就说"带他去政府机关或医院，我会帮你把他抬到门口，万事拜托"，接着轻轻地点头致意，门便在因藤背后被猛地关上了。

面纸散落在棉被上的枕边，部分面纸染成了褐色。逆光也是原因之一，福田的脸色比一个月前更糟，脸颊瘦削凹陷。身上依旧散发出香水的强烈臭味。他或许是终于意识到来者是因藤，坐着轻轻举起右手，打了招呼，但是呼吸粗重，好像很痛苦。

房间角落有一个三十厘米见方、非常小的折叠式茶几，上头放着两瓶蒙上灰尘、空空如也的三得利角瓶，以及烟蒂堆积如山的玻璃烟灰缸。一旁摆着电视和室内天线。电视朝向侧面，电视插座和天线的电线都被拔掉了。凸窗的平台上放着塑料包，墙壁上以铁丝衣架挂着那件黑色大衣。除此之外，没有任何家具和行李。

福田举起右手，挥向自己，像是在叫因藤过去。因藤不想踩棉被，但是没办法。暖气应该是开到了最大，房内充满了令人气闷的热气，而且弥漫着异臭，因藤快要喘不过气了。

因藤小心地在棉被上坐下，避免触碰到福田的脚尖。盘腿坐对腰不好，所以因藤跪坐，福田见状，摇头想笑，不停剧烈地咳嗽。因藤想要轻抚他的背部，但是福田像是在说"不要紧"似的，摇手拒绝之后，目不转睛地注视因藤。

"因藤。"

福田的声音很小，莫名嘶哑，被空调的震动声掩盖，非常难听见。

"你从哪里来的？"

因藤回答："埼玉的新座。""好远啊。"福田低喃，把放在凸窗平台上的塑料包拉过来，翻找其中，拿出一个信封。

"不好意思，我有两个请求。"

最后之旅

　　因藤听到"有请求"，担心如果福田要钱怎么办。女性说，房钱欠了两个月。一晚两千两百日元，所以两个月远远超过十万日元，因藤没有那么多钱。存款余额已经减少至几十万，交了儿子的学费之后，又会再减一半。因藤该把话说在前头，告诉福田"如果是钱，我无能为力"吗？

　　"我希望你替我转交这个。"福田说道，并递出信封。

　　因藤问："转交？要转交给谁呢？""信封上有住址和姓名。"福田指着正面说道，并交给因藤。福田的手和手指浮肿，指甲是紫色的。仔细一看，嘴唇也泛紫。

惊人的是，写着"川崎市宫前区"的那个住址，位于遇见福田的住宅区。收件人不是福田，也不是那个豪宅大门名牌上的"SAWA"，而是写着"吉泽明子（Yoshizawa Akiko）女士"这个非常难念的名字。字简直像是用非惯用手的手指握着圆珠笔写的，而且到处渗透着油墨。

"虽然不是我带你去的那户人家，但是很近。那个人，其实是我母亲，她离婚了，所以恢复旧姓。"

信封是放得下明信片的大小，或许是因为长期一直放在塑料包里，整体泛黄，有污渍，而且有折痕。里面好像装了信纸，角落鼓起，一摸之下，有一种正好一日元硬币大小、又小又硬的东西的触感。因藤诧异地心想：里面装了什么呢？福田说："是戒指。"他的鼻息粗重，呼吸好像很痛苦，嘶哑的声音听不清楚。

"我要把戒指还给我母亲。我不能见她，所以你替我转交。"

福田的母亲住在那个住宅区吗？既然如此，为什么他当时要带我去另一户人家呢？

"真的很不好意思，另一个请求是，希望你把我带离这里。"

福田没有拜托因藤替他支付这间旅馆的房钱。因藤松了一口气。然而，离开这里，福田究竟要去哪里呢？

"去哪里？这你别问。幸好，今天的身体状况还不错。我的身体状况起起伏伏，今天大概走得动。"

"总之，必须离开这里。"福田说着，抓住凸窗的边缘，试图站起来。他的双手指甲果然是紫色的，手指也浮肿。他扭动身体，先转向后方，双手撑在凸窗的平台上，膝盖着地，试图挺起腰部，但或许是无法支撑体重，一屁股跌坐在地，又剧烈地不停咳嗽。

因藤靠近他，想要抱他起来。福田别过脸去，说："病会传染哟。"因藤低喃："你咳得好厉害。"将手臂从背后穿入福田的腋下，小心地避免弯腰，试图跟他一起站起来。抬起重物时，必须腰杆一沉，垂直地伸直双腿站起来。若是弯腰起身，腰部就会受伤。

"你真的走得动吗？"

福田应道："不要紧。"但是他步履蹒跚，所以因藤让他搭着自己的肩。因藤将他交给自己的信封收进后背包，以空着的那只手拿福田的塑料包和黑色大衣，缓缓地步出房间。

"谢谢。"

福田发出几乎听不见的嘶哑声音，向在玄关目送他们离去的女性深深一鞠躬。他在水泥地的玄关处，戴上帽子，想要穿上黑色大衣，但是咳个不停，每次咳嗽就重心不稳，险些摔倒，迟迟无法穿上。

"你们要去医院吧？"

女性对于拖欠的住宿费只字不提，对两人如此问道。福田没有回答她的问题，又道谢了一次。

"把身体治好，欢迎再次光临哟。"

女性面带微笑，丢下这么一句，便消失在走廊内侧。因藤心想，原来她也有意想不到的一面。

"不付住宿费没关系吗？"

因藤边走出玄关边问，福田一边剧烈咳嗽一边说："我答应过她，拖欠两个月房钱就搬出去。"因藤低喃："那位女性在电话里的说话方式很冷淡，我一直以为她是个冷酷的人，但是意外地体贴。"福田颤抖紫色的嘴唇，"哼"地冷笑一声。

福田将手臂穿进黑色大衣的袖子里，一面痛苦地呼吸，一面断断续续地说："体贴？怎么可能。这一带的旅馆和酒店的住宿费之所以一律是两千两百日元，是因为社会救助的居住费规定为一个月六万六千日元不到。大部分的住宿者都是接受社会救助者，旅馆方面因为住宿费稳定进账，所以也很欢迎他们入住。外国背包客寻求廉价旅馆，聚集在山谷是胡说八道，因为语言不通，而且不了解外国背包客是哪种危险人物，所以大多会说客满了，予以拒绝。聚集在山谷的人们，大多处于忧郁状态，真正的忧郁症患者也不少，甚至丧失了反抗的能力，所以若是体贴地对他们说'欢迎再次光临哟'，他们听了以后，就不会偷偷逃跑。从前，那个女人对拖欠房钱的住宿者破口大骂，把他跟行李一起扔出去，结果知道那么做只会得到反效果。"

"接下来要去哪里？"

因藤让福田搭着自己的肩走路，对腰部的负担很大。福田身上散发出强烈的臭味，但如果是距离近，最好还是搭出租车。因藤问："要搭出租车吗？"福田摇头道："很近，马上就到了。"

福田前往的地点是，位于富士旅馆斜前方的劳动福祉中心。福田说："地下室有娱乐室，有暖气，还能看电视，而且摆了杂志等。但是，没有住宿设施，晚上八点半关闭。"

"你晚上要住在哪里？"

福田没有回答。

进入中心内，因藤看见"娱乐室用户请遵守下列事项"这个大大的告示。内容是：在室内要遵守负责人的指示；各自小心保管携带的物品，遗失概不负责；严守使用时间；因故意或重大过失而导致器物破损的情况下，可能要求赔偿损失；禁止喝酒和赌博行为，带进刀刃凶器类，打架或大声喧哗等造成他人困扰的行为，酩酊大醉，在吸烟区之外的地方抽烟，等等。若不遵守，立刻逐出。但是，在通往地下室的楼梯间，有喝得烂醉的游民，咆哮道："老子我不怕流氓啦，听到没有?!"

一屁股坐在楼梯间，喝醉酒大吼大叫的游民很异常，但奇怪的是，因藤内心没有恐惧或不安——跟刚才进入富士旅馆之前，在路上看到几个喝醉酒的游民时的状态一样。大概是因为他们融入了劳动福祉中心的楼梯间这个地方了吧。在一般街头遇到的游民，会在街景中显得突兀，宛如街景中有了裂痕似的，令人感觉不舒服。

而且，因藤在极近的距离遇见他们，知道游民没什么攻击性。游民奇形怪状，偶尔会互相大声咆哮，给人一种提心吊胆的感觉。因藤心想：因为他们没有住处，受到社会拒绝、排斥，所以害怕的人说不定反倒是他们。

因藤让福田搭着自己的肩，一阶阶地走下水泥阶梯，以免福田一脚踩空。两人缓慢地前往娱乐室。因藤也注意着自己的腰，受到腰痛所苦之后，他发现各种动作都跟腰部有关。光是站着或坐着，腰部也会支撑整个上半身，控制姿势。洗脸时，弯曲上半身的动作对腰部造成的负担很大，相当危险。因此，不要弯曲上半身，而是屈膝降低身体高度，掬水洗脸。从被窝起身时，要弯曲双腿，身体侧向一旁，一面以手支撑上半身，一面起身。上下楼梯时，重心的移动较困难，尤其是下楼梯时，更加危险。而且，现在支撑着福田的身体移动，急剧地向前后左右晃动，必须更谨慎小心。前往地下一楼的娱乐室，花了将近十分钟。

然而，福田真的是游民吗？他身上散发出夹杂在强烈的女用香水味中，游民特有的酸臭味，被山谷住一晚两千两百日元的廉价旅馆赶了出来。不管怎么想，他就是游民。但是，他为何成了游民呢？为何拒绝社会救助呢？如果他母亲住在那个高级住宅区，为什么他不自己登门拜访呢？然而，因藤没有过问，也不想过问。因为他心想：假如自己是福田，应该也不想被人过问。

因藤和福田一起进入娱乐室，环顾室内时，忍不住倒抽了一口气，身体简直像是僵硬了似的动弹不得。

娱乐室相当宽敞，但是因为天花板低、没有窗户，所以有压迫感，而且充满了酸臭味。因藤心想：我快被熏死了。正前方的柜子上放着电视。三十英寸左右的大小，但是并非液晶或薄型电视，而是相当老旧的机种，正在播放的似乎是回放的第四台古装剧。人们坐在摆放整齐的折叠椅或长椅上，神情恍惚地望着电视屏幕。椅子几乎坐满了人，将大型包夹在腋下、看似游民的人也很显眼。娱乐室右边有一个小区域贴着写了"图书／游戏室"的纸张，靠墙的书柜上放着周刊杂志和书籍，有几组人在下象棋。

异常的是，明明聚集了一百多人，但是没什么人制造动静。无论是坐在折叠椅和长椅上望着电视的人，或者在下象棋的人，全都一语不发。周围也没有对话或嘈杂声，耳边只有传来电视的声音。即使因藤和福田一起进入娱乐室，也没有人注意他们。左手边有一间职员的休息室，他们瞥了这边一眼，但是除此之外，别无变化，仿佛时间静止，空间凝结了一样。

因藤也不知道坐在折叠椅和长椅上的人们，是否真的在看电视上的古装剧。他们面无表情，眼神空洞，说不定只是视线对着电视而已。因藤重振精神，试图让福田坐在入口附近的长椅上。此时，他心想：这是在哪里见过类似的景象。福田要坐着好像很辛苦，腰部无法支撑身体，差点从长椅上滑落。好像禁止躺在长椅上，负责人员看着这边。

从某处传来鼾声，马上又停了。这时，因藤想起了外公住的病房。外公因为肺癌，长期住院。去探病时，病房里有十个左右的末期患者躺在病床上，全身上下插着各式各样的管子，只能隐隐听见像微风般的呼吸声。这间娱乐室就跟那间病房一模一样，毫无生命的迹象。

"送我到这里就行了。你可以走了。"

福田手撑在椅子上，支撑身体，一面不住咳嗽，一面如此说道。他咳嗽的感觉不对劲，令人觉得他显然病了，但是除了他之外，咳嗽声从四面八方传来，所以并不特别突出。福田要因藤把他留在这里，替他转交那封信。因藤想尽早离开这里，但是他觉得自己不能把福田一个人留在这种地方。这里唯独有暖气比外头好，但是不能躺在长椅上。而且，晚上八点半就必须离开。在那之后，福田打算去哪里呢？

"我会去有拱顶的商店街，所以不要紧。那里晚上会有人准备瓦楞纸箱和毛毯。"福田应道。

他指的是有"小拳王"垂幕的拱顶商店街。入夜后，游民似乎会聚集而来，原色的毛毯会一条条铺展在店家的屋檐下。因藤问："为什么你得把戒指送给母亲呢？"若是完全不知情由地递出信封，对方应该也会感到困惑。

"已经将近四十年了。"

福田的喉咙呼噜作响，好像很痛苦地小声娓娓道来。因藤听不清楚，每当他调整呼吸，话就会中断。

"父亲要我加入自卫队，我们父子俩大吵一架。我在二十多岁离家出走，进入一家与不动产相关、相当糟糕的公司，泡沫经济时，我威风八面，但是后来欠债上亿，躲了起来。当时，我和母亲联系了一阵子。母亲给我珠宝贴补生活，我一一卖掉了，但唯独据说是外婆遗物的那只戒指，我无法卖掉它。我也没参加父亲的丧事。母亲很担心我，但她不知道我变成了游民。因为政府机关会跟母亲联系，所以我无法申请社会救助。心脏和肠胃都因为肺结核而受损，我知道自己已经不久人世了。我想要还回戒指，数度前往家的附近，但是没有勇气和母亲见面。天底下应该没有母亲会想见为了消除游民的臭味，而喷廉价女用香水的儿子吧。因藤，我母亲应该记得你。替我把信和戒指交给她，这是我最后的请求。"

"我不要。"

因藤将嘴巴凑近福田耳畔，清楚地如此说道。

"我不要，我不去。"

福田把脸移开，眼神悲伤、目不转睛地看着因藤，以几乎听不见的音量低喃"是喔"，摇了摇头。电视上的古装剧结束，播了几个广告，接着开始播放谈话节目。身在娱乐室的人们，姿势、表情都没有改变，其中也有人张着嘴睡觉。因藤心想：如果所有人睡着，这种异常的气氛八成会淡一些。许多人睁开眼睛，几乎一动也不动，默不作声，表情也没有改变，只是望着电视屏幕，委实异常。

"福田，我不要，我不要一个人去。我要带你去。"

因藤心想：我为什么会说这种话呢？他又在福田的耳畔呢喃道：

"你要去见令堂。我会带你去，你自己把戒指还给她。听到了没？"

因藤把手穿入瘫坐在长椅上的福田腋下，试图让他站起来。

福田不知所措地说："等等，因藤，等一下。"他试图拒绝站起来，但是无力抗拒。因藤抬起福田的右手，将左肩插入他的腋下，站起身子，让他站起来。

"我们离开这里！"

因藤缓缓地迈开脚步。福田发出像是在喘气的嘶哑声音，说："喂，因藤，别闹了，住手。"但是，因藤不理会他，朝阶梯而去。若不让身体保持垂直，福田的体重就会施加在自己的腰上。连因藤也不太晓得自己究竟想做什么，一阶阶爬上阶梯，感觉微温的暖气渗入羽绒夹克内侧，汗冒了出来。

"喂，闪开！"

因藤对两个盘腿坐在楼梯间喝酒的游民吼道。两人吓了一跳，向后退，腾出了空间。

经过一番苦斗，来到了大马路上，福田说："因藤，等一下。"他拖着脚，试图停下脚步，也咳个不停，鼻涕流到了下颚一带。

"你要怎么去宫前平？搭电车吗？"

因藤吐着粗重的气息，如此问道。他完全搞不懂自己——我到底想做什么呢？因藤心跳加速，一反常态地心情亢奋。支撑福田的身体前进煞费体力，冷静消失了。刚才对楼梯间的两个游民咆哮时，连他自己也被吓了一跳。他一面用手撑着腰，一面爬阶梯，看到两个游民挡在前面，内心涌起一股怒气，忘了恐惧和厌恶，扯开了嗓门大吼。

"拜托，因藤，听我说，住手，我不能见我母亲。"

福田一面剧烈咳嗽，一面继续如此低喃道。因藤气喘吁吁，先停下了脚步。天气晴朗，远方看得见晴空塔。

不知从哪儿传来鸟叫声。对面的廉价旅馆大门旁有一棵小树，叫声从那里传来。因藤定睛一看，在枝叶的缝隙间看到了咖啡色的小鸟。大小和麻雀差不多，但是羽毛的花纹不一样。

"福田，喂，福田！"

因藤叫唤他，福田一面喘气，一面抬起头来。

"你看得见那只小鸟吗？"因藤举起拿着福田的塑料包的手，指着树木说道。

"小鸟？什么小鸟？"福田问道，一脸诧异地望向树木，泪眼婆娑，视野模糊。

"那是黄尾鸲吧？"

福田听到小鸟的名字，有了反应。他又看了树木一眼，果然眼睛也不好，好像什么也看不见。

"你记得吗？初中的中庭啊。我看到小鸟，说'绿绣眼'，你说'不是'，告诉我那是黄尾鸲，对吧？你记得吗？"

福田霎时露出注视远方的表情，无力地点了个头。

"你说'那是候鸟，冬天从中国或韩国渡海而来'，嘲笑我

- 121 -

居然连这种事都不知道，对吧？"

因藤这么一说，福田说："嗯，我记得。"并无力地点了个头。

"要喝水吗？"因藤问道，从后背包取出装了 PARADISO 的塑料瓶，递给福田。但是，福田迟疑了，不知道是否可以就口喝。他八成是心想：我有病在身，要是传染给因藤就糟了。"没关系，你喝，我还有另一瓶。"因藤说道，指了指背在肩上的运动保温瓶。福田小心地忍住咳嗽，慢慢地喝水。喝完后，他想把塑料瓶还给因藤。"那给你了。"因藤说道，替他放进大衣的口袋。福田开口说："因藤，你能不能听我说，你觉得我在这种状态下，能够见我母亲吗？""别说了。"因藤边说，边摇手制止了他。

咖啡色的小鸟还在树木的茂密枝叶中啄果实。

"你说过，黄尾鸲个头小，却是了不起的家伙，对吧？"

福田眯起眼睛，目不转睛地注视树木，或许是在确认有小鸟，问"哪个啊？"，苦笑着点了点头，说"你记得真清楚"。

"你说，它会以那种小身体，飞越朝鲜半岛和海洋，途中留在漂流木或渔船的船桅上休息，旅行一百万米以上，真是了不起。"

因藤这么一说，福田低下了头。他好像了解了因藤想说什么。

"你之前是搭电车去宫前平的吗？"

因藤这么一问，福田摇了摇头。如果搭电车，起码必须转乘两次，虽然有好几条路线，但是必须经过上野或秋叶原、新桥或表参道。走地下走道，似乎会被站务人员或乘客视为眼中钉。福田以几乎听不见的微小音量回答："搭公交车。"但是，从这里有公交车到川崎吗？

"去东京车站，搭高速巴士，在东名向之丘下车，附近有前往宫前平的公交车。"

"是喔，我知道了。"因藤说道，让福田搭着自己的肩，又迈步前进。福田从前似乎是走路到东京车站，但是现在不可能了。应该要搭出租车前往宫前平，但是没有那么多钱。不能把妻子给的三万日元用光，因藤想搭出租车前往东京车站。福田边走边说："因藤，你知道吧？

"你知道吧？这会是一趟艰辛的旅程。"

因藤为了拦出租车，来到了明治通。错肩而过的人，露骨地避开两人。因藤回头一看，甚至有人直盯着他们。他心想也难怪。从福田身上散发出混合着体臭和香水的强烈臭味。一看就知道生病了的游民被人支撑着身体艰难前行，摇摇晃晃的身影是那么异常。或许其实立刻带福田去医院，让他住院比较好，但是福田没有医保卡，也没有申请社会救助，不晓得医院会不会接受他。因藤也没有闲钱代垫诊疗费和住院费。

几辆空车开了过来，因藤举起手，但是出租车过而不停。因藤明明没钱，腰又不好，为什么想带福田去他母亲身边呢？因藤终于明白了。是因为愤怒。路过的人充满厌恶的目光，遭到出租车司机的无视，在劳动福祉中心的楼梯间感到的愤怒，都化为更加具体的怒火，重新燃起。

不过，那不是对政府或社会的愤怒，也不是对路人或出租车司机的愤怒，或对游民的愤怒——并非对某种具体事物的愤怒。愤怒产生于那间娱乐室，在楼梯间被喝醉酒的游民阻挡去路，怒火仿佛被点燃了似的，从体内深处满溢，喷出体外。

那是一种被无力感压垮，为了不放弃某种重要事物，作为最后手段的愤怒。因藤下意识地心想：如果不以愤怒鼓舞自己，就无法振作起来。他支撑福田的身体，迈开脚步，大喊："别瞧不起人！"他不是为了福田，而是觉得如果不做点什么，一辈子就再也无法振作起来了。

"巴士的班数多吗？"

因藤这么一问，福田从包的侧袋掏出一张皱巴巴的纸。那是前往名古屋方向的高速巴士时刻表。巴士有急行、特急和超特急这三种。"超特急"的班次似乎不会停靠在"东名向之丘"。因藤想在日暮之前，抵达宫前平。但是，迟迟没有出租车肯停车。

等了十几分钟，终于有了一辆停下的出租车，是位女司机。因藤先把福田的包丢进后座，然后让他把双手撑在座椅上，支撑身体，让他爬上车，将他塞进内侧，自己才坐进空出来的空间。福田光是坐上出租车，呼吸就变得粗重，弯曲身体，喉咙呼噜作响，痛苦地喘气。因藤告诉女司机"到东京车站的八重洲口"，女司机语气担忧地问："不要紧吧？"

"或许是我多管闲事，但或许叫看护出租车比较好。"

女司机从后照镜观察福田的样子。

"我问一问公司吧。看护出租车的数量不多，不晓得现在有没有空车。"

车窗紧闭的车内，充满了福田强烈的臭味。因藤将两侧的车窗打开一半左右，频频低头请求，说："哎呀，你应该很困扰，但请直接开到八重洲口。"八辆出租车拒绝载客，过而不停之后，终于有司机肯载，而且对于臭气冲天的福田，没有表露出厌恶感。因藤来到山谷后第一次觉得"原来也有这种好人啊"，内心温暖了起来。

但是，出租车开到河畔的道路，经过浅草、藏前的过程中，因藤的眼睛死盯着计费器。他对东京老街的路线不熟，也几乎没有搭过出租车。行驶于无车的道路时，车费转眼间拼命地跳，若是车辆多、道路有些壅塞，随着时间累积，金额又会增加。才行驶没多久，就超过一千日元，来到日本桥前面，已经超过了两千日元。福田说他从前走路到东京车站，所以因藤以为搭出租车大概只要几分钟，但是现在已经过了二十分钟。

"到八重洲口还很远吗？"因藤畏畏缩缩地问道。女司机指示着前方说："不，快到了。"但是，宛如巨大军舰般的东京车站渐渐出现时，福田突然感到痛苦，不停地咳嗽，开始呕吐。

　　福田好像无法好好呼吸，每次咳嗽，喉咙就会发出痛苦的声响，从口中流出黄色的浓稠液体。幸好量不怎么多，滴落在大衣的下摆，所以没有弄脏出租车。车内弥漫着酸臭味，女司机皱起眉头，回头看后座，像是在确认脏到什么程度。

　　"对不起，非常抱歉，但是没有弄脏座位。"

　　因藤一再道歉，寻找能擦拭的东西。"来，用这个擦。"女司机说道，并递给他一盒面纸。

　　"您要去哪里？搭新干线？中央口吗？"

　　正前方出现东京车站八重洲口，女司机如此问道。

　　"巴士在南口。"

　　福田的嘴巴四周被黄色汁液弄脏了，气若游丝地说道。因藤一面以面纸替福田擦拭嘴边，一面回答"到南口"。黑色大衣弄脏了，因藤心想只好丢掉了。福田的大衣底下穿的是运动服，但是巴士上应该不怎么冷才对。"真的很谢谢你。"因藤一边客气的说道，一边下了出租车。因藤将福田拉到车门边，让他面向一旁，把自己的肩膀插入他的腋下，一面支撑他，一面来到车外。车费是两千六百日元，因藤心想：该怎么对妻子说呢？

他心情变得沉重，但是女司机的"路上小心"这句话，令他一阵感动。

因藤看见写着"高速巴士乘车处"的大广告牌，把福田的黑色大衣丢在附近的垃圾桶。布料硬邦邦的大衣，体积意外地大，无法缩成一小团。不管怎么塞也无法将整件塞进垃圾桶，最终垂挂地露出外侧。因藤问："你冷不冷？"福田发出"唔——"这种奇怪的声音，点了个头。女用的廉价香水好像主要渗入了大衣，因藤觉得强烈的臭味稍微淡了一些。

因藤让福田靠在护栏上坐下来，依照去到"JR高速巴士售票处"的导视，一个人去买车票。他心想：如果售票员看到福田的模样，说不定会不肯卖车票给他。

似乎赶得上三点二十分发车前往静冈的急行。因藤在售票处排队，买了两张前往"东名向之丘"，单程一人四百五十日元的车票。加上刚才的出租车费，花了将近四千日元。但是，根据在候车室查看的地图，从东名向之丘车站下车到一般道路，就已经是川崎市宫前区了。路线公交车应该是全票一人两百日元，即使搭出租车，八成也只会跳一次表。只要搭上高速巴士，之后就没有大开支了。因藤询问售票处的人员，所需时间是三十分钟。

因藤回到福田身边，让他搭着自己的肩，朝巴士乘车处走了过去。福田自从在出租车上吐了之后，就不再讲话，脸色铁青，步伐变得更加沉重，呼吸好像很痛苦。前往静冈的巴士乘车处是一号，距离售票处最远。

距离发车只剩几分钟，因藤支撑着感觉随时会倒下的福田步行，担心是否赶得上。几辆大型巴士并排，分别标示筑波或迪士尼乐园等目的地。

耳边传来"前往静冈的急行将从一号乘车处发车"的广播。如果赶不上发车时间的话，车票应该不能退吧。

福田从进入劳动福祉中心的娱乐室开始，身体状况看起来恶化了。

两人朝一号乘车处前进，但是福田的身体不时突然变重，全身体重压在因藤肩上。福田从稍后方搭着因藤的肩，所以因藤看不太清楚他的表情。说不定福田的意识偶尔远去。

"喂，福田、福田，喂！"

因藤呼喊福田的名字，摇晃他的身体，听见"啊——啊——"这种要死不活的声音，负重变轻了。能不能爬上巴士车门口的阶梯呢？"前往静冈的急行将从一号乘车处发车"的广播停止，因藤看见标示静冈的巴士不断摇晃，车门关上，引擎发动了。距离巴士的车门口还有几米，因藤用手掌拍打车身，叫道：

"我们要上车，我们要上车。"

勉强抵达车门口，一度关上的车门打开。但是，车门口太窄，无法让福田搭着自己的肩上车。因藤小心腰部，像是把福田抱起来似的，让他站上阶梯，大喊："请帮个忙。"然后让福田站在阶梯上，自己也试图上车。但是，福田没有力气站立，身子一晃，直接向前倾倒。司机连忙起身，接住了他的身体。

因藤支撑福田，抓住成排的座椅背前进。他犹豫了一会儿，要让福田坐在靠窗的座位，还是让他坐在方便去上厕所的靠走道的座位呢？但是福田站着好像很辛苦，像是滚的一样，坐进了靠窗的座位。司机陪着跟了过来，对福田说："不要紧吧？"因藤说："这家伙的身体有点虚弱。"并将车票递给了司机。

"啊，向之丘。这样的话，只要三十分钟左右。"

司机回到前方，关上车门，对车内广播：发车。

穿越日比谷，从霞关的交流道上首都高速公路。车上的乘客比想象中少，太好了。前排的两名中年妇女数度朝两人回头之后，想要远离福田，移到了前方的座位。后排的年轻男子也往后方移动两排。其实应该不能擅自换座位，但是福田的臭味强烈，司机好像默许了。因藤对右边看似学生的女生说："抱歉，我们马上就下车了。"女生扭过脸去，无视因藤，把原本放在一旁的皮包放在膝上，靠向窗边，背对两人。

远方渐渐出现汐留的摩天大楼时，福田的呻吟声变大了。他想说什么，但是不成语句，将双手交叉于胸前，然后开始微微颤抖。一名坐在右斜后方、身穿皮夹克的中年男子目不转睛地看着两人，大声问司机："喂，有没有毛毯什么的？"司机应道："车上没有。"男子低喃："真是没办法。"后来，男子靠了过来，说："脱下你的羽绒夹克给他盖，他很冷。"

因藤脱下羽绒夹克，盖在福田身上。身穿皮夹克的男子目不转睛地看着福田。男子和因藤差不多年纪，看起来不像是医生，但应该对医学略知一二。因藤问："呃，恕我失礼，你是医生吗？"男子摇了摇头，以下颚指了指福田，说："他的感觉跟我父亲的一样。"

"他的问题出在心脏。因为'泵'坏了，所以无法顺利排出体内的水，囤积在肺部。感觉像是肺被浸润了，所以他无法呼吸。所以，不可以让他喝水，跟他说话就行了。要是他失去意识就糟了。总之，必须快点让他住院，切开这里让气管通畅。"

男子说"这里"时，指着自己的喉咙。因藤向他道谢，男子说"不用谢"，频频点头，嘟囔了一句"不能让他死掉"，回了自己的座位。因藤看着福田的脸，心想：该照那个男人说的，带福田去医院吗？福田睁开眼睛，试图动嘴唇。因藤把耳朵凑近他的嘴边，问："什么？"

"不要紧，我岂能死。"

福田一面粗重地呼吸，一面孱弱地呢喃道。男子说："跟他说话就行了。"

"喂，福田，你记得吗？初一的那年暑假，我们去博多，看了成人电影，对吧？可是，电影一开始不久，你看到女人的裸体，吓了一跳，站了起来，大声地脱口说了'啊——'之类的话。你马上被人发现未成年，逃走了。我至今还是无法原谅你这件事。"

巴士行驶在首都高速公路上。印象中，首都高速公路经常塞车，但或许是时段的关系，目前车流顺畅。依这个情况，能够按照时刻表，于四点前抵达。因藤提起成人电影的话题之后，福田挤出微笑，动了动嘴唇，说："是啊，我们一起去旅行了几次。"

"可是，这是最后之旅了。"

"你少胡说八道。"因藤说道。他轻戳福田的肩膀时，巴士缓缓地停车了。在池尻前面，塞车了。

背后发出男人的声音——又堵啊，自从环状线开通之后，老是这样。似乎是因为从中央环状线汇合的车辆过多，所以大桥系统交流道总是堵车。巴士变成龟速行驶，福田看到周围的景色不动了，脸色一沉。他呢喃了什么，发不出声音。因藤将耳朵凑近他的嘴唇，几乎快触碰到，微微听见他说："为什么停下来了？"

"塞车啊。不过，快到了。"

因藤如此说道，试图让福田平静下来，但是他的呼吸又变粗重了，嘴唇变成了淡紫色。每当他快要失去意识，就会像是在抗拒似的用力摇头，嘴巴一张一合，拼命地试图吸进空气。但是，喉咙只是发出上气不接下气的声音，眼看着脸色越来越苍白，张着嘴翻白眼，头倾向一旁。

"福田，平静下来。就快到了！"

因藤轻拍福田的脸颊，一再地呼喊他。从喉咙发出"咻——"这种奇怪的声音，福田一度恢复意识，但是面露惧色，然后开始发出某种莫名其妙的呻吟声，想要手脚乱动，所以因藤必须压住他。周围的乘客察觉到异常情况，伸长脖子望向两人。因藤在福田的耳边说："你怎么了？福田，你怎么了？"福田发出喉音地说："厕所。"

因藤试图让福田站起来，但是他完全四肢无力，靠在车窗上，站不起来。因藤将身体紧贴在福田身上，坐了下来，将肩膀插入他的腋下，设法让他站起来，想要前往位于车尾的厕所，但是因藤发现，大量的温热液体从运动服裤管漏了出来。福田像是在痉挛似的抖动上半身，哭了起来。不久之后，异臭开始飘向四周，几名乘客嚷嚷了起来。

"咦？失禁了？"

"喂！车停一下，让这两个人下车。"

于是，身穿皮夹克的男子站了起来，向抱怨的乘客大声喝问："混账，他生病了，快死了。不过是尿臭味，忍耐一下！你们闻到尿臭味会死吗?！"

身穿皮夹克的男子高声吼道，车内静了下来，但是周围的乘客没有隐藏不悦的态度。司机透过后照镜，担心地窥视两人。身穿皮夹克的男子目不转睛地注视着在座位上将身体缩成一团、双手捂住脸哭泣的福田。因藤向男子点头致意，像是在向他道谢。"不用谢。"男子说道，并轻轻地点了个头。

因藤先前为了预防福田又吐做了准备，向出租车司机借了面纸，这时以面纸擦拭福田弄脏的地板。因藤心想：总之，快点到吧，我想尽早下这辆巴士。

"先生，我之后会擦，请坐好。转弯会摇晃，请坐在座位上。"

司机使用麦克风如此说道，然后紧接着听到广播：即将抵达东名向之丘，要下车的乘客请按铃。"到了，要下车了。"因藤按了下车铃后说道，并摇晃持续哭泣的福田。

巴士过了东名川崎的收费处不久，便停在车站。司机来帮忙扶福田下车。因藤前往车门口时，又向身穿皮夹克的男子道了一次谢。男子说他父亲的症状跟现在的福田一样。结果治好了吗？因藤虽然在意，但是又不能问。眺望一旁写着"东名向之丘公车站周边导览图"，忽然回头望向巴士，司机拿着水桶和抹布，正要走向福田弄脏的地方。几名乘客从车窗看着两人，因藤和他们对上眼，又立马移开了视线。

周边导览图很难看懂。前往宫前平站方向的公车站，好像在东名高速公路另一边。或许是打扫完毕了，巴士缓缓地离去。福田想以手背擦拭濡湿的眼睛和脸颊，但是手抬到一半乏力，无力地垂了下来。因藤让他搭着自己的肩，在他耳边说："就快到了。"福田喝了一口水后，他们朝标示"出口"的地方迈开脚步。

因藤心想：这就是高速巴士的停车站吗？出口另一边的景象萧条得令人错愕。标示"出口"的前方，有一个勉强足以让两个大人并肩经过的不锈钢栅栏，宛如山中吊桥般细长的走道朝下延伸。坡度很陡，因藤必须一面支撑虚弱到几乎站不住的福田，一面小心谨慎地前进。高速公路的休息站空间宽敞，除了厕所和加油站之外，还有一间接一间的餐厅和特产店，挤满了人。营运高速公路的人一定觉得，不必重视搭乘巴士之后，来到一般道路的人吧。

下了坡度很陡的走道之后，是疑似单行道的狭窄道路，背后林立着粗俗的小区建筑，别说餐厅和特产店了，连自动售卖机也没有。根据车站的导览图，距离前往宫前平的公交车乘车处还有约三百五十米，必须经过隧道，来到高速公路的另一边。福田走着走着，数度失去意识，每次失去意识时，就会一屁股坐在道路上。

因藤会在他耳边对他说话，摇一摇他的身体，让他清醒，然后再走起路来。沿着小区的狭窄道路，只有他们两人走着。连半辆车也没经过，不可能拦得到出租车。福田处于非医疗人员看了也觉得危险的状态，而更重要的是，因藤的体力也达到极限了。福田不知第几次失去意识时，因藤也已经失去了支撑他身体、让他站起来的体力，或者对他说话的力气。因藤和福田一起坐在地面，神情恍惚地眺望小区。因藤心想：我也走不动了。因藤拿出手机，呼叫救护车。救护人员询问症状，因藤回答："没有意识的状态。"

二十分钟后，从小区后方传来警笛声。因藤站了起来，朝救护车挥舞双手，示意：我们在这里。救护人员问因藤："他最后一次失去意识之后，过了多久的时间。"因藤回答："二十分钟。"救护人员将福田放上担架，送进车内，因藤向救护人员说："麻烦了。"

"他的家就在附近。我想去通知他母亲，能不能请你们顺道前往他母亲家呢？"

尾声

做梦日期：二〇一二年五月八日（周二）。横滨市青叶区的自来水工程。

必须渡过一个大湖泊。湖中央有一座石桥。但是，桥异常地高。我完全搞不懂，为什么要盖这么高的桥呢？我走在桥上，极度令人眼花，行驶在湖上的观光船看起来简直像是原子笔一样渺小。桥仿佛随时会坍塌，但非设法过桥不可。石头一点一点地缓缓崩落，花好长一段时间下坠，然后在底下遥远的湖面溅起水花。（勉强保住了腰部，但是必须小心。）

因藤恢复做交通引导员的工作。腰部依旧时好时坏，幸好五月的阳光和煦，或许是这个缘故，因藤早上不会痛得无法起身。家里设法支付了儿子的学费，但是妻子尚未找到工作。若是光靠因藤的收入，存款在今年之内就会见底。他也担心儿子找不找得到工作。因为儿子念的是文学院，并没有专业技术。儿子切身晓得工作难找，似乎想考专利代理人的证照，但是讲座的听讲费要花三十万日元以上，家里没有那种钱。如果可以的话，因藤想让儿子去考证照，他一直就主张教育要不惜花钱，但是如今生活窘迫，说不定连房租都付不出来。

工地位于横滨市青叶区的住宅区，交通量非常小，就工作而言很轻松。因藤在午休时，一如往常地从运动保温瓶喝一口PARADISO，一面咀嚼饭团，一面摊开那封信。有水印花纹的高级信封上，以漂亮的字迹写着：因藤茂雄先生。

在那之后，您好吗？这么晚才与您联系，深感抱歉。

昨天凌晨一点十二分，贞夫咽下了最后一口气。按照他本人的希望，我们打算自家人低调地办丧事。

他因为感染症，高烧不断，抗生素无效，器官衰竭而死。医生说他走得并不痛苦，令我们稍感慰藉。

那几天处于连笔谈也无法进行的状态。

因藤先将信收了起来。他至今不晓得重读了几十遍，内容几乎都会背了。搭乘救护车顺道前往福田的母亲家时，他母亲正好外出回来。因藤自我介绍"我是福田的初中同学，敝姓因藤"。"福田在车上。"因藤说道，并指着救护车。他母亲一开始一脸茫然，好像搞不清楚情况。但是一上车，看到福田后，她呢喃"贞夫"，缓缓地靠近儿子。福田失去意识，车上的救护人员正要替他插管。他母亲看到福田的服装和样子，似乎大致上觉察了原委，然后流着泪，一再地呼喊："贞夫。"

　　福田被载到圣玛莉安娜医科大学医院，送进了加护病房。福田没有意识，当然也无法说话。因藤在外面走廊旁的休息室等候，过一阵子，他母亲走了进来。据医生所说，福田似乎处于呼吸衰竭的状态，所以情况并不乐观，但是暂时没有生命危险。他母亲情绪激动，几乎一句话也说不出来。因藤把福田交给他的信封，交给他母亲——就是那个装了信和戒指的信封。信的内容好像非常简短，他母亲马上从信上移开目光，目不转睛地凝视着放在同一个信封里的戒指，频频叹气。

　　因藤日后听说，福田在信中似乎只写道："我把戒指还给您。我应该会死于疾病，但请别把我葬在父亲的坟边。"他母亲茫然自失，因藤从医院回去时，她也无法正常说话。据说他们母子相隔三十几年不见，这也难怪。因藤交给她自己的联系方式之后就离开了医院，回到自己家时，已经晚上九点多了。他疲惫不堪，但是如实地告诉了还等待着他的妻子实际上发生的事。他说："我非但没有去找工作，还花了将近五千日元。"妻子一面煮晚餐，一面微笑道："你做了好事。"

隔天，或许是疲劳显现，腰部剧痛，因藤无法从被窝起身。结果，卧床了三天，他担忧是否就这样无法恢复，但是到了第四天，疼痛却像是不曾有过似的减轻了。而不可思议的是，后来腰部疼痛渐渐改善。

因藤只去探望了福田一次。

去探病时，福田有意识。他身上插着好几条管子，挤出了开心的表情。他因为插管而麻醉，似乎处于意识时有时无的状态。但无论如何，因为气管内管前端的球囊堵住了喉咙，所以他无法说话。因藤在他耳边说："加油。"福田母亲替他准备了笔谈用的图画纸和笔，他以颤抖的手写下"谢谢"这两个勉强看得懂的字。因藤想让他喝水，但是他严禁喝水，只能以脱脂棉沾了少量的PARADISO，让他含入口中。虽然是寥寥几滴，但是福田频频点头之后，又拿起图画纸，写了"好喝"。

"请问，方便借一步说话吗？"

因藤离开加护病房时，福田的母亲叫住了他。或许是因为护士和医生在周围，不方便讲话，两人决定前往医院内的餐厅。

午餐时间，餐厅内的人有点多，但是靠窗的桌子空着。因藤点了月见乌冬面，福田的母亲点了咖喱饭。他母亲吃完咖喱饭之后，想喝玻璃杯里的水。"如果您不嫌弃的话，请喝这个。"因藤说道，并从后背包取出装了PARADISO的塑料瓶。

因藤确定福田的母亲不讨厌气泡水之后，将玻璃杯里的水倒在吃完的乌冬面汤碗里，再往玻璃杯里倒入PARADISO。他母亲喝了一口，面露微笑，说："噢，真好喝。"然后她稍微说起一些从前的事："对了，我听贞夫说，你总是带着水壶，喜欢喝纯净的水。他提起你的事时，总是很开心。"

或许是想起了初中时的儿子，福田的母亲默默地眺望窗外许久，然后想知道福田过着怎样的生活。因藤没有用"游民"这两个字，只是简单地说了自己在宫前平和福田重逢，前往山谷的旅馆，让他搭乘高速巴士。因藤一说"福田似乎去过您府上的门前几次，想把戒指还给您，但是害怕，不敢进去"，他母亲便低下头，压低声音地泪流不止。

"因藤先生，那是情书吗？"年轻工人揶揄道。

工地主任也笑道："午休时间，你是不是老在看信？"因藤苦笑道："我怎么可能收到情书。"因藤又看了一次福田母亲寄来的信，决定回去继续引导员的工作。在那之前，因藤从后背包取出另一个塑料瓶，稍微喝了一点。那是福田的母亲寄给因藤的回礼，叫作"BORJOMI"的矿泉水。它产自佐治亚，矿物质丰富，碳酸量较少，入喉柔和。包裹中附上一张字条，上头写着：

"送上我的一点心意。前几天，你来探望贞夫之后，他非常开心。因藤先生，我要再度向你道谢。

"初中时期，贞夫转学没有朋友时，你愿意当他的朋友。当时，你也一样带他来到我身边。

"我想，他真的很开心。贞夫是个懦弱的人。他和他父亲最后还是无法和解。住院时，他也完全不提他父亲的事。

"可是，光是有你这么棒的朋友，他这一生就不算白活。他透过笔谈告诉我你的事，他很开心。丧葬预定于下周六举行。如果时间允许，请来参加，贞夫也会很开心的。"

那是一个只有福田的母亲和几名亲戚的丧葬。祭坛上，埋在花里的福田遗照，用的是他二十多岁时的照片。捡骨完毕，献花时，因藤一面将 BORJOMI 的水浇在坟上，一面在心中呼喊"福田"。

"真的成了最后之旅啊。这是令堂送给我的水。今后，我也会不时像这样来给你喝水。这次的旅程中，我明白了许多事。

其实，我心中也充满不安，老实说，活着很痛苦。但是，我起码有家人，还活着，而且能喝纯净的水。只要活着，或许未来总有一天，我还能做翱翔天际的梦。福田，获救的人反倒是我。"

露营车

他总觉得某种重要的事物被粉碎了，但是他做了个深呼吸，试图让心情平静下来。

退休后的梦想

初夏早晨的阳光令人目眩。富裕太郎眯起眼睛，凝望着蒙上尘埃的马克杯，已经将近两个月没有泡咖啡了。通过友人直接从夏威夷寄来的咖啡豆也一直放在冷冻库。

他从前经常会用德国制的磨豆机亲自磨咖啡豆，用心地以咖啡渗滤壶泡咖啡。那有一种独特的香味和味道。富裕向别人说明时，总是以"此物只应天上有的高贵物品的焦香味"形容。

富裕以前就喜欢咖啡，学生时代，他常去古典乐咖啡店，因为那里能够喝到进口的蓝山咖啡。他并非喜欢古典乐，而是喜欢咖啡。他也清楚地记得，有生以来第一次喝咖啡时的事。他不觉得好喝。然而，他感觉到一种象征未知事物般的轻微震撼，有一种意识逐渐朦胧般的陶醉感。

自从进入大型家具厂商工作之后，悠闲品味咖啡的时间就减少了。因此，富裕早已决定，退休后要尽情品尝咖啡。那是他满心期待的事之一。

为了更享受地品尝早晨的咖啡，几年前改建房子时，打造了较大的阳台。坐在瑞典制的原木躺椅上，沐浴着晨曦，喝自己泡的咖啡，浏览早报，这对于富裕而言，是退休后的幸福画面。

如今，富裕从位于横滨市港北区高岗上自家二楼的阳台，注视着前往车站的人潮。眼前有个一直放在茶几上的马克杯。那是一个较大的马克杯，上头画着毕加索陷入热恋时的画作，是去年生日，儿子送给他的。富裕茫然地望着看起来像是黑点或灰点的人群，仿佛被吸进去似的消失在车站。于是，富裕一如往常地心想："我为何不在其中呢，品尝着被全世界排斥在外的感觉。我到底怎么了呢？是什么改变了呢？"

半年前，秋天的时候，富裕以接受公司优退的形式退休了。

他接受优退的主要理由是，公司的营业方针改变了。进公司之后，富裕从资深员工身上学到的、一直实践至今的是亲自拜访客户、接单的跑业务方式。也就是说，通过拜访老客户，一再地招待，获得顾客的做法。但是，随着业绩恶化，头号股东——大型银行派来的新经营阵营，提出顾问销售，也就是提案型的业务方式，首先大幅削减接待费，不知不觉间，富裕被打入了冷宫。

接受优退还有另一个重大的理由。富裕有一个计划，为了实现这个计划，优退制度的特别加发金很吸引他。妻子也赞成他接受优退。如此一来，不但可以还完房贷，而且可以靠退职金、存款，以及几年后开始领取的养老金过活，经济上应该不用担心。儿子在制药公司上班，女儿也已经在银行工作。曾是高中老师的富裕的父亲、曾是营养师的母亲，身体都很硬朗，在杉并的公寓生活，不需要看护。

富裕的计划是，开中型的露营车，和妻子到日本全国各地旅行。这也可以说是梦想。在美国的电影里，经常会出现退休之后，夫妻开着露营车，在大自然中旅行。这不是单纯的观光旅行，而是随兴造访喜欢的地方，眺望美丽的高山、大海、湖泊，度过时光。富裕没有告诉妻子这个计划，想要给她一个惊喜。国产的优质二手露营车大约一千万日元，碰巧几乎和优退的特别加发金一样多。车身相当高，但是富裕家的车库没有屋顶，有足以停放两辆轿车的空间，所以不必改建。上网查全国各地的露营区让他觉得很愉快。在户外活动风潮下，各个地方都设有汽车露营的露营区，也有许多地方附近有温泉。妻子本来就爱温泉，肯定会很开心。画画是她的兴趣，数度在团体展中得奖，功力足以在朋友经营的咖啡店借场地开个展。自从孩子们开始工作之后，她就在附近的文化中心教水彩画和油画。富裕不知有多少次，想象妻子面向北海道二世谷或九州岛阿苏的雄伟风景创作素描，以及自己一边面带微笑地看着她的样子，一边泡咖啡的身影。

退休之后，过了将近一个月，身边的杂事大致上整理完了。富裕打开珍藏的红酒，在自家烤肉，开了简单的派对。家人感谢他的辛劳，干杯，然后他才说出计划。

"我保密至今，打算开露营车，跟老婆周游全国。"

儿子钦佩道："哇！老爸真有你的。"但是，女儿露出了复杂的表情。妻子则露出吃惊的表情，看起来不知所措。

"吓了一跳吧，其实，我已经准备好车子了。虽然是二手车，但之前的车主是从前颇红、热爱户外活动的搞笑艺人，内装大量使用天然木头，感觉非常棒。"富裕面带笑容地说道。

儿子点头听他说，但妻子和女儿只是默默地互看彼此的脸。富裕觉得奇怪，有一种莫名的不好预感，没有进一步诉说露营车的事。

"关于你昨晚说的事……"

隔天早上，富裕在泡咖啡时，妻子对他说。这一阵子，他还是每天泡咖啡。妻子一脸认真的表情。她上午似乎有油画的课，化好了妆，身穿淡绿色的大衣。富裕刚睡醒，一身运动服，头发还乱翘，感觉自己毫无防备。

"你车子已经买了吗？"妻子问道。富裕感觉到妻子不喜欢开露营车旅行。他没有预期到这种情况，有些惊慌失措，焦躁不安地说："还没买啊，怎么了？你不喜欢开露营车旅行吗？"他忍不住越说越大声。

妻子冷静地说："那倒不是。"她又一脸歉然地说："两个孩子的结婚资金也必须留起来，虽然有积蓄，但是收入只剩下养老金，我想省下露营车的开销。而且每年要跟绘画课，以及作画的朋友去素描旅行和周游美术馆好几次，很难请长假。"

富裕的脑袋一片混乱，霎时不晓得妻子在说什么。连他自己也知道，自己的脸色变了。他总觉得某种重要的事物被粉碎了，但是他做了个深呼吸，试图让心情平静下来。这是他从和若无其事地提出不合理要求的客户交涉中，学会的忍耐方法。

而不可思议的是，自己觉得妻子说的话，具有某种程度的说服力。但是，他无法轻易地放弃开露营车旅行。他已经对车子的销售公司说："退职金下来之后，我马上汇款。"更重要的是，这在富裕心中已经定了。他心想"我得说点什么才行",但是说不出话来。妻子一脸抱歉的表情,一直杵在餐桌椅旁。

她小声地说:"对了,我得走了,这件事之后再说。""我刚泡了咖啡,要不要喝完再走。"富裕说道,并指了指咖啡渗滤壶。妻子点了下头,只喝了半杯咖啡,就说"我走了",点头致意离去。富裕感到气氛变得尴尬,只是默默地望着咖啡剩下一半的咖啡杯。

平常富裕大多和妻子两人共进晚餐。两个孩子也跟他们住在一起,但是儿子是业务员,所以会跟客户或上司、同事吃完饭之后才回来,而女儿为了考税务师而在补习,总是晚归。因为尚未跟妻子仔细聊过开露营车旅行,所以晚餐时,富裕和妻子之间的对话不顺畅。

早上,妻子跟富裕说话时,两人应该老实地向彼此诉说意见。越麻烦的事,越该尽早因应。这是做业务的常识。富裕几乎每天都会训示属下:客诉要在发生的当时因应!富裕心生焦躁,心想:我居然对妻子有所顾忌,我到底怎么了?他变得更加难以启齿。

两人没有下结论,唯独时间流逝。富裕心想:妻子反对也有她的道理。这是他无法老实说的理由之一。

富裕大致掌握了家里的经济状况。六十岁之后,若以养老金支付生活费，就不必动用包含退职金在内，将近四千万日元的存款。但是，妻子的主张也言之有理，两个孩子应该不久之后就会结婚，除了婚礼费用之外，若是他们独立门户，购买新家，也需要一定的资金。

而且不久的将来，收入只剩养老金，有意料之外的开销时，当然就得动用存款。幸好妻子和自己如今身体健康，但是不晓得今后会发生什么事。

妻子的母亲在几年前因为癌症去世。岳父是个刚毅的人，但是心脏有宿疾。富裕的双亲也已经八十多岁，所以难保将来不需要看护。若是考虑到这种事，省下将近一千万日元的露营车开销是理所当然的事。但是，为了肯定退休这个人生阶段，和妻子开露营车旅行是绝对必须的。

富裕因为业务这个工作的关系，想要知道其他行业、企业的情况，以大学的研讨会伙伴为主，建立了"二七会"这个聚会团体，举办聚餐至今。因为当初聚集的人碰巧都是昭和二十七年（1952年）生，所以取名为"二七会"，而这几年，退休一定会成为话题。

成员尽是律师、会计师、税务师，以及任职于一流企业、众所周知的成功人士，但是所有人都对退休后感到不安。因为大家都知道前途未卜。若是考虑到养老金、医疗费等社会保障，以及即将破产的财政，连公务员都说不上高枕无忧。所有人一致认为，日本肯定会慢慢走向衰退。

"问题是，没有前例。"

犹如二七会的会长，大学时一起参加柔道社的驹野如此说道。

大学联赛中，驹野是先锋，富裕是次锋，他们是默契十足的搭档。驹野进入大型汽车厂商的销售公司，年纪轻轻就成为东京西区的旗舰店店长，是传说中的超级业务员。

"退休又不能事先经历。人生早已过了一半多，大家才要迈向退休。而且，从来没有经历过这种惨淡的时代，从前确实贫穷，没钱也没物资，但经济成长是理所当然的，不会让人感觉日渐衰退。"

驹野拥有令人赞叹的业务能力。他在八十年代末期达成的单月新车销售纪录，如今似乎尚未被打破。他胆识过人，头脑清晰，而且具有洞察周遭的细腻感，受到同事和属下的绝对信赖。

但是，他的家庭生活却不幸福。他三十五岁之后才结婚，就当时而言算晚，几年后又离婚了。驹野不愿谈论婚姻生活，以及离婚的原因。两个孩子都归驹野。他一个大男人养育两个女儿，遗传了他的英勇的长女嫁给外国人，前往加拿大；遗传了他的细腻感的次女拒绝上学，反复得了厌食症和过食症，最后似乎变成宅女，闭门不出。

"关于退休后的事，我只想到了两个女儿。"

二七会的聚会之后，两人单独在赤坂的酒店酒吧喝威士忌，驹野说的话令富裕留下了深刻的印象。

"总之，我想设法带小女儿去加拿大。小女儿不肯走出家门，不知道这件事能否实现。大女儿住在距离温哥华三小时左右车程、不太有名的疗养区，在那里工作。她从小就喜欢山，似乎在她老公经营的观光导览公司，担任健行的向导。于是，我决定了退休后要做的第一件事，就是学好英语口语。要是跟女婿的家人无法对话就糗了。大女儿从小就会读书又会运动，我无意中对她放养式教育，我想，我大概给予小女儿过多的关爱。我是独生子，身边没有半个女人，一直过着以工作为兴趣的生活，完全不懂女儿之间的微妙关系。

"但不可思议的是，我在退休后决定要这么做。不，一开始决定要学英语口语或前往加拿大时，觉得很麻烦，但是渐渐地，该怎么说呢，应该算是期待吧，如今那成了生活的意义。在二七会中，学英语也成了话题，退休之后，任谁心中应该都充满了不安。可是，想象在加拿大看得见群山的小镇，带着小女儿，以英语和女婿的家人说话的自己，感觉都很爽。我觉得，说不定这能够克服退休后的不安。"

想开露营车周游全国这个点子，是受到了驹野的影响。为了在越来越不稳定的公司，应付退休这个不曾经历过的情况，驹野教富裕要拥有一想到那件事，就会令人满心雀跃的积极画面。驹野说："总之，就是希望。"

"体力越来越差，存款也会越来越少，如果有下一份好工作，那就另当别论。中高龄者自杀案件多是理所当然的。大家或许都觉得，今后不会有任何好事。所以啊，要心想'可是我拥有这种好事'。那叫作希望吧？我们需要某种希望。"

的确，一想象开露营车旅行，心情就会雀跃不已。这使富裕觉得，也许退休也不赖。

富裕姑且告诉销售公司，希望延后购买。

"我们已经收了订金，自然会替您保留，但是这辆车很热门，迟早无法向您保证。"负责人歉疚地说道，"为了慎重起见，请问一下……"他接着问："您该不会是相中了其他的好商品吧？"富裕含糊其词地说："不，不是你想的那样。""因为内人反对"这种话，他说不出口。要是被人认为，自己是个无法自行决定事情的窝囊男人很丢脸。

根据合同，订金的有效期限还剩五十天左右。但是，富裕没有自信说服妻子，再说，他也不知道该怎么和妻子讨论才好。

犹豫了半天，富裕试着找儿子商量。他邀儿子去高尔夫球练习场，然后来到附近的咖啡店，边喝咖啡边说。

　　儿子打高尔夫球三年左右，进步相当大。富裕打高尔夫球的资历长，但或许是终究不适合，差点[1]不曾低于二十杆。富裕觉得，接触对方，一决胜负的柔道比较适合自己的个性。五十多岁之后，他担心受伤，停止了日常性的练习，但是如今仍对柔道不厌倦。儿子反而不适应柔道。小学时，富裕带儿子去过附近的柔道场几次，但是他完全不感兴趣。

　　儿子个性温柔，对待任何人都体贴，跟对凡事积极的富裕截然不同。儿子好像遗传了妻子的个性。

　　"我有事要跟你商量。"

　　富裕一开口，儿子便问："露营车的事？"好像从一开始儿子就知道了。

　　"我当时也说过了，我觉得这是个挺棒的计划。"儿子说道。

　　咖啡剩下一半。儿子指着咖啡杯说："老爸泡的咖啡比较好喝。"这很讨富裕欢心。儿子说这句话，八成是顾虑到富裕的心情。他表情平静，语气自然地说，所以令听者心情愉悦。富裕

1　差点，是用来量度高尔夫球手潜在能力的数值。数值越大代表球手能力越低。——编者注

心想：虽然跟我不同类型，但这家伙也会成为优秀的业务员。

"不过，总之还是要看老妈怎么想。她不赞成买露营车吧？你问过理由了吗？"

富裕说，似乎是经济原因和她没时间去旅行。

"我和美贵的结婚费用，我希望你们别担心。美贵的个性你也知道，我想她打算自己想办法筹措。我也打算设法操持自己的结婚典礼，还有之后的生活。"儿子说道。"父母不能坐视不理。"富裕说道，摇了摇头。

"我知道你和美贵都很独立，也很开心。可是，处理孩子的结婚，该怎么说才好呢，应该说是天经地义的，而且我是为了这件事而工作，我跟你妈都认为，这不是父母的义务，而是权利。我们一路走来，都想看到孩子们开心的表情，所以你妈说的也不无道理。"富裕说道。

儿子露出复杂的表情，沉默许久之后，苦笑道："老爸，真不像你。"富裕问："这话什么意思？"儿子说："没什么，就是不像你。"

"你至今不管别人说什么，都坚决要做自己决定的事。唉，有些事老妈跟我们都无法接受，但相对地，有时候也觉得不愧是老爸。喏，有一次你明明弄伤了腰，还是要参加柔道大赛。还有，最近的话，明明我们反对，你还是买了营业用的通信伴唱机。这次的事，你尊重老妈的心情是对的。我一方面觉得开心，一方面觉得有点落寞。我觉得即使老妈反对，你也可以态度更强硬一点。钱是小事，你以前不总是这么说吗？"

儿子最后说："你是不是变软弱了呢？"富裕心想：儿子说的或许没错。

公司的经营方针改变之前，富裕率领三十几名属下，总是态度强硬地跑业务。"死缠烂打"是富裕这一组的暗号。富裕会说"真正的跑业务是被拒绝之后才开始的"，鼓舞属下们。

自从经营阵营换人之后，引进提案型业务这种方式，富裕的做法因此被指摘为八股的达成业绩形式。但是，富裕有点可以接受八股这种批判也是事实。他基于身为业务员的本能，如此觉得。明明跑业务的方式没错，但怎么也签不到的合同却越来越多，因为客户的经营方针和时代本身已经大幅改变了。

他一直相信，只要大量使用接待费，喝酒交陪，心灵相通的话，迟早能够签到合同。然而，女性买家增加，而且讨厌酒席的年轻采购也变多了。虽然比起以言语说服对方，要先讨对方欢心，建立关系，但或许如今已经不是那种时代了。

富裕心想：我确实变软弱了。但是，他不觉得态度强硬，问题就会解决。譬如先斩后奏地买露营车，妻子不可能会接受。

和儿子聊过之后，隔周，富裕决定试着跟女儿美贵商量。妻子去教绘画课，儿子也有事不在家。女儿似乎也有事，要跟短期大学时代的朋友见面。富裕问女儿要不要喝咖啡，她说"不要"，拒绝了他。女儿说："我赶着出门，长话短说吧。是露营车的事吧？"她早就知道了。富裕心想：该怎么办才好呢，妻子似乎也找女儿商量过了。

　　儿子和女儿从一开始就知道，富裕要找他们商量的事跟露营车有关。这件事好像成了家人之间的争论点。富裕心想：虽然没有召开过家庭会议，但或许迟早必须召开家庭会议。美贵突然说了令他吓一跳的话。

　　"爸，你要是再找工作就好了。"美贵淡淡地说道，令富裕一阵错愕。

　　"这么一来，钱就不会不够了，对吧？你赚买露营车的钱不就得了？妈跟我说了，家庭开支好像还是很大哟。还有，妈需要自己的时间，她也在做许多个人的事。你应该是以退休后的梦想这种感觉，在思考开露营车旅行，但是妈也有她的人生。"

　　富裕听到"再次工作就好了"，大吃一惊。他感觉像是突然被针扎到不想被人触碰的地方，心跳加速。

　　"再次工作的话，就抽不出时间旅行了。"富裕佯装冷静地说道。他知道自己的脸色变了。然而，美贵毫不理会地继续说：

"也有年假吧？再说，怎么可能像你说的那样，一整年都在旅行。妈也有她的行程。"

"可是，最好是在兴致来的时候，自由随兴地开露营车周游各种地方。"

"我不觉得。旅行这种东西，偶尔去还好。光是旅行的话，一定会腻。"

富裕心想：为什么这家伙能够当着对方的面，直言不讳地说出难以启齿的话呢？他不禁面露苦笑，心想：她确实一直就是这种个性。

从前，她还是高中生时，曾说过"亲子和夫妻完全不同"这种话。高中时的女儿说："亲子纯粹是父母和孩子的关系，但是夫妻从孩子来看是父母，从外人来看是夫妻，就当事人而言，有男女这种关系，好父亲和好丈夫未必是好男人。"富裕问她："你是看书写的吗？"女儿理所当然地应道："我自己想的。"当时，富裕只能苦笑。

富裕真是拿美贵没辙，因为她有点像自己。她在高中时代，几乎没念书，热衷于网球社，曾以单打挤进神奈川县的前八强。她毕业于学生平均程度不怎么高的私立短期大学，进入银行之后，突然像是觉醒了似的，以税务师为目标，开始发愤念书。

富裕低喃："再次工作啊。"美贵笑道："你还年轻，不要紧啦。"

富裕心想：好久没近距离看到女儿的笑容了。女儿的容貌神似妻子，脸形小巧，没有特别显眼之处，但是嘴角表现出内心坚强。穿粉红色或红色等花哨颜色的衣服，应该也很适合，但是她只穿灰色和黑色、设计极为普通的套装或连衣裙。

富裕意识到她的个性跟自己一模一样之后，父女俩的对话就变少了。就像二七会的成员之一曾感叹道："我只会跟读高中的女儿互发短信，完全不再对话了。父女俩即使在家，也尽量不碰面，各自用餐。"

那个朋友和女儿似乎并非互相憎恨，或者互相讨厌。朋友生日时，女儿也会送他礼物。然而，就是没有对话。无论如何，即使程度不同，女儿到了一定年纪，自然就会和父亲疏远吧。

"你妈怎么样呢？她讨厌跟我去旅行吗？"

富裕一面在玄关目送女儿，一面问道。美贵边穿鞋边回答："我想，大概不讨厌。"

"我想，她不是讨厌，而是时间受限会令她伤脑筋。无论是谁，拥有自己的时间都很重要。就某个层面而言，我有时候做一些事，也只是为了拥有自己的时间。"

富裕想问"你念书准备考税务师，也是为了拥有自己的时间吗？"，但是作罢了。美贵粗鲁地脱掉只穿了一只的黑色轻便女鞋，改穿灰色的靴子。富裕从她的背影感受到"没有什么好说的了"这种冰冷的情绪。她将脱下来的轻便女鞋放在鞋柜上，发出"啪嗒"一声，语气异常开朗地说"我走了"，快步走出了玄关。

富裕目送女儿离去之后，耳畔响起和她之间的对话，心情五味杂陈，心跳迟迟没有平静下来。女儿的声音在耳内回荡。"爸，你再次工作不就得了？"女儿爽快地说道。富裕觉得这像是皮肤被针扎了一下，一阵刺痛，但他感觉到的不只是疼痛。

最先涌上心头的是，一种接近愤怒的情绪。富裕总觉得女儿是在批判自己退休后的怠惰状态。他知道自己的脸色涨红。然而，随着时间流逝，怒气渐渐消退，另一个念头冒出来了。令人难以置信的是，那是愉快。富裕开始觉得女儿是在激励他。

"你还年轻，不要紧啦。"美贵面带笑容地说道。要是别人说，譬如公司的同事或二七会的伙伴说一样的话，富裕大概也不会理会。他应该会说，"我犹豫了好多次，最后终于下定决心，才刚接受优退而已，开什么玩笑"，然后付之一笑。退休后才过了不到两个月，但是，女儿点燃了富裕即将熄灭的斗志。

退休后的现实

富裕一再呢喃："要再次工作吗？就算要跟公司接触，也不可能是大型企业。"

但是，生活费的不安确实会消除。妻子会失去大部分的反对理由。尽管如此，再次工作还是有缺点。不能在兴致来的时候，去喜欢的地方旅行。一年四季在想去旅行的时候，能够随时出发正是开露营车旅行的最大魅力。富裕心想：这次要去哪里呢？上网或翻阅信息杂志，调查樱花开花和枫叶变红的时期，确认附近有没有温泉，采购食材等，然后让妻子坐在副驾驶座，发动引擎出发。他在脑海中恣意想象着这些事。

然而，如同美贵所说，也不能一整年旅行。或许利用盂兰盆节、过年假期，以及年假，造访不太有名，但内行人才知道的露营区也不错。

心情渐渐地倾向再次工作。最重要的是，富裕心想：是否能够通过再次工作，向妻子传达自己开露营车旅行的念头有多么强烈。

关于再次工作，富裕决定在确定具体的公司和职务之前，不要告诉妻子。他心想"搞什么，结果注定变成这样啊"，一边品尝新泡的咖啡，面露苦笑。对于在五十八岁这个年龄退休，富裕感到有点内疚也是事实。公司的经营阵营换人之后的三年多里，富裕几乎都在担任闲职，使不上力，仿佛身心都产生了空洞似的，感到空虚和落寞，这种状况持续了三年。

说不定能够再次站在业务的第一线努力，一思及此，富裕总觉得从丹田涌现了力量。富裕心想：说不定能够拾回自信。再说，如果能够展现拾回活力的自己，美贵自不用说，说"总觉得老爸变软弱了，真不像你"的儿子，也一定会替自己感到高兴。富裕活用在之前的公司培养的人际关系，仍然心想：如果不拘泥于大型或股票在东京证券交易所市场第一部上市的企业，以业务员的身份再次工作应该不怎么困难。

但是，这是天大的失算。

富裕从周一起，立刻开始找工作。他一手拿着热气蒸腾的马克杯，坐在阳台的躺椅上，一面翻记事本，一面试着打电话给有交情的室内装潢公司社长。那是一家叫作"筱原"，承揽办公室大楼内装的大型公司。富裕和社长往来二十年，会以低于其他公司不少的价格，供应特别定制的接待沙发组和收纳柜等。

社长在酒席间总是说"总之，年轻业务员不行啦，遇到困难就想着马上放弃，如今这个时代，已经没有像富裕兄这种业务员了，我恨不得你马上来我公司上班"，言犹在耳。当时，富裕当然知道社长是在说应酬话，但是不会感到不舒服。

富裕一向主张：业务需要的是，体力、商品知识和沟通技巧，和行业无关。他对于办公室家具的知识，以及获得顾客信赖的对话技巧，有绝对的自信。所以富裕认为，筱原的社长说他想要富裕这种人才，有一半是真心话。

富裕打电话到筱原社长的个人手机。

"哎呀，富裕兄吗？你应该退休了吧？"

社长语气开朗地应道，说："我现在人在施工现场，手忙脚乱的，我等一下马上回电话给你。"

"富裕兄，刚才不好意思。我是筱原。"

四十分钟后，社长打了电话过来。

"偶尔去喝一杯嘛。"

社长的语气一如往常，说："我们常去的店里，还寄放着你的皇家芝华士（Chivas Regal）威士忌。"富裕说："我有一事相求。"社长语气开朗地应道："好好好，咱们兄弟，跟我客气什么，你又不是别人，有什么事尽管说。"

"不好意思，贸然开口，其实，我考虑再次工作，能不能在你的公司工作呢？"

富裕觉得难为情，语气变得随便，但是过一阵子，才听见"哈？"这种脱线的尖锐声音，他知道社长在电话另一头想说什么，却又把话吞咽下肚。

感觉尴尬地沉默了好一阵子，富裕反省：失败了吗？他心想"或许我应该更客气地拜托"，一改轻浮的语气，又拜托了一次。

"抱歉，在你百忙之际，贸然开口。我相当认真地在思考。我不坚持职位，以顾问的形式也可以，想问一问有没有可能。呃，如果能让我明天去贵公司一趟，聊一聊这件事的话，我会很感谢你，怎么样呢？"

筱原社长说"呃……"，一副难以启齿的样子，吞吞吐吐之后，像是下定了决心似的问："这不是在开玩笑吧？"富裕回答："当然不是。"社长清了清嗓子，然后以斩钉截铁的语气说："我有点难以启齿，但你是不是搞不清楚现状？"富裕感觉到了"虽然非常难以启齿，但是现在得趁这个机会把话说清楚"这种经营者的决心。

"我们公司啊，这几年也不录用刚毕业的新人了。现在这种世道，你知道建筑市场温度降到了冰点吧？无论是开发业者、建筑公司、内装公司全都一样，实际上，公司和人员都过剩。我一点也不夸张，感觉就像是老鼠从沉船逃命一样。外资的开发业者也开始不断地撤出市场了。当然，工作只会减少、不会增加，几乎是共通的看法。如果可以的话，我们公司也想裁员，但是也有许多人是从我父亲那一代做到现在的老员工，所以我不想让他们走投无路。现在，公司像是在毫无赚头地接案。我一直受到你的照顾，也想设法报恩，但是工作的话，我实在爱莫能助。其实，按情理不该说这种话，但请你谅解。这样回应，真的很抱歉。"

简直像是被人当头浇了一盆冷水。筱原社长在电话中反复说："不好意思，真的很对不起。"因此，富裕觉得更加丢脸，心想：伤脑筋啊。然而，富裕还没有察觉到，中高龄者要再次从事业务一职有多困难。

富裕低喃："我到底在想什么？"明明知道无论是开发和买卖不动产，或者建设商业大楼和住宅，这几年市场温度降到了冰点，富裕却骄傲地自命不凡。

　　遭到筱原社长拒绝之后，富裕像是被什么追赶似的，接连打电话给经常交易的办公室家具出租公司、大型的家具连锁店，以及百货公司的友人。遭到有交情的筱原社长爽快地拒绝，令富裕大受打击，而且认识到自己的天真，但是心里又觉得自己不可能找不到工作。

　　富裕害怕面对"五十八岁的前业务员不可能轻易地找到下一份工作"这种现实，而且无法接受。因为除了现状之外，富裕总觉得连身为业务专家的成绩、信赖关系也遭到了否定。总之，富裕想从以前的某位客户口中，听到"包在我身上，你一定没问题"这种话。

　　每打一通电话，反而越焦躁。对方会行礼如仪地打招呼"哦，富裕兄啊？好久不见，听说你退休了，你声音听起来过得很好"，但是富裕一提起再次工作的事，对方的态度就会突然改变。富裕透过电话，仿佛能够看见对方的表情变得僵硬。

　　大型办公室家具出租公司的业务部长，听到富裕说要再次工作之后，和筱原社长一样沉默半晌，然后自我解嘲地说："小庙容不下大佛，我们这种公司雇不起你这种人才。"大型家具连锁店的董事长深深地叹了一口气，语气焦躁地说："被削价竞争的店压着打，财务快要出现赤字，明年打算不录用刚毕业的新人。"话讲得最白的是百货公司的家具负责人。

"我想你知道，我们百货公司已经没有家具卖场了。手工艺用品的大型店家进驻，已经是一年多前的事了。因为没人会在百货公司买家具。我十分清楚自己这么说很失礼，但是求职这种事不该直接打电话，而是先寄个人简历。就常理而言，先去人事部门才是一般的形式吧？"

听到一天到晚一起吃吃喝喝，也曾一起去过夏威夷和关岛旅行、打高尔夫球的百货公司采购说"先寄个人简历才合乎情理"，富裕感觉自己被气得全身颤抖，终于明白了现实。

富裕觉得，自己之前好傻、好天真。他自认为和客户建立了良好关系。客户对于持续缩小的市场，个个焦躁不安、一筹莫展。富裕感觉他们像是在说：这种时代，你在说什么梦话？

富裕愚蠢地心想：说不定客户会热情地迎接身为资深业务员的自己，介绍给其他员工认识，甚至给予个人办公室。自己为什么会有这种误解呢？

"那是因为你目中无人。"驹野说道。

除了为了找下一份工作，被从前的客户拒绝之外，还被人不当作一回事，富裕的心情一直不痛快。他想找人商量，但是又不能对还留在公司的同事说。富裕脑海中马上浮现驹野的脸，起先犹豫要不要打电话给他，因为总觉得丢人现眼。

但是，心情低落到连自己也感到惊讶的地步，赫然回神，已经拿出手机，抵在耳上，对驹野老实地说："我被女儿那么一说，就考虑再次工作，询问工作时期的几家客户，但是都被爽快地拒绝了。"他没有说露营车的事。他没打算隐瞒，只是因为为了再次工作，和客户之间的对话令他大受打击，纯粹忘记了。

"你相信吗？百货公司采购居然叫我寄个人简历耶！"

"寄个人简历"，这句话伤害了富裕。他听到百货公司的采购说"如果要找工作，先写个人简历寄过来才合乎情理吧"，被气得火冒三丈。

"找工作时，寄个人简历是理所当然的吧？"

驹野仿佛在等富裕的怒气平息，隔了一会儿之后，平静地如此说道。经他这么一说，想任职于新的职场的话，寄个人简历确实是理所当然的。富裕问："既然如此，为什么内心会涌现那么强烈的怒气呢？"这时，驹野指摘："因为你目中无人。"

"你习惯了工作时期的权力关系。但是，你退休了，所以只是一般的人。不过，这是你长期习惯的感觉，所以要你马上改变目中无人的态度，应该也不可能。"驹野说："再次工作本身并非坏事，试着跟介绍人才的公司联系如何？"驹野又说："最近吃个饭吧。"然后挂断了电话。

　　和驹野聊过之后，富裕稍微平静了一点，但不痛快的心情并没有消失，不只是再次工作遭人拒绝，仿佛连人格和能力也被否定了。富裕低喃："我才不会就这样善罢甘休。"他试图将愤怒转变成斗志。"死缠烂打"是富裕的业务小组的暗号。他经常对属下说，真正的跑业务是被拒绝之后才开始的。富裕心想：休想小看我，当我是谁?! 一想起找下一份工作时，爽快拒绝他的从前客户的脸，他自言自语"竟然拒绝我"，然后下定了决心，为了争一口气也要再次工作。

　　接受优退时，公司建议富裕参加再次工作转职研讨会，但是他嫌麻烦而拒绝了。富裕先向公司的总务询问，在那个研讨会担任讲师的职业生涯顾问的联系方式。那是一家总公司位于有乐町的知名人才介绍公司，富裕立刻试着打电话。"我们和各家公司签约，无法接受个人的咨询。"对方爽快地拒绝了。富裕心想：人一旦离开公司，变成一个人，就会变得如此无力吗？他上网查其他的人才介绍公司，并留意用语要有礼貌，打了几通电话后，出门前往其中一家公司。

　　早上，富裕将手穿进西装外套的袖子时，妻子问他："你要去哪里？"富裕还没告诉家人，要再次工作的事。于是他撒了个谎，说："参加二七会主办的中午聚餐。"系的领带是去年生日，女儿送的红色名牌领带。好久没打领带，沐浴在初冬柔和的阳光下，富裕步下通往车站的斜坡道，心情变得爽快。

大衣是藏青色的克什米尔（Cashmere）大衣，鹿皮皮包内装着花三天写的个人简历。富裕认真参考了指导个人简历写法的网站。

网站上刊载了具体建议：关于职务内容，不要只写公司名称，而是写资本额、年度销售额、员工人数等公司概要，显示业务内容和规模，或者锁定主要的客户属性，也一并写出业务管理的具体方法。此外，显示业务成绩的情况下，该数字必须具有客观性，如果可以的话，要一并写上在公司的成绩排名和目标达标率等。

富裕在个人简历自我介绍栏的最后，以下列内容总结：

"至今，我从挑选材料到涂装，获得家具及制造技术的丰富知识同时，磨炼正确传达知识的沟通能力，以借此和客户建立和睦的关系为目标。

"但是，我最想强调的是，三十五年来建立的'信赖'。我想，我是透过信赖，也就是受到客户、顾客喜爱，交出了漂亮的成绩单。我想，比起身为业务主管，我更看重作为一个真诚的人，接触客户及顾客，因此取得了足以自豪的业绩及成果。

唯有信赖才是资产，这也是我的座右铭。"

人才介绍公司位于东京都政府附近的摩天大楼的一间办公室。挑高的大厅宽敞，地板擦得晶亮，电梯间有许多脖子上挂着 ID 卡（身份识别卡）的年轻员工，富裕觉得自己是外人。

明明退休没多久，富裕却觉得远离了职场很久。他知道自己在畏缩、紧张。他在电梯内，闭上眼睛，数度做深呼吸。睁开眼睛时，他和一个身穿紧贴身体线条的时下西装、身材高的年轻男子对上了眼。富裕像是瞪回去似的注视对方的脸，对方马上别开目光。富裕心想"我才不会输给你这种毛头小子"，重新鼓起干劲。

"你听我说。"

坐在一旁、同辈的男子对富裕说道。报到之后，坐在入口旁的长椅上等了一个多小时，富裕焦躁不安，不断地看手表，下意识地数度清了清嗓子。长椅在入口的门旁边排成三排，十多名中高龄男子无事可做地坐着。

"公司在观察我们的耐力，你最好一脸若无其事地等候。"

一旁的男子小声地在富裕耳畔如此说道。男子身穿有点旧的咖啡色系西装，系着薄薄的黄色领带，相当稀疏的头发服帖地向后梳整。"咦？啊，谢谢。"富裕含糊地应道一声，没有发出声音地在心里嘀咕，"别把我跟你混为一谈，我跟你不一样。"

"呃，富裕先生是吗？业务主管是要作为顾问，给予属下指导吧？你有当过研讨会的讲师吗？"

自称职业生涯顾问的男人，在有亚克力隔板的咨询室里，对于让富裕等了一个半小时只字不提，大致浏览个人简历之后，劈头就提出这种问题。男人的头发用发胶弄得尖尖的，戴着淡绿色的细框眼镜，动作熟练地操作银色的笔记本电脑，脸色红润，蓄着胡子。八成是三十六七岁吧。

富裕看这个职业生涯顾问的容貌和态度不顺眼。"我等了一个半小时哟"这句话险些脱口而出，但是他想起刚才男子说"公司在观察我们的耐力"这句话，忍了下来。

"我一直待在第一线，所以没有当过研讨会的讲师。"富裕答道。

"原来如此。"蓄胡的男人说道，点了个头，敲打电脑的键盘，在放置一旁的便条纸上写了什么。

"会用电脑吧？"

男人语气冷淡地如此问道。富裕回答："当然会。"男人又问："能够盲打吗？"富裕口吃道："盲、打……""啊，就是不看键盘地打字。"男人说道，并用手指把眼镜推上去，目不转睛地看着富裕。

富裕不擅长使用电脑的键盘。因为只使用双手的食指，所以写文章的速度很慢。他对上网也没兴趣，几乎没在使用电脑，所以接触电脑的机会也不多。避免不了的电子邮件等，在公司大多是让属下代笔。富裕心想：这家伙为什么净问些无关紧要的芝麻小事呢？蓄胡男人像是看穿了他的心声似的说："抱歉，净问些小事。"面露冷笑。

"可是，有许多事情比曾经待在多大的公司更重要。"

"属下当中，女性员工的比例高吗？"

"你会说英文或中文吗？"

"有外派国外的经验吗？"

男人询问诸如此类的事。最后问到座右铭，富裕回答："信赖和努力。"男人告知咨询结束了。

男人说："如果有企业征人的话，我们会以电子邮件跟你联系。"他指示富裕在下次见面之前，以"想做什么""能做什么""拥有什么梦想"为主要内容，写一篇"个人史"。富裕问："该写多少字呢？"蓄胡男人面无表情地回答："你自己决定。"

和咨询者交谈了二十分钟左右，但是一走出咨询室，富裕觉得身体非常沉重，疲倦到甚至想要找个地方躺下来。不但紧张，还等了一个半小时，焦躁不安，所以他格外疲惫。

"真差劲啊。"

"嗯，真差劲。"

等电梯时，富裕听见了两个男人的对话。他们是坐在长椅上等候时，坐在前一排的两人。他们都身穿类似米白色的巴宝莉（Burberry）大衣，年龄约莫六十出头，腋下都夹着 A4 大小的牛皮信封，两人身高也都差不多。

"这是第四家人才介绍公司了。"

"我也没有收到任何回复。"

"感觉像是皮球一样被踢来踢去。"

"总之，人才介绍公司不是从我们身上赚钱，而是从用人的公司拿提成。"

"是啊。总之，我们是商品。"

"按照热卖程度依序卖出去。"

"百货公司的总经理似乎很热门。"

"擅长指使女性员工的人。"

"因为现在有许多职场雇佣打工的女性。"

"像是客服中心或销售保险。"

"或者清洁公司或团膳公司。"

"对了，要不要顺道去一趟？"

"好啊，既然来到这里了，去 Hello work 一趟吧。"

富裕走出电梯之后，也像是被两人的对话吸引似的，走在他们后头。他虽然疲惫，但是不想回家。今天是没有绘画课的日子，所以妻子应该在家。要是被妻子问"二七会如何？""吃了什么？"，他也会很烦。富裕实在没有力气说"参加二七会是借口，其实是为了再次工作而去接受咨询，等了一个半小时，还被臭屁的年轻咨询者问'你能盲打电脑的键盘吗？'，穷于应答"。

富裕心想：这是我第一次懒得和妻子碰面。走在前面的两人对话断断续续地传来。从两人的说话方式和衣着分析，他们肯定跟富裕是同一种人。也就是说，他们原本待在有一定规模的上市公司，有当过主管的经验，不是业务员就是工程师，毕业于东京的大学，在首都圈有住处。服装整整齐齐，他们也跟二七会的伙伴一样，熟练地使用标准语，外貌透露出一丝待在第一线时的自信。不过，垂头丧气走路的身影在四周的人眼中，只是疲惫的老人。

"咨询者叫我重写个人史时，我不甘心到眼泪都快掉下来了。"

一人自我解嘲地说道，面露苦笑。另一人频频点头，无力地附和道："都这把年纪了，还叫我诉说梦想。"富裕一方面想要马上远离走在前面的两人，一方面想要接近两人，上前攀谈，心情很矛盾。

"我花时间，拼命地汇整了自己能做的事、想做的事，结果被派遣的工作不是大楼保安，就是清洁人员，你说可不可悲？"

富裕听到一人如此说道，终于掌握了现实状况，中高龄者要找到下一份工作，简直难如登天。

"后来怎么样？"

过一阵子，富裕不是在二七会的聚会中，而是单独和驹野见面。于傍晚较早的时间，他们在平常二七会之后会去的赤坂酒店的酒吧碰面，点了一些下酒菜，喝威士忌。

"哎呀，那两人也发觉到我了，去 Hello work 之后的回程路上，他们向我搭话，我们到咖啡店喝了咖啡。"富裕苦笑道。

富裕像是尾随两人似的，前往南新宿的 Hello work，然后一起进入咖啡店，起劲地聊了两小时。两人如同富裕猜想，曾是大型食品公司的业务主管。他们一起退休，但是一人因为双亲的看护、一人因为孩子的学费，被迫再次工作。虽然我们针对再次工作起劲地聊了两小时，也互相交换了手机号码，但是之后却不想联系。有一次在人才介绍公司碰到面，也只是互相点头致意，没有交谈。为何不交换信息，或者讨论呢？因为富裕总觉得只会互相抱怨，仿佛在他们眼中看见了自己，说不定反而更痛苦。结果，富裕完全没有告诉妻子，再次工作的事。

富裕从露营车那件事说起，依序告诉驹野：妻子不同意，被女儿那么一说，下定决心要再次工作。富裕说话的过程中，驹野没有插嘴，默默地一面点头，一面听他说。

"我听说了，再次工作很困难。"

驹野仰望悬吊在天花板上、黑色的厚重铁制水晶吊灯，将腌渍小洋葱放入口中，又啜饮掺水威士忌。

驹野似乎跟女儿约了要在家里吃晚餐，所以和富裕约在傍晚较早的时间，见面喝一杯掺水威士忌。

"是喔。"富裕不置可否地点头应道。他心想：你没有实际为了再次工作而找过工作，其实应该不懂再次工作有多困难吧。富裕花了一周写个人史，却被那个蓄胡的咨询者轻易地毙掉了。"你想做什么？""你能做什么？"这种问题，令富裕难堪。因为他至今从未思考过这种事。

不得已上网查，网络上有不少类似的烦恼咨询和解答案例。

"咨询者一再问我'没有半件想做的事，究竟是怎么一回事'，我不由得掉下了眼泪。失业中的五十岁男人，事到如今怎么可能知道自己想做什么、能做什么。至今铆足全力，拼了命地重写了十几次个人史，咨询者终于接受，然后告诉我有可能要我的工作是大楼或停车场的管理员或保安等杂务。成为停车场的管理员，需要写个人史吗？我又不是想成为能够诉说梦想的人，只是想做活用至今的经验的工作罢了。我太天真了吗？我想做什么？我想对社会有贡献，这样不行吗？"

大部分的咨询都是这种感觉，而回答大致上则是以下这种内容。

"中高龄者要自我分析,觉得困难是理所当然的,不用烦恼,只要更坦然地面对自己即可。想对社会有贡献……这个答案绝对不糟,但是很笼统,令人难以明白。不要在意咨询者怎么想,坦然以对。关于'想做什么?'这个问题,可以回答旅行或散步。至于'能做什么?'这个问题,也可以回答:我一个月至少需要二十五万,所以无论是什么工作,我都能毫无怨言地做。不妨试着更坦然地面对自己、客观地检视自己,你一定会发现新的自己。"

这种咨询和回答,确实值得参考。富裕对于"想做什么?"这个问题,写下"我想成为业务员,再度站在第一线,任何职场都可以",而对于"能做什么?"这个问题,则写下"我能够在别人放弃时,开始挑战"。对于"梦想为何?"这个问题,他想写"开露营车和妻子去旅行",但怎么也无法写下,只写了"我想去各种地方旅行"。而思考这些问题的过程中,更重要的问题从意识底层浮现——我至今的人生到底算什么?富裕觉得除非找到这个问题的答案,否则就写不出"个人史"。但是,他无法告诉驹野这件事。

"所以,人才介绍公司还没有介绍半个新工作吗?"

驹野听富裕说完,皱起眉头如此问道。有两个工作在招人:

分别是群马的印刷公司和枥木的手工家具店。印刷公司有五名员工，公司大楼是预铸建筑。手工家具店是振兴小镇的一部分，是在行政机关的资助下成立的非营利事业法人，并将郊外市民活动中心改装成了它的展示／销售处。而两家公司开出的薪资，都是一个月实际所得不到十五万日元。

"群马？你说了职场在群马也可以吗？"

咨询者说"若是坚持要在横滨市内或东京都内，就没有工作在招人"，于是富裕将希望工作地点设为首都圈。但现实问题是，他不可能在馆林或宇都宫上班。通勤也实在不可能，而上网调查发现，印刷公司有宿舍，但感觉是上下铺并排、要跟别人挤一间的房间。

"我在 Hello work 明白了一件事，若单纯以我的属性判断，能找到的就是这种工作。"

在 Hello work，能够通过触碰面板的电脑屏幕，搜寻征人信息。选择年龄、行业、希望工作地点、希望月收入等项目，查询在招人的工作。富裕一开始将希望月收入设为三十万日元，但即使将工作地点扩大至整个关东，也没有半个在招人的工作。纵然降至二十万日元还是没有，降至十二万日元，搜寻到了几十份，但这些工作都是大楼的管理员、夜间的道路施工、在冷冻仓库分类和包装食品，以及打扫大楼或公园等。

"没有业务员这种证照，所以工作能力不会客观地以数值审核。如果有堆高机、巴士、出租车或代理驾驶的驾照，或许情况就会有所不同。税务师或业剂师的工作机会当然多。可是，业务员就像是一无是处的代名词。我非常惊讶。"

富裕觉得在 Hello work，忽然被剥得一丝不挂，感觉被人脱掉定制西装，扯掉名牌领带一般，赤身地暴露在冰凉的空气中。他心想：我至今就像是穿上铠甲或衣服似的，受到知名大型家具厂商这个看不见的组织保护；被剥掉公司名称之后，就成了街上多如过江之鲫、平凡无奇的"曾任业务主管的五十八岁大叔"。

异常情况

"你跟他们在咖啡店聊了什么？"

驹野如此问道，富裕说了银发族人才中心这个非营利组织。两个男人在咖啡店自我解嘲地告诉富裕："最后一步，就是银发族人才中心了。"银发族人才中心采取会员制，会费从六百日元至三千日元左右，每个中心各不相同。为了广泛地介绍工作给会员，员工会轮班，大致上一个月工作几天，收入数万日元。

"银发族人才中心？好像有听过耶，不过话说回来，这个名字真直白。有哪种工作呢？"

两人将愤怒表露无遗地说："令人难以置信的是，银发族人才中心提供的主要工作，都是替个人住宅或公有地除草之类的工作。一旦成为会员，就能享受优惠，能够以折扣价格在全国各地的旅馆和人称'休憩村'的设施住宿。据说各中心的理事长大多是高级官员退休后转任，月收入将近百万日元。银发族人才中心以前叫高龄者事业团体，是为了确保退休后的雇佣而在全国各地成立的社团法人，但其实是拔草或除草之类的工作介绍所，开什么玩笑?！"

"富裕，你不要紧吧？"

两人喝完一杯掺水威士忌，手穿进大衣的袖子时，驹野一脸担心，如此问道。富裕不晓得他为什么这么问，"咦"了一声，反问："这话什么意思？"

"不，没什么大不了的。"

驹野穿好大衣，离开柜台，一面前往门口，一面盯着低着头的富裕的脸说："我觉得你不要太放在心上比较好。"富裕说："我完全没放在心上。"他想要挤出笑容，但是不知道为什么，感到不对劲，表情好像僵住了，笑不太出来。

"我们或多或少都曾是以公司为重心的人，所以离开公司时会有点不适应，但我想，你应该不要紧。不过，你也说过，你觉得自己变得一丝不挂。我看着身边的人也感同身受。我不太会说，但我想，你最好不要太小看现实状况。"

富裕觉得，自己隐约了解驹野说的话，而且不是脑袋理解逻辑，感觉是言语渗透进皮肤和内脏。富裕心想：这就叫作切身体会吧。

"或许是我多嘴。"

道别时，驹野以此为开场白，建议富裕：当务之急是不是该先和家人讨论，决定露营车的事呢？

"话说回来，那也是你再次工作的动机吧？我也有那种时候，但我们基本上不擅长对话，有逃避该决定的事的倾向。"

虽然心情沉重，但晚上全家人齐聚一堂，富裕决定开口。他以"我要你们老实回答"为开场白，问："关于我计划开露营车旅行，大家怎么想？"

"我没兴趣。"

妻子斩钉截铁地说，对话因此大致上结束了。富裕不太记得之后的事。不过，妻子和女儿反复说了几次"自己的时间"。妻子歉疚地说："我不是讨厌旅行，而是没了自己的时间很伤脑筋。"女儿像是要缓和凝重的气氛似的，补上一句："爸也要体谅妈，对于任何人而言，拥有自己的时间都很重要。"

富裕早已猜到妻子的答案，所以没有进一步讨论。富裕觉得妻子还有话想说，但是妻子的回答太过直率，令他失去了追问妻子还想说什么的力气。再说，虽然遗憾，但他确实也觉得有点痛快。如同驹野所说，该做的第一件事是弄清楚妻子的意思。妻子或许是回答了富裕的问题，松了一口气，表情变得平静。那一天晚上，一家四口好久没吃寿喜烧，一团和气，聊得起劲。儿子和女儿因为搁置的问题解决了，不同以往地话很多。富裕心想这样就好，同时玩味着落寞和解放感，认为自己能够接受妻子的意思。

身体第一次出现不对劲，是在两天后。

早上起床，想泡咖啡时，喉咙感觉到异常的压迫感。不同于感冒的疼痛，起先以为是痰卡住，清了嗓子好几次，但是毫无效果。压迫感很微妙，感觉就像穿上了有点紧的高领毛衣。如果不在意的话，不知不觉间就会忘记这种不舒服。

但隔天，富裕泡好咖啡，想喝时又出现一样的压迫感，霎时呼吸困难，感觉不舒服。那是夏威夷科纳（Kona）的咖啡，但富裕有预感，无法顺利地滑入喉咙，不禁将含在口中的咖啡吐了出来。那就是开端。

富裕先去看了当地的耳鼻喉科，但是喉咙没有异常，到东京都内的大学医院检查，诊断也一样。为了慎重起见，富裕接受了食道和胃内视镜检查，也做了肺部的断层扫描，但是哪里都没有病变。

妻子带他去认识的中药药局，结果是在更年期常见的咽喉头异常感这种症状，是一般的病因不明的自诉症状。医生开了加味逍遥散这种药，但是症状没有改善。不久之后，不适变成了焦虑和烦躁，加上失眠，然后遭到莫名的不安侵袭。

富裕并没有什么具体的心事，或者不安的原因。反过来说，他开始对于所有事物都感到烦躁和不安。如果心跳加速，就怀疑是心脏疾病；光是轻微的晕眩，就会担忧是不是大脑疾病；若是连续拉肚子两三天，就害怕是癌症。他在意儿子和女儿的态度，确信早上不打招呼就去上班的女儿不尊敬自己，心情就变得沉重。

特别在意的是，对面人家的狗。它是一只黑色的拉布拉多，经常叫。早上睡到一半醒来，因为它的叫声而睡不着时，富裕脑海中会突然浮现"非杀了那只狗不可"这种异常的想法，而心生恐惧。从此之后，他经常受到"想杀狗"这种强迫观念所苦，也开始囿于自己的精神是否产生异常这种恐惧。

富裕心想，应该哪天就会好了吧，忍耐了一个月左右，但是连早上泡咖啡也懒得做，开始怀疑是忧郁症。在家人面前，他努力表现得和平常一样，但妻子察觉到异常状况，问他："是不是发生了什么事？"富裕只说："其实，我想再次工作，但是求职不顺利，所以情绪低落而已。"当时，他还真以为原因是求职失利。

不安感强烈时，有时候要在家人面前保持平静很痛苦。但是，他不想被儿子和女儿知道，也叮咛妻子不要让儿女知道。因为若是全家人担心他，富裕总觉得会更加丧失自信。

妻子说："你最好去看医生。"妻子经由绘画课的朋友介绍，推荐了一名精神科的咨询师，但是富裕不想去看和妻子有关的医生。因为他不想被妻子人际关系网里的人知道，自己的精神出了问题。

犹豫了半天，富裕试着找驹野商量。驹野给他介绍了位于东京大森的诊所的一名精神科医生。但是，富裕对精神科有所抗拒。他看过报纸报道，据说许多医生只开镇静剂、安眠药和抗忧郁剂，而且害怕自己被诊断出精神疾病。

然而，听到驹野之前也看过咨询师，富裕改变了想法。驹野说："我大女儿说要去加拿大，我精神上出问题时，也找总公司值得信赖的上司商量，他引荐了那位医生给我。"

"他很认真学习，而且真的很仔细听我说，虽然年轻，但是个好医生。你就当作是受骗上当，去看看怎么样？"

诊所在一栋较新的大楼里,从京滨急行线的大森海岸站步行几分钟就可以到达。诊所雅致,只有一名专职的护士,但是室内清洁,柜台人员的接待得宜,令富裕抱持好感。医生在装饰不多、只有床和桌椅的简朴咨询室里等候。

精神科医生三十五六岁,但是看起来很年轻,中等身材,胡子剃得干净,脸色容光焕发。虽然并不亲切,但面对面坐在椅子上,富裕的心情平静了下来。他事后才知道,医生的原则是不问、不说多余的事,让病患感到心安。医生平常待在大学医院的研究室,一周只有两天受到医学院的学长,也就是院长的委托,来到诊所。

"你不是忧郁症。"

几分钟的对话之后,医生如此说道。

"我看你的眼神就知道。富裕先生,你的眼神很有力。"

据说忧郁症的病患有时候早上爬不起来,而且有时候想洗脸,无法扭开水龙头,或者即使想写什么,却无法拿笔。富裕确实没有那种症状,虽然放心,但是心想"那这种状态究竟是怎么一回事",内心涌现无法接受的情绪。

"也有人听到病名之后,就会接受。"

年轻医生仿佛看穿了富裕的心情,面露微笑。

"因为病名是一种分类。不过,完全健康的人非常少,任谁都有某种毛病，只是程度的差别而已。富裕先生，你好像因为不受令爱尊重，或者讨厌狗叫声而不堪其扰，但之前完全没有这类的事吗？这真的是第一次的感受吗？"

说到这个，富裕想到了一件事。从女儿升上高中之后，父女的关系就变得疏远。他曾经感到"说不定女儿瞧不起自己"这种不安，但过一阵子之后就忘了，只是没有放在心上而已。

再说，富裕以前就怕狗。他心想：主要原因是小学时，被邻居的秋田犬咬了屁股。当时，他和朋友在马路上踢足球，球滚进那一户人家的庭院，进去拿球时，突然就被咬了。狗没有拴上铁链，饲主事后拿着哈密瓜来道歉，但是从此之后，富裕不曾想要养狗，而且即便是小狗，他也不曾觉得可爱。他好几次一听到狗叫声，就会无缘无故地烦躁。

小旅行

"果然是这样啊？"年轻的精神科医生说道，像是接受了似的点了点头。

"所以，担忧或害怕自己可能会杀了那只狗，和实际会杀那只狗是两回事。人会想象，所以内心软弱时，经常会受到想象的折磨。也有学者认为，受到想象折磨的人，会因为担忧或害怕而消耗心神。"

"我完全不可能真的杀害狗啊？"

"我想这一点，你比我更清楚。反过来说，也有可能是因为清楚地知道自己实际上不会去杀狗，所以想象力引发了担忧和害怕。"

富裕想要知道原因。陷入这种不安状态，是因为求职受挫，丧失了自信吗？

"就我认为，不是这样的。"

年轻医生说："原因是您和妻子之间的关系改变了。"这令富裕吃了一惊。难道是因为妻子拒绝了他的梦想——开露营车旅行吗？

"这是引爆点，但正确来说，是因为你接受了尊夫人有她个人的时间。"

妻子说："我不是讨厌开露营车旅行，而是没了自己的时间很伤脑筋。"她使用了好几次"自己的时间"这几个字。

"即使是夫妻或父子，每个人都有自己的时间，其他人不能随意更动。多年来以公司为重心而活的中高龄男性，没有意识到这一点的案例意外地多。因为在日本公司里常有的从属和庇护这种关系中，大多没有训练人接受大家都是对等的人格。意识到任谁都拥有自己的时间，这对于人而言，是一种本质性的冲击，有的人精神会暂时变得不稳定。大多数的情况下，精神变得越不稳定的人，越诚实，而这不过是我个人的意见。

"我想先请你确认一件事，对你而言，尊夫人是个重要的人吧？如果她不重要的话，你的心情就不会动摇。因为察觉到一件重大的事，你接受了它而感到不安。今后要建立新关系，需要花一些时间，但是接受事实，非常需要勇气。

"你有勇气。许多人害怕认清事实，所以假装没有察觉到而逃避，所以也不会感到不安，但是永远无法建立新的人际关系，结果衍生更大的问题。"

富裕问："关于新的人际关系，我不知道今后该怎么跟妻子和孩子们相处才好。"年轻医生面露微笑，说："跟之前一样就行了。"

"不必做和之前不一样的事。关系会自然建立，不安会渐渐地变淡。"

难道察觉到任谁都有自己的时间这个事实，予以接受，是如此痛苦的事吗？富裕在眼前是一片车站周边景色的阳台上，双手捧着空的马克杯，玩味年轻医生的话，然后回想在那之后又和驹野见面时，他说的话。

"我觉得开露营车旅行这个点子很不赖。"驹野说道。

"我好不容易才接受了大女儿去加拿大，但还是会忍不住怨恨，断定是她的错，这才让我比较轻松。可是，我察觉到有时即使断定是别人的错，也不会发生任何新的事。后来过了两年左右吧，我才开始考虑去加拿大。如果断定是身边人的错，心情就会变得不积极，对吧？心情一旦变得不积极，可怕的是，身心都会变得有点封闭。我有一段时间没参加二七会，那一阵子就是如此——不想外出，也不想见人。一开始也懒得思考去加拿大的事。"

驹野继续说：

"我先是渐渐地明白，要打心底接受重要的人的决定，是一件辛苦的事。然后，一点一点地，真的是一点一点地，逐渐形成某种保护自己、像是膜一般的东西。然后麻烦的是，那种像是膜的东西，只有自己的外侧才有。不是国外，哪里都可以。一直待在家里，你就不会知道，外出待在寒冷中，一回到家，能感觉到多温暖，对吧？大概是那种感觉吧。"

富裕沐浴在初夏的阳光中，心想：我确实也变得有点封闭。年轻医生开了药效较弱的镇静剂。但是富裕不常用，一旦不安增强就会服用，设法度过一天，这三个月左右反复发生这种情况。

虽然会跟驹野见面，但是不会去参加二七会。富裕还无法积极地想外出。如今他仍无法习惯狗叫声，杀意的情绪也没有完全消失。然而，一旦转念心想，吠叫一定是那家伙的工作，烦躁就会减轻。

富裕确实感到焦躁，依旧过着无所事事的日子。但是，年轻医生说："现在光是度日就够了，焦躁是最不好的。如同损伤的脏器慢慢复原，随着时间的流逝，你们就能建立新的关系。"

对我而言的"外侧"，到底在哪里呢？妻子在三天前说的话，莫名地留在心中。町内会[1]要开孩子的柔道、剑道课，似乎在征募讲师。教孩子柔道这种事也不错吧？这样算是"外出"吧？

　　富裕试着想象大批孩子如同五十年前的自己，正在练习护身倒法的模样，感觉不赖。蓦地，富裕心想：好久没泡咖啡了，来泡咖啡吧。犹豫了半晌之后，富裕为了煮热水，站了起来。

1　町内会，第二次世界大战期间，日本以邻组为基层组织而成立的基层统治机构。负责处理迁出迁入、配给、通知事项等事务。

丧犬之痛

淑子内心动摇了。

她没想到丈夫会说这种话，

觉得和丈夫之间的关系正在改变。

遇见波比

　　高卷淑子并不喜欢受邀到石黑先生家。石黑先生是丈夫工作中往来公司的专任董事，碰巧两家离得很近。丈夫在大型的广告公司工作三十八年，于六年前退休。石黑先生是富二代，相当干练，将老派的服装店改成受到年轻女性喜爱的成衣厂，拥有多个时尚品牌，掌握以东京都心为主的三十多家直营店，是实质上的经营者。这十几年，似乎也开售卖女用小物件和日用品的店，事业成功。他是杂志会报道的知名经营者，但实际上比丈夫年轻十二岁，外表看起来比丈夫年轻将近二十岁。

　　淑子住的公寓位于川崎市，而石黑先生的豪宅位于横滨市，两个城市中间横亘着一个宽敞的公园，以此为交界，距离近到即使走路也只要十几分钟。石黑先生身材高，长相英俊，娶了前女演员为妻，乍看浮华，但是个一心工作的人，人格也无可挑剔。曾是女演员的石黑太太为人也很体贴，淑子总是心想：石黑太太招待宾客的方式几乎堪称完美无缺。

石黑先生是个耿直的人，在公司尚未步上轨道时，就受到丈夫任职的广告公司援助，如今也心怀感谢。因此，石黑先生举办家庭派对时，淑子与丈夫一定会受邀。淑子并不讨厌家庭派对。曾是女演员的石黑太太精通中文，爱好是太极拳，派对上的餐点大多是中餐，能够喝到味道复杂到令人难以置信的皇帝普洱茶。因此，淑子也非常爱普洱茶。

讨厌的是，丈夫参加派对时的态度。丈夫很高兴受到石黑先生邀请，而且打心底尊敬身为经营者的他，经常采取异常谦虚的态度，也不停地夸赞曾是女演员的石黑太太。石黑先生家的地下室有一个宽敞的卡拉OK室，石黑太太总是以中文唱邓丽君的歌。

丈夫从石黑先生家回来，就会像个白痴一样自言自语，没完没了地低喃石黑太太有多美，也不夸奖自己的妻子半句。那种时候，淑子一定会离开丈夫，牵着爱犬波比，去附近的公园散步。

丈夫五十八岁、淑子五十三岁时，任职于电子零件厂的儿子结婚，几乎同时，又被调派至越南当地的工厂。儿子沉默寡言，个性文静，从小就爱玩机械，就业后也跟淑子他们住在一起，所以儿子不住在家之后，淑子突然感到寂寞，经过一番苦苦哀求之后，丈夫才同意让她养狗。丈夫想养猫，但淑子一定要养狗。她并不讨厌猫，但她无论如何都想养狗，而且是柴犬。

淑子是四国松山一家拥有六十年左右历史的老旅馆的长女，兄长继承家业，父母允许她进入东京的私立大学就读。毕业后，于住在东京的亲戚经营的轿车销售公司担任行政人员。淑子二十三岁时，在那位亲戚的介绍之下，以半相亲的形式遇见丈夫。交往两个月左右之后，她决定结婚了。丈夫并没有特别俘获她的芳心，但是和丈夫交谈让她感觉很有趣，丈夫并非她讨厌的类型，而且任职于广告公司听起来很时髦。最重要的，那是一个在二十岁出头结婚很理所当然的时代。

淑子心想：丈夫的心情应该也差不多。丈夫也是小地方出身，生于不太富裕的家庭，边打工边念完一所知名的私立大学，在家人、朋友等身边人的建议之下，和淑子结缡。丈夫是俗话说的"外貌协会会员"，梦想是和美女结婚。儿子出生时，丈夫说："我觉得结婚一定是这种感觉，所以跟你在一起。"淑子也认为，自己长得绝不算丑，而且学生时代，曾收到好几个男生的情书。但是，她也不是那种男人回头一看，都会认同的美女。

淑子从小就喜欢柴犬，很想养。爷爷养柴犬，经常和它一起去散步。但是母亲非常讨厌狗，不准她养。因此，淑子下定了决心，结婚成家之后，总有一天一定要养柴犬。

刚结婚那时，住在远比现在更狭窄的公寓，不是能够养狗的环境。而且儿子马上出生，整天忙着带小孩，不知不觉间，就忘了要养柴犬这个愿望。

搬到现在的公寓，是在二十年前左右，泡沫经济正好结束，住宅价格开始暴跌的时候。丈夫是个热衷于工作的人，虽然从事广告公司这个乍看光鲜亮丽的行业，但是并不爱喝酒、在外吃饭，也几乎没有什么爱好，顶多是偶尔下围棋，生活朴实，所以才能买下位于川崎和横滨交界、四室两厅的新公寓。因为存了相当金额的首付款，所以还房贷较为轻松。

丈夫是典型的"人来疯"，在外似乎会开朗地说话，话题也很丰富，但是在家不是看书，就是看电视，不太和淑子交谈。结婚前和新婚期，两人会去看电影，或者上馆子，丈夫会告诉她有趣的事，但是从儿子出生之后，公司委托他几个重要的客户，变得忙碌，夫妻之间的对话就变少了。退休之后，丈夫开始上网写博客，几乎一整天窝在书房里，面对电脑。儿子长得像母亲，外貌不起眼，个性像父亲，沉默寡言，虽然担任高科技电子机械零件的工程师，领取高薪，但是年近三十，没有女人缘。朋友给他介绍了一名在文化中心教小提琴、大他三岁的女性，两人一下子就论及婚嫁，结婚两个月后，前往河内旅行。

而两个月后，淑子终于遇见了波比。她上网搜寻"柴犬"，发现附近兽医的网页，寄出电子邮件，兽医告诉她繁殖者的事。兽医说，比起宠物店，向值得信赖的个人繁殖者买比较好。宠物店不知道狗的健康状态，而且价格较高。淑子前往在静冈御殿场的繁殖者家，看到一群可爱到令人吁气的小柴犬在庭院游玩。

繁殖者是农家，偌大的庭院里有四只三个月大的幼犬，在母犬的周围跑来跑去，互相嬉戏。淑子买了四只幼犬当中最活泼、长得最可爱的公幼犬。她不太清楚柴犬的长相标准，所以纯粹是以自己喜好的长相挑选幼犬，但是女繁殖者说："你真有眼光。"

"感觉它的眼睛炯炯有神，对吧？它是最健康的。"

淑子已经想好了名字——波比。即便是母狗，淑子也想叫它波比。没有特别的理由，她觉得这个名字容易叫，而且感觉淘气、有点恶作剧。

淑子把装了波比的宠物篮放在副驾驶座上，如今也忘不了开车回家时的幸福感。

波比带给淑子的幸福，实在无法以言语表达。托波比的福，淑子遇见了许多人。从公寓步行十分钟左右的地方，有一个非常大的公园，成了爱狗人士的聚集地。大家牵着各种狗，在上午较晚的时间，三三两两地聚集而来，只是闲话家常，却乐趣无穷。

一开始，淑子犹豫要不要加入聚集的人们的圈子，但是托吉田这位男性的福，她得以顺利地成为他们的一分子。吉田先生五十多岁，似乎是个相当知名的设计师，设计海报、形象标志之类的东西，得了好几个奖。他家不在川崎这一边，而是在横滨那一边，有足以容纳四辆轿车的停车场。他拥有两辆德国制的跑车。

之所以遇见吉田先生，也是波比安排的。波比来到淑子家那一年冬天，一个难得积雪的早晨。丈夫挖苦道："这种日子也要去遛狗吗？你真是狗奴才啊。"淑子无视他的冷言冷语，脚穿长靴，身穿羽绒夹克，也让波比穿上红色雨衣，前往公园。

和波比在一起的日子

作为川崎和横滨界线的那个公园，大致分为有高低差的两个空间，淑子会走林间铺木板的步道和木头阶梯往返。

上方的空间有像是简朴瞭望台般的露台、狭长的草原和树林，下方的空间被树木包围，大小足以盖好几个棒球场。

那一天早晨，淑子牵着波比，步下积了新雪的木头阶梯，想要到下方的空间。但是半路上，她险些滑倒，不禁尖叫。因为积雪而看不到路，而且阶梯也结冻了，她害怕得杵在原地。阶梯没有扶手，进退不得。波比细细的脚尖埋在积了十多厘米的雪中，一脸不安的表情，只是抬头看着淑子。波比清楚地知道，发生了某种麻烦事。忘了是什么时候，有一次从石黑先生家回来，丈夫猛夸石黑太太的歌声和美貌，所以淑子一个人在房间哭泣。当时，波比还是幼犬，靠了过来，仿佛在说"打起精神来"，舔了舔她因为泪水而濡湿的脸颊。

"抓住我。"

淑子站在阶梯进退不得时，这个声音从背后传来，眼前伸出了一只穿了黑色羽绒大衣的手臂。对方说："抓紧一点，否则很危险。"淑子使出全力抓住那只手臂，无暇看清那个声音的主人，一阶一阶地慢慢步下阶梯。站在地面时，淑子终于看见了出手相救的男性的脸。他是个五十岁上下、长相精悍的男性，他就是吉田先生。"过来。"吉田先生回头望向阶梯说道，并用手指吹口哨。一只杜宾犬坐在阶梯最上面，一听到口哨，便往下冲，来到吉田先生旁边。波比因为害怕杜宾犬而吠叫，吉田先生对它说："不要怕。

"这家伙的个性温柔到不行，不要怕。"

波比对其他狗很怕生，所以一直害怕吉田先生的杜宾犬，不断地尖声吠叫。淑子道歉道："不好意思，这孩子在害怕。"吉田先生面露苦笑，在积了雪的草原上迈开脚步。那是一片一望无际的雪原，只有几个孩子在打雪仗，或者堆雪人，没有其他人带着狗。

"你喜欢杜宾犬啊？"

淑子为了避免波比害怕，和吉田先生隔一小段距离，走在他后头，如此问道。吉田先生摇了摇头，吐出白色气息，笑道："只要是狗，我都喜欢。"

"其实，内人在几年前死于乳癌，孩子们担心我，送给我这家伙。"

吉田先生果然从小就非常爱狗。他一脸落寞地说："我经常出差，一定会带着帮忙设计工作的内人同行，所以迟迟没有机会养狗。"淑子心想，他八成是想起了妻子，停止进一步触及这个话题。

吉田先生一离开在玩雪的孩子们，便解开系着杜宾犬的牵绳。他一说"莎莉，喏，去玩吧"，杜宾犬便全速冲向一群在雪中寻找饵食的野鸽。吃惊的野鸽振翅飞起，飞在空中，杜宾犬追着那一群野鸽，奔跑在雪原上。黑色的杜宾犬跑在雪白的雪中，十分美丽，令人觉得是生命力的象征。

"她叫作莎莉啊？"

淑子一面抚摸波比的头，一面如此说道。"魔法师莎莉，你知道吗？"吉田先生露出孩子般的笑容，问道。《魔法师莎莉》（魔法使いサリー）也是淑子喜欢的动画，吉田先生似乎是跟妹妹一起看的。

自从下雪那一天遇见之后，淑子就很期待在公园遇见吉田先生。一想起吉田先生在结冻的阶梯，用强而有力的手臂支撑自己的身体，她就心脏怦怦跳。

吉田先生在公园受到爱狗人士们的喜爱。人人都喜欢他，所以他一定会成为小团体的主角。假日有许多邻居携家带眷到公园野餐，所以所有爱狗人士都喜欢人少的工作日上午，而且他们大多是女性。男性都是退休后上了年纪的人或附近的商店老板等，从事自由职业的吉田先生在男性当中显得特别，女性们总是围着杜宾犬莎莉，聚集而来。

公园的正式名称是菅生绿地，有三个入口，只有步道、小型体力锻炼场，以及孩子们以雪橇滑下来的斜坡等，除此之外，是偌大的草原和杂木林，以及银杏的林荫大道、群生的樱花树等，保留了大自然的原貌。春天是樱花、夏天是蝉叫声、秋天是枫叶、冬天是枯树，每个季节都有优美的景色，光是步行于草原，就感到神清气爽、心情变得柔和。牵着波比，笼罩在树木的芳香之中，淑子就能忘掉丈夫和所有其他烦心的事。淑子打心底认为，自己至今的人生当中，没有这么幸福的时光。

爱狗人士聚集的地点，是距离孩子多的斜坡两百米左右的一带，周围群生着樱花树。人多时，宛如一场小狗秀。小型犬居多，像是腊肠犬、西施犬、吉娃娃，以及贵宾犬、约克夏、苏格兰犬等。因为女性比较管得动小型的宠物狗，而且在公寓或独栋建筑的小庭院，难以饲养大狗。这种情况下，牵着杜宾犬的吉田先生格外醒目。吉田先生并非因为是知名设计师而受到众人喜爱，反倒是因为他一点也不自大，彬彬有礼地对待任何人，诚恳地倾听话多的女性们说话，而且始终面带笑容。

可是，淑子在人多的地方会胆怯，迟迟无法和吉田先生交谈，所以她期待其他爱狗人士避免出门的雨天。

无论什么季节，雨天的公园总是冷清。爱狗人士也几乎没有现身。因为狗会弄湿，而且撑着伞散步说不上舒适。可是，淑子喜爱雨天。她不擅长和一大群人畅谈，不知道该选择哪种话题。她没有特别的嗜好，丈夫任职于广告公司时，星期六日也会带工作回家，十分忙碌，退休后为了写博客，经常把自己关在房间里，完全没有一起去旅行。而且他退休前都是在外吃饭，所以退休后在家，就不想去外面吃了。爱狗的女性们喜欢旅行或美食的话题，所以淑子无法加入话题。她对于减肥、美容和时尚也不怎么感兴趣，所以总是略显沉默，扮演听众的角色。

因此，雨天很特别。即使是倾盆大雨的日子，吉田先生也会牵着莎莉出现在公园。坐在亭子的长椅上和吉田先生聊天，成了淑子无上的喜悦。如果看夜间的气象预报，知道明天会下雨，淑子就心情雀跃。她在石黑太太的教导之下，一点一点地搜购普洱茶，她决定泡好茶之后，装进中式的玻璃茶瓶，带去公园请吉田先生喝。虽非皇帝普洱茶那种高级货，但是淑子选了在横滨的中华街买的十年熟茶。在为数不多的收藏品中，它是质量最好的普洱茶。

吉田先生博学多识，对于外国的事、电影和音乐也非常清楚，拥有独特的想法。但是，他绝对不会炫耀知识，会挑选简单明了的用语，深入浅出地告诉淑子。有好几件事令她印象深刻。

认生的波比花了将近一年才亲近莎莉。而且波比对于在草原上跑来跑去好像并不感兴趣，只会坐在长椅旁边，目不转睛地望着解开牵绳、追着野鸽的莎莉。

"看到波比这样坐着，好像忠犬八公一样。"

从下雪那一天认识之后，过了四年左右，四月樱花开始凋零的某个雨天，吉田先生如此说道。

淑子听到忠犬八公，心想：经吉田先生这么一说，波比坐着时的身影，还真的有点像涩谷车站前的知名铜像。不过，八公应该是秋田犬，再说，波比的个性跟传闻中的忠犬八公截然不同。

"波比差多了。"淑子笑道。

"它非常任性，因为它从小被我惯坏了。不管我怎么疼它，它好像都觉得那是理所当然的。搞不好要是我死了，它马上就会亲近别人。"

吉田先生说："原来如此。"他露出望向远方的表情，沉默半晌之后，又嘀咕了一句："我比较喜欢任性的狗。"

"其实，八公似乎在涩谷车站周边，过着像野狗般的生活，当时，它好像遭到严重虐待。同情它的人写了一篇可怜而忠实的狗，等候死去主人的文章投稿。于是，它变得非常有名，但是我觉得有点不对劲。"

吉田先生一面慢慢地喝杯中的普洱茶，一面如此说道。不对劲是什么意思呢？活蹦乱跳的杜宾犬莎莉，差点在泥泞的地面摔倒，持续追着一群野鸽。

"我想，八公说不定是只可怜的狗。饲主去世之后，亲近其他新的饲主比较幸福，不是吗？一直思念去世的主人，或许很凄美，但是凄美未必会使人幸福。"

接着，吉田先生用手指吹口哨，叫莎莉过来，抚摸它濡湿的脖子，然后突然说起了亡妻的话题。他妻子的癌细胞转移到肺部和淋巴时，似乎对他说："你是个怕寂寞的人，我死了之后，你要找个体贴的人。"

"我忘不了她的那句话，但却不想找任何对象。"

如此说完之后，吉田先生对粗重喘气的莎莉微笑道："你也要喝喝看普洱茶吗？很好喝哟。"

樱花花瓣夹杂在雨中飘落。但是，偌大的公园里没有其他人。淑子总是匪夷所思地心想：为什么没有人来看这么美的风景呢？她理解那些说"雨很阴郁"的人的心情，但是她不太能想象"开朗的雨"长什么样。不过，她觉得雨很温柔。灿烂洒落的阳光确实很爽快，但心情低落时，有时候会想要对那种明亮敬而远之。雨会使视野变得朦胧，模糊风景的轮廓，淑子会感到一种温柔，仿佛有人对她说："不必那么拼命哟。"

"你喜欢普洱茶吗？"

吉田先生再度解开牵绳，让莎莉去奔跑之后，放回茶喝光了的杯子，如此问道。淑子一面想起石黑太太端正的五官，一面点头，小声地应道："朋友教我品茶的。"

"茶很好。"

吉田先生面露微笑，肩上有几片樱花花瓣。淑子想替他拨掉，但不好意思那么做。接着，吉田先生告诉她茶是代表性的饮品之一，地球上的生物当中，只有人会品尝这么多种饮料。他还说人伴随喜悦品尝某种饮料时，心情会平静。

"喏，电视剧和电影中，会对陷入恐慌、太过悲伤、痛苦不已，或者快要迷失自我的人说：做个深呼吸、喝个水吧。内心动摇、迷失自我时，人好像会没有心思品茶。所以，我觉得茶，或者饮料，不只是单纯补充水分，而是具有更深的意义。我觉得有悲伤或痛苦的事时，慢慢喝茶经常会拯救我。"

吉田先生如此说道，察觉到肩上的樱花花瓣，轻轻地拨了拨，然后目不转睛地望向在雨中跑来跑去的莎莉。他的表情看起来非常落寞，淑子心想"他是不是想起了亡妻呢？"，感到一阵心痛。

"你刚才说波比这孩子很任性，真的吗？"吉田先生问道。

吉田先生落寞的表情消失，面露微笑。淑子感觉内心柔和，觉得他刚才落寞的表情非常迷人。她将第二杯普洱茶倒进杯子，轻轻抚摸波比的头，问："没错，你真的很任性，对吧？"

"怎样任性呢？"

吉田先生也想抚摸波比的头。但是，波比不太爱被人触碰，所以像是甩开他的手似的摇了摇头，走到稍远处，又以一样的姿势坐了下来。

"你看，动不动就要任性吧？"

淑子如此说道。吉田先生状似愉快地笑道："真的耶。"他的笑声不大也不小，音量刚刚好，也没有刻意。淑子想起了丈夫。丈夫在家里几乎不会发出笑声，但是每次去石黑先生家，即使是不怎么有趣的话题，他也会放声大笑，让人感觉很刻意，令淑子感到厌烦。

"还有，叫狗过来时，它会乖乖过来是训练的基本，对吧？但我叫波比，它也不会马上过来。可是啊，它知道我叫它，它必须过来。叫了几次之后，它会像是在生气似的，露出一副'真是拿你没办法'的表情，小碎步跑过来。"

"是喔，原来是这样。"吉田先生低喃道，深感兴趣地盯着波比，然后又说，"不过，也不赖。"波比大概是知道有人在看自己，一副"看什么看"的模样，瞄了吉田先生一眼，然后又马上将视线转到追逐野鸽的莎莉身上。

"你觉得为什么一叫狗，它就会过来身边呢？"

吉田先生如此问道。淑子说："不是训练吗？""是吗？我觉得不是耶。"吉田先生说道，露出开心的表情，又对波比说，"喂，对吧？"

雨势稍微转小。莎莉或许是追野鸽追累了，"哈——哈——"地粗重喘气，跑了回来。吉田先生抚摸莎莉的脖子一带，对它说："你觉得有什么好事，所以像这样回到我身边，对吧？"

"训练是让狗遵从命令。唉，这没有错，但总之我认为狗是因为知道饲主叫它的名字，去饲主身边一定会有好事。人在家庭或学校被教导：别人叫你要响应，别人叫你要过去。也就是说，别人叫你，不过去的话，就会吃亏。不过，狗如果叫了不来，就用棒子打它，它应该更不会过来了。饲主叫狗的名字，叫它过来，因为去饲主身边，一定会有好事，所以它过去。我认为，这才是真正的信赖。"

淑子有生以来，第一次听到这种事。当然，信赖这两个字经常听到，也知道它的意思，但不曾思考过它是什么。

大约半年后的一个雨天，淑子和吉田先生在草原见面，又面对面坐在亭子的长椅上，但是吉田先生罕见地无精打采。"你怎么了？"淑子想问他，但是作罢。因为她心想：人有时候不想对别人说话。第一次意识到这种事，她感到惊讶。淑子说"请用"，像平常一样将普洱茶倒进杯子，递给吉田先生，他客气地说了句"谢谢"，点头致意。那一天，看不到一群野鸽，莎莉被解开牵绳，盯上了停在叶子落尽的樱花树树枝上的几只乌鸦，想要叫得它们振翅飞起，追上它们。但是，乌鸦和野鸽不一样，没有吃惊地振翅飞起。它们不慌不忙地持续啄理羽毛，不久之后，莎莉死心，回了亭子。吉田先生嘀咕了一句："其实……

"今天是亡妻的冥诞。"

淑子听到"亡妻的冥诞"，有些慌了手脚，一方面疑惑地心想他为什么要告诉我那种事，一方面觉得他连这种重要的私事都告诉我，感到开心。但是，她总觉得自己主动问东问西很失礼，只小声地说："这样啊。"

"抱歉，说了这种事。"

吉田先生一脸悲伤地道歉，淑子摇了摇头，说："没事。"

"我原本忘了这件事。孩子发短信来，说'今天是妈的生日'，我大吃一惊。我原本早上就爬不起来，心情无缘无故地失落。但是，像这样和你聊一聊之后，心情慢慢地平静了下来。"

吉田先生至今偶尔会露出落寞的表情，但是淑子一直觉得那非常迷人，有时会想起"哀愁"这两个字。但是，那一天的吉田先生有点不同，他像是在自责，令人看了于心不忍。

"过去，我经常说，将来退休之后，我们俩去环游世界吧。可是，内人在那之前生了病，结果几乎不曾去过工作之外的地方旅行。我想把内人和孩子摆在人生的第一位，自认为执行至今，内人和孩子也很清楚这一点。孩子也知道，拜托我什么，我绝对不会拒绝。所以相对地，孩子不会拜托我小事，变得只会提出真正必要的事。所以啊，一想到'内人大概无法对我说她想去国外旅行'，我就感到难过。她知道她说'我想去旅行'，我一定会带她去，所以觉得不好意思吧。我察觉到自己忘了她的生日，不知道为什么，想起了这种事。抱歉，跟你说这种话题。"

淑子说："不，我不在意。"她仿佛在说"请用"似的，将一直放在桌上、泡了普洱茶的杯子移到吉田先生面前。

"这真好喝。"

吉田先生仿佛想把妻子的回忆收进内心深处，慢慢地喝普洱茶。淑子的心情变得复杂。吉田先生八成是因为忘了亡妻的生日，而在自责，少了平常的爽朗。然而，自己无法替他做什么。虽然对亡者或许失礼，但是淑子羡慕吉田先生的妻子。

　　吉田先生经常使用"信赖"这两个字。淑子第一次听吉田先生说"我把家人摆在第一位，家人拜托我什么，我绝对不会拒绝，所以家人也不会拜托我小事"时，她发现自己从来不曾想过，也不曾想象过这种事。

　　自己曾经拜托过丈夫什么吗？儿子结婚，决定外派至越南时，淑子说："我想养狗。""要在公寓养狗吗？"丈夫问道，噼里啪啦地发牢骚，并告诉她，"邻居在养博美。"淑子说："我会用自己的私房钱买，不会影响生活费。"丈夫刨根问底地想问出她的私房钱金额，说："话说回来，你打算把私房钱用在什么地方？"他简直像是刑警在侦讯似的，语气严厉地不断发问，最后也不是以"好啦"，而是以"随你便"落幕。淑子将狗屋设置在阳台时，丈夫也完全不想帮忙，坚决禁止波比进屋，每次遛完狗回来，丈夫都会刻意从书房出来，检查地毯有没有弄脏。当然，波比也不会亲近丈夫，它每次隔着面向阳台的落地窗看见丈夫，就会像是面对敌人似的吠叫。所以丈夫越来越讨厌波比，淑子总觉得夫妻关系也随之日渐恶化。用餐时，也会一直开着电视，他们几乎没有对话。丈夫只有去石黑先生家时，才会面带笑容地对她说话。淑子心想：他大概希望我们在别人看来，是一对鹣鲽情深的平凡夫妻吧。但是，在卡拉OK室的慢舞时间，丈夫一定会跟其他女性跳舞。

淑子觉得，吉田先生和妻子的事，简直像是另一个世界里的童话故事或电影中的世界。

"对不起。"

淑子忍不住脱口说出这句话。

吉田先生一脸惊讶地看着她，说："咦？怎么了？"淑子一时之间说不出话来，直接说出了心里想的事。

"我真糟糕，也不晓得怎么安慰你，什么也做不到。"

"原来是因为这个啊。"吉田先生说道，频频点头，走出亭子，双手高举过头顶，又说，"雨好像停了，要不要走一走？"之后，他将牵绳系在莎莉的脖子上，率先在步道上走了起来。莎莉和波比的步伐不同，即使并肩而行，莎莉悠然沉稳，但不断移动脚步的波比毫无从容可言，看起来就像是随行的家臣。而且莎莉进入警犬训练所半年，身体紧靠在吉田先生左边，聚精会神地以相同的步调行进，而波比一会儿想改变路线，一会儿戛然止步，嗅一嗅味道。每当波比那么做，吉田先生和莎莉就必须停下来，等待波比追上来。

可是，淑子喜欢这样的波比。它没有接受任何训练，不会"趴下"，也不会"等待"。它顶多只学会了"坐下"和"握手"，而且这两个动作也保持不了多久。从说"握手"，到波比实际自发性地伸出前脚，长则要花十秒以上。它会露出不悦的表情，仿佛在说"为什么得做这种事呢？"，无力地抬起前脚，放在淑子的手掌上。

波比并不惹人爱。虽然它幼犬时很活泼，但是变成成犬，阉割之后，胖了一些，动作也变得迟钝，丢球跟它玩，它看也不看一眼。或坐或躺，它不太喜欢动，总是板着一张脸，表情也不丰富。但是，淑子觉得这些地方正是波比的迷人之处。淑子擅自将波比评为一只不会对其他狗、人，甚至饲主献媚的狗。

"高卷小姐。"吉田先生回过头来，说道。

"光是像这样和狗一起散步，就挺好的吧？这种时光拯救了我。"

波比之死

    吉田先生一面抚摸莎莉的脖子一带，一面等待波比靠过来。相较于刚才提起妻子的话题，此刻吉田先生的表情变得柔和，恢复了微笑。落在步道上的枫叶聚集在一起，形成漂亮的模样。淑子说："抱歉，总是让你等。"吉田先生温柔地点了个头，仿佛在说"没关系"，蹲了下来，轻轻地触碰波比的头。波比讨厌被其他人触碰身体，但好像唯独吉田先生是特别的。

    吉田先生看着莎莉和波比互相嬉戏，说："不可思议耶。"虽说是嬉戏，其实只是莎莉单方面地用前脚拨弄波比，嗅一嗅它的味道，将自己的前脚放在波比的头或屁股上，或者压低身体，以撒娇的声音吠叫。波比虽然不开心，但好像也没有不悦，以自己的步调前行，偶尔停下脚步，一会儿嗅一嗅味道，对草丛撒尿，一会儿眺望除了云之外，什么也没有的天空。然而，吉田先生觉得什么不可思议呢？

"狗好像不会想要安慰我们。它们不会做讨厌的事，基本上率性而活，但是为什么这么疗愈人心呢？"

淑子想说她哭泣的时候，波比经常会舔她的眼泪，但是作罢。因为她不想让吉田知道自己常哭，而且觉得波比说不定不是因为想安慰自己，而舔她的眼泪。淑子听到丈夫无情的话而哭泣时，波比应该并不知道她在伤心。她心想：波比一定是单纯地察觉到饲主的异常情况，像是父母舔小狗一样，基于本能地变温柔。

"真的，的确很不可思议。"

淑子如此应道，她认为这是信赖。吉田先生说过信赖这件事。波比会令淑子感到一种无法言喻的信赖。八成是信赖疗愈了我们。

"咦？"

吉田先生目不转睛地看着波比，脸色一沉，说："波比的呼吸好像有点奇怪。"淑子闻言，一阵心惊。

"我不是专家，所以不太清楚，但是它的呼吸好像有点痛苦。"

淑子的心跳开始加速。其实，她也察觉到了波比不对劲。从大约三个月前开始，散步时，它变得动不动就停下脚步。只不过它原本的走路方式就不是精神抖擞且轻快步行的那种，所以淑子才没有觉得它生病了。波比一直吐舌头，呼吸急促粗重。

"或许请兽医看一下比较好。"

淑子应道："是啊。"这时，又下起了雨。撑伞仰望天空，乌云浓厚低垂。淑子感到被乌云压得喘不过气来。

淑子隔了一阵子，才带波比去看繁殖者介绍给她的兽医。她并不忙碌，而是害怕兽医的诊断。她不知道可不可以带波比去散步，结果那一阵子，每天都去公园。波比越来越频繁地停下脚步，发出"咻——咻——"这种风一般的呼吸声，然后走到一半，一屁股坐下来，而且是外八地张开前脚，以奇怪的姿势坐着。

"波比的样子不对劲，我带它去看兽医。"

淑子拿着车钥匙，如此告诉丈夫。丈夫冷冷地说："大约几点回来？快点回来哟！"淑子抱着看起来呼吸很痛苦的波比，但是丈夫面无表情。

"我也想去山田电机，有东西想买。"

这一带若是没车，购物很不方便。当然，车只有一辆。淑子因为对丈夫的愤怒，泪水险些滚了下来。

"波比呼吸痛苦得令人看不下去，你晚一点再去山田电机会死吗？！"

淑子想要如此对丈夫怒吼，但终究像平常一样什么也说不出口，就这样抱着波比，出了家门。她驱车前往兽医所在的动物医院，一直对副驾驶座上的波比说话："波比，不要紧，你马上就会好，不要紧，我们请医生叔叔替你治病。"

坂木动物医院位于横滨市这一边的多摩广场（Tama Plaza）站后方。半路上，经过平常常去的大公园旁边，淑子对波比说："波比，喏，你看。公园，看见得吗？你得快点好起来，再来散步哟。"淑子一面如此说道，一面望向副驾驶座上的波比，但是它全身瘫软，连头也抬不起来。说不定是严重的疾病。淑子心想她该早点带它去医院的，心情变得沉重，责怪自己。

淑子焦急地出门，没有预约看诊，但是应该不要紧吧。动物跟人一样，动物医院应该也必须预约。波比至今没有生过比较严重的疾病，所以除了打预防针之外，没有去过医院。跟繁殖者买波比时，兽医给了写着日期的纸，所以没有必要预约，就打了丝状虫的预防针。

"你应该更早带它来的。"

护士看到波比的状态，赶紧去叫了兽医，所以几乎不用等，但是坂木医生一面叹气，一面如此说道。淑子霎时面无血色，喉咙干渴，说不太出话来。波比的状况那么糟吗？天气突然变冷，淑子一直以为波比纯粹是因为这个原因而无精打采。它的食欲也多少减少了一些，但是都有好好吃饭，所以她疏忽了。

"照超声波检查一下，这大概是心脏肥大。"

波比被抬到不锈钢的诊疗台上时，依旧全身软瘫，淑子一想到"它该不会就这样死掉吧"，心脏越跳越快。

"果然是心脏瓣膜症。"

兽医给淑子看超声波的画面，说明了半天，但唯独"心脏瓣膜症"这种恐怖的病名在她的脑海中打转，根本没有听进坂木医生的话。

"波比几岁了？"兽医问道。

淑子无法立刻说出它的年龄，过一阵子才回答："五岁。"坂木医生拿出文件，小声地说："根据纪录，今年二月六岁了。"

对喔，波比六岁了。淑子每年二月十六日，都会替波比庆祝生日。二月十六日也是朝鲜前领导人金正日的冥诞，所以很好记。淑子会去宠物用品店买狗吃的蛋糕，插上符合岁数的蜡烛，替它庆祝。丈夫会啐道"愚蠢"，不予理会，所以淑子一个人替波比唱生日快乐歌，在阳台和波比一起吃"人也可以吃"的蛋糕。

"正式病名是僧帽瓣闭锁不全症或二尖瓣膜闭锁不全症。小型犬一旦到了六七岁的高龄，就容易罹患这种疾病。"

坂木医生一面让淑子看超声波的画面和心脏的模式图，数度仔细地说明。肺部纳入新鲜氧气的血液会从左心房进入右心室，输送至大动脉，为了不让血液逆流，会以各心房和心室的瓣膜控制。僧帽瓣位于左心房和左心室之间，血液通过心脏强力的收缩作用，流出至大动脉时，为了避免逆流，会闭合。但是，小型犬一旦上了年纪，僧帽瓣经常就会变形，而不会闭合。

淑子忍住不让泪水流下来，问："能够治疗吧？"她听爱狗的朋友说，宠物也能接受高难度的医治。波比在它的兄弟姐妹当中，是最健康的，不可能治不好。但是，坂木医生露出痛苦的表情，"嗯——"地支支吾吾，欲言又止。

"波比会不会咳嗽，或者呼吸变得粗重呢？"

从大约一个月前开始，经常只要稍微走几步路，波比的呼吸就会变得痛苦，停下脚步，坐下来。可是，它原本就不爱走动、奔跑，所以淑子没有察觉它生病了。

"血液反复逆流，心脏就会肥大。其实，波比的心脏相当肥大了。血液从肺部至心脏的循环会变差，肺部也会瘀血。心脏越肥大，支气管也越容易受到压迫，所以呼吸会变得痛苦，变得粗重。波比晚上休息时，会好好躺下来睡觉吗？"

坂木医生如此问道，淑子的心情渐渐陷入绝望。最近即使入夜，波比也不会在狗屋里躺下来，越来越常以散步时的姿势，一动也不动地坐在阳台的地板上。半夜非常寒冷，淑子推它屁股，说："喂，进去房间睡，不然会感冒。"它也不想进入狗屋。

"是嘛。"

坂木医生听到波比没有躺下来睡觉，露出悲伤的表情，频频点头，取出医疗用的笔形手电筒，让波比张开嘴巴，检查舌头的颜色。

"肺部积水，你看，舌头的颜色不佳。这是发绀。"

波比在诊疗台上持续痛苦地粗重呼吸。兽医指着波比的鼻子说："然后，关于这个……

"这种泡状鼻水，这是因为肺部积了相当多的水，呈现肺水肿的状态。一旦僧帽瓣不全，心脏的功能就会低下，所以血液循环变差，血液的成分漏至肺中，然后积水。这么一来，呼吸就会变得非常痛苦。"

淑子几乎没有听进解释。但是，她从兽医的表情和口吻感受到，波比的症状相当严重。有希望复原吧？淑子想知道这一点，但是害怕得问不出口。兽医像是觉察到她的心声，一面抚摸波比的头，一面说"我开药给它"。

"它会好吧？"

淑子感觉到泪水从眼眶溢出，沿着脸颊流了下来，勉强如此问道。兽医沉吟，仰望天花板，低声说："很难。"

"我开利尿剂，还有稍微扩张血管的药，它应该会轻松一些。不过，波比的症状恶化得相当严重。我非常难以启齿，但是僧帽瓣不全原本就不会痊愈。"

淑子意志消沉地回到家。在医院时，她问兽医："没办法动手术吗？"兽医说："因为长期心力衰竭，体力衰弱，所以根本不能麻醉。"她有一个想问，但是绝对不能问的问题：波比还能活多久呢？但是，在动物医院的停车场碰巧遇见一名常去公园、爱狗的家庭主妇，她看到波比痛苦地呼吸，说："好可怜。"安慰淑子之后，她又多嘴地说："我之前养的西施犬也是因为心力衰竭，肺部积水，然后撑不到一周。""不会痊愈""撑不到一周"这两句话在淑子的脑海中不停打转，令她失去了平常心。

淑子抱着波比，进入家中，直接坐在客厅的沙发上，丈夫从书房走出来，一脸忧郁地问："它生病了吗？"淑子没有力气回话，声声呼喊"波比、波比"，继续抱着它。

"总之，它的毛会掉，让它去外面。"

丈夫如此说道，以下颚指了指阳台。兽医说严禁寒冷，因为血管会收缩，不能让波比去阳台。淑子依旧抱着波比，进入自己的房间，把毛毯铺在地上，让波比坐在上面。虽说是房间，其实是三叠左右、当作收纳室和壁橱使用的狭窄空间，没有窗户。家里的房间除了这里之外，还有丈夫五叠半的书房、十二叠的客厅加餐厅、八叠的卧室，以及六叠的西式房间。淑子将像是和室桌的折叠式小茶几和书柜放在瓦楞纸箱和衣架的缝隙间，把那间三叠的房间当作自己的房间使用。唯独这个狭窄的空间，是能够保有隐私的地方。她一开始会在卧室看书，但是丈夫进进出出，最重要的是，会闻到丈夫的体臭，心情平静不下来。六叠大的西式房间是儿子过去一直在住的房间，床铺和书桌等仍旧保持原样，东西多而杂乱，不是能够静静看书的地方。

"我从今晚开始，跟波比在这里睡。"

淑子如此告诉目瞪口呆地看着她的丈夫，关上了三叠的房间的门。

淑子虽然向丈夫宣告她要跟波比一起睡在三叠的房间，但是立刻明白这不是一件容易的事。首先，没有空间。她将榻榻米上的瓦楞纸箱堆到墙边，把桌子和书柜推到角落，但是为了躺下来，只能让身体钻进吊在衣架上的西装裤和西装的下面。

为了让波比休息所做的准备也是大工程。淑子清洗了原本铺在阳台的人工草皮地垫，铺在榻榻米上，然后将毛毯摊开在上面，同时放置装水的容器，她还必须清理它的排泄物。波比即使呼吸痛苦，还是会吃一定分量的饲料，经常喝水。坂木医生说，因为利尿剂的缘故，它会频繁地尿尿。虽说是当作仓库使用的房间，但要是被排泄物弄脏，不晓得丈夫会说什么。淑子在便盆下面铺了防水垫，还准备了厨房纸巾、塑料袋，以及除臭剂，以便能够马上清理。

头疼的是，自己的寝具该怎么办。没有空间铺棉被，淑子决定将毛毯对折铺在地上，盖电热毯睡。她不在乎寒冷，但是双腿不能伸直，而且听见一旁的波比痛苦地呼吸，令她感到痛苦。

"喂，你认真的吗？你真的要在这里睡吗？"

淑子在喂波比吃晚饭时，丈夫打开门，探出头来。

"它生病了。心脏的瓣膜肿大，喘不过气。"

淑子看也不看丈夫一眼，如此说道。丈夫想说什么，但是她下定了决心，绝不让步。

"我会好好清理它的大小便。"

在动物医院的停车场遇见爱狗的朋友，她说她之前养的西施犬因为一样的疾病，撑不到一周。淑子一想到波比说不定明天就会断气，泪水又涌现眼眶。她不想让丈夫看到泪水，所以一直背对他，但是丈夫迟迟不肯离去。反正他一定会露出错愕不已的表情。

"哎呀呀。"

淑子听见丈夫夹杂叹息的声音，丈夫接着说了令她无法置信的话。

"真辛苦。不过是一只狗嘛。"

不过是一只狗嘛。淑子听了大吃一惊，惊讶更甚于受伤、愤怒、悲伤等情绪。丈夫是以怎样的心情，说出那种话的呢？人怎样才能变得那么少根筋呢？淑子哑然无语。而随着时间流逝，悲伤和愤怒涌上心头。

"不过是一只狗嘛。"

令人无法置信的话，清楚地留在耳里。淑子心想：那个人已经完蛋了、没救了。她既不想和他碰面，也不想跟他讲话。但是她既没钱，也不能带着生病的波比，前往位于四国的娘家或儿子身在的越南，所以必须待在这里。但是，她已经忍无可忍了。淑子霎时心想，要是跟波比一起死掉就好了，不由得心生畏惧。

"喂，你差不多就行了。要那样闹别扭到什么时候？！"

丈夫打开三叠房间的门，语气像是愤怒又像是困惑地如此说道。淑子没有回应。"搞什么，真是的。"丈夫咂嘴道，并关上了门。淑子把自己关在三叠的房间，除了准备波比的饮食、替它清理大小便，以及自己上厕所、洗澡之外，没有踏出三叠的房间一步。淑子不但不再准备自己和丈夫的餐点，也不再和丈夫用餐。深夜，丈夫睡着之后，她会悄悄地溜出家门，去公寓旁的便利商店买饭团和杯面，在波比的旁边吃。这种状态已经持续了四天。

淑子认为已经好好地清理了波比的大小便，但尽管如此，封闭的狭小房间内还是充满了异臭。连她自己也觉得这种状态不正常，总觉得哪里不对劲，但不晓得该怎么办才好，心想：换作吉田先生，他会怎么说呢？但是波比已经不能走路，所以也不能去散步了。

波比一天比一天衰弱。虽然会吃一定分量的饲料，但是呼吸声变得越来越粗重、大声，而且躺不下来，以左右张开前脚的姿势坐着，以无力的眼神目不转睛地看着淑子。她打电话给坂本医生，但是他说："除了喂药之外，没有其他治疗方法，即使来医院，我也束手无策。"

淑子拒绝和丈夫对话，在没有窗户的三叠房间睡到第六天，波比瘦到肋骨浮现。若和只是喉咙一直发出粗重的呼吸声、连吠叫都没办法的波比待在一起，淑子经常会失去现实感。晚上无论如何会睡觉，但是白天无事可做，她十分痛苦。她心想：要是可以去公园和爱狗的朋友见面，并且，在下雨天，能够和吉田先生两人在那个亭子聊天的话，该有多好。但是，波比已经不能走路，所以无法去公园。

和波比去散步时遇到的人们，不明所以地浮现在脑海。在银杏林荫大道的那一带，每天一定会有一个人坐在长椅上吃午餐。淑子不曾和他交谈，只是从他身旁经过。他大概是在附近的工厂工作，身穿蓝色工作服，个头矮小，头发稀疏，感觉阴沉，总是独自一人。上午十一点半左右，那个人一定会坐在同一张长椅上。餐点八成是在附近的便利商店买的，有时候是装在盒子里的生菜沙拉，有时候是加热的白饭和熟食，有时候是面包和牛奶。他弓着背，看着远方，像是在忍耐什么，令淑子好奇——他为什么一个人呢？为何不和工厂的同事们一起用餐呢？即使淑子从他面前经过，他也不会和淑子对上视线。纵然是雨天，他也会将塑料袋铺在长椅上，撑伞拿着筷子扒饭。为什么会想起那种人呢？

也有男人不管天气再冷，也只穿短裤。而且不是时下宽松及膝的短裤，而是紧贴在臀部和大腿上、偏小而短，简直像是泳裤的短裤。他牵着的狗是米克斯，但是毛色雪白，十分漂亮，像是在配合他似的，男人的短裤、衬衫、毛衣、袜子也全部都是白色的。男人有四十五六岁，对于一群爱狗人士的聚会不太感兴趣，总是一个人走在公园的外围。他似乎是一旁家居用品中心里手工比萨店的老板。

淑子只跟那个身穿白色短裤的男人说过一次话。话题令她非常震惊、害怕，是关于一个把汽油淋在丈夫身上，烧死他的女性。

　　在步道上擦肩而过时，波比对身穿白色短裤的男人牵着的白狗狂吠。波比几乎不会对其他狗吠叫，所以淑子吓了一跳，拉扯牵绳，轻声斥责它，向男人道歉。爱狗人士之间有一个像是不成文的规定，若是彼此的狗靠近对方，互相和平地嗅一嗅对方的味道，或者互相舔一舔，那会被视为有礼貌地打招呼，饲主会互相道谢。相反地，若是彼此的狗敌对地吠叫，就必须向对方的饲主道歉。

　　"噢，不要紧，这家伙常被其他狗讨厌。"

　　身穿白色短裤的男人面无表情地如此说道，唐突地问淑子："啊，对了，你看了前一阵子的新闻吗？"淑子一问"什么新闻？"，男人便说起了有一个女人和丈夫吵架之后，将汽油淋在睡着的丈夫身上，烧死了他。这起命案不是发生在日本，似乎是在中南美洲某个没听过的国家。身穿白色短裤的男人一脸认真地说"真可怕"，补上一句"我做噩梦时，会觉得内人拿着装了汽油的塑料桶，站在床旁边，接着自己大汗淋漓地被吓醒"，然后给了淑子手工比萨店的免费饮料券，能够免费兑换柳橙汁、可乐或咖啡。但是因为话题吓人，淑子无故地心里不舒服，把它给丢了。

　　后来，偶尔也会在公园遇见那个身穿白色短裤的男人，但只是轻轻地点头致意，没有交谈。为什么会想起那种人呢？因为一个人待在微暗的三叠房间吗？淑子考虑睡觉了，看了枕边的闹钟一眼，才傍晚五点半。白天，在便利商店多买了饭团，自己的晚餐就以它凑合着吃，但是必须准备波比的餐点。淑子像平常一样以热水壶的热水浸泡固态狗食时，门在背后打开，令她心头一惊。

"我要去石黑先生家。"

淑子没有回应。

要去石黑先生家啊？淑子已经对丈夫漠不关心了。她以抹布包住充分浸泡的饲料，拧干水分之后，移到盘子上，让波比吃。坂木医生说，尽量不要给予水分。所以淑子撤掉水盆，让波比舔浸湿的海绵。波比一面粗重地痛苦呼吸，一面设法进食。淑子一想到它想要活，便心生怜悯，又热泪盈眶。

然而，为何会想起以汽油杀害丈夫的话题呢？如今的自己果然有毛病。她知道随着波比越来越衰弱，自己的某个部分也越来越衰弱；也知道一直把自己关在这种房间里不好，但是不知道除此之外，该怎么做才好。她心想，自己或许已经完蛋了，囿于绝望的心情，但是不知道具体是什么完蛋了。

"我们说不定已经完蛋了。"淑子想起经常在公园遇到的一名五十多岁男性如此说道。他不是爱狗人士，而是个慢跑的人。

他会在公园上方的空间，以很缓慢的速度，在两端往返跑好几次。每次见面，他一定会对波比说："波比，你好吗？"淑子曾听他抱怨："那场东京大地震之后，内人害怕得不再外出，她也不去便利商店。总之，她一步也不外出，把自己关在房间，我不能丢下她不管，很伤脑筋。"他一面苦笑，一面如此发牢骚。但是后来不久，他低着头说："我们说不定已经完蛋了。"然后，从此他消失不见了。

淑子知道：一旦有人突然不来那个地方，不知道为什么，人们就会联想到死亡。虽然她理智上知道，说不定他只是在陪不再走出家门的妻子，但是淑子有一种不祥的感觉，仿佛景色中出现了一个人形的黑洞。如今，爱狗的朋友也以为我出事了吧。我已经一周多没去公园了。淑子总觉得，自己的某个部分确实死了。她思考这种事情的时候，门忽然又开了。

"喂，你真的不要紧吗？"

淑子听到应该去了石黑先生家的丈夫的声音，吓了一跳，当场一屁股跌坐了下来。她原本以半蹲的姿势，将含水的海绵递到波比嘴边，但是吓了一跳，腿软了。丈夫刚才告诉她，他要去石黑先生家。淑子总觉得才不过几分钟，还是她的时间感变得有问题了呢？

"你怎么了？"

心悸犹存，淑子的声音在颤抖。

"没什么，走到门口，马上又折了回来。"

折了回来？你不想一个人去吗？该不会在这种状况下，你还打算邀我一起去石黑先生家吧？淑子的心情变得更加暗淡，但是丈夫说了令人意外的话。

"我很担心。"

淑子一开始听不懂丈夫在说什么。音量大小、语气都跟平常一样，但是她无法理解"担心"这两个和之前的话完全不同意思的字，思绪陷入了混乱。

"担心？担心什么？"

淑子畏畏缩缩地如此问道。"我可以进去一下吗？"丈夫说着，已经一脚踏进了三叠的房间。他蹲在淑子身旁，环顾房间，然后目不转睛地看着波比，嘟囔了一句："它好像很痛苦。"

"你过来一下。"

丈夫抓住淑子的手腕，让她站起来，想要走出房间。"你要做什么？"淑子说道，试图甩开他的手。但是，丈夫一脸认真地说："拜托你，跟我来。"

"要是待在那种房间，连你都会生病。"

丈夫如此说道，指了指客厅的沙发。沙发上替淑子准备了枕头和毛毯，而沙发旁有两个瓦楞纸箱，丈夫将它们堆得跟沙发一样高。

"把波比移到这里吧。"

丈夫对淑子微笑着，如此说道。淑子还搞不清楚发生了什么事。

"你听好了。让波比躺在那个箱子上，你睡沙发。"

丈夫如此说道，然后又说："那，我要去工作了。"随后，走进了自己的书房。淑子心想"究竟发生了什么事呢？"，目瞪口呆。

"啊，对了。"

"我煮了粥，想吃就吃吧。"丈夫从书房探出头来，说道，之后又关上了门。

"因为你说，不过是一只狗嘛。"

粥只是将高汤酱油倒进白饭，打蛋煮成的简易粥品，但是淑子觉得十分有益于过去几天只吃杯面和饭团的身体。过一阵子，丈夫从书房来到客厅，两人围着波比对话。然而，淑子还是无法理解丈夫的改变。他之前对她说了无数无情的话。最无情的是"不过是一只狗嘛"这句话，淑子不晓得自己因此多么受伤。

"我的意思是叫你别勉强，你是直接按照字面的意思，解读了这句话吧？"

明明波比喘不过气，心脏肥大，受寒会有危险，但是丈夫却说它会掉毛，别让它进屋。

"说这种话或许很残忍，但是和生病的动物待在一起，似乎对人不好。我上网查了，有人的博客这样写道。"

但是，自从波比来到家里之后，夫妻之间的对话减少，丈夫的态度也变得冷淡。

"那是因为你变得心里只有波比。你会替它庆生，却忘了我的生日，不是吗？"

确实，淑子数度忘了丈夫的生日。但是，丈夫这几年也没有替她庆生，一味夸奖石黑太太，一直无视自己的妻子，老是对妻子冷言冷语。

"你那样解读了吗？是我不对。"

丈夫向淑子低头道歉，淑子大吃一惊，莫名地热泪盈眶。

"你全部当真了啊？我是因为难为情，只会用那种方式说话。除了难为情之外，或许也在撒娇。"

后来，波比大约又活了一个月。淑子和丈夫之间的关系仍然有点僵，但是一起用餐，和波比一起在客厅度过时光，使得两人稍微恢复了对话。波比的生命一点一滴被削减，身体确实日渐衰弱。不久之后，它无法进食，最后几天，淑子将含水的海绵抵在它嘴边，它也没什么反应。

波比整个变了，几乎令人无法想象它健康的时候。它瘦削得不成样子，全身的骨头全部浮现。别说是走路、站起来了，最后一直俯卧在毛毯上，连坐都没办法坐。但是，一到早晚的散步时间，它或许是知道时间到了，会望向淑子，挣扎着试图站起来。不过，一旦知道自己无论再怎么努力也无法挺起身子，就会露出悲伤的表情，想要张开嘴巴吠叫。然而，淑子只听得见微弱的混浊呼吸声，波比连吠叫，或以撒娇的声音哀叫都没办法了。呼吸变得更加痛苦，它数度失去意识。

但是，或许是生命力强韧，淑子轻轻摇一摇波比的身体，呼喊它的名字，它就会像是忽然回神似的抬起头来，睁开眼睛。淑子每次都会心如刀绞，心情变得五味杂陈。淑子心想"原来生物即使虚弱到如此地步，还是能够保住一口气"，生出一种类似感动的情绪，同时觉得"如果这么痛苦，或许永远安息比较轻松"，这两种情绪在心中交错。

一年将过之际，下起第一场雪的那晚，淑子一如往常地将波比抱到大腿上，轻轻地不断抚摸它的头。她原本和丈夫一起在客厅看电视播的电影《泰坦尼克号》(*Titanic*)，但是看到一半，完全看不懂剧情。因为她觉得波比的身体突然变轻了，她无法望向波比，不想确认波比断气了。所以，她的目光没有移开过电视屏幕。如今，她不知道电影在演什么、片名叫什么，甚至连自己在看什么都不晓得。淑子泪流满面，一直抚摸着波比的头。

波比留下的事物

　　"让它躺下来吧。"

　　丈夫来到身旁，抱起波比，让它躺在铺在瓦楞纸箱上的专用毛毯。淑子呈现失神状态，丈夫语带鼻音，眼眶通红，令她大吃一惊。她总觉得像是看见了某种不该看的景象，感到胸口闷得慌。丈夫也哭了吗？这个人也因为波比死而感到悲伤吗？这么一想，内心险些失去平衡。丈夫让波比躺在毛毯上之后，一直低着头，绝不望向淑子。淑子的心情像是原本平衡着的跷跷板突然倾斜了，变得不稳定，各种情绪纷至沓来，无法思考任何事情。淑子当然也因为丈夫为波比哭泣而感到开心，但总觉得他像是变了一个人似的，也感到一股莫名的不安。

隔天，业者来领取波比的遗体，要将它火葬，埋葬于动物专用的墓地。变成只是骨头和毛皮、身体僵硬的波比，被放进铺着毛毯的瓦楞纸箱，周围摆放着菊花。

"项圈要怎么办呢？"业者问道。据说也有许多人会把项圈留在身边，当作遗物。然而，淑子说"不要了"，无力地摇了摇头。她不想留下会令自己想起波比的事物。今天一早起床，淑子马上将波比的餐具和便盆等放进袋子，搬到了公寓的垃圾集中场。唯独狗屋要当作大型垃圾处理，所以还留在阳台。淑子一看到阳台的狗屋，就会悲伤得难以自已。

过了几天，淑子的体内像是形成了一个波比形状的空洞，置身于至今的人生中不曾经历过的空虚之中。唯独餐点，淑子还是稍微吃了一些。她在向即使处于呼吸困难的状态下，也想设法活下去，持续吃饲料的波比看齐。

"这个，如果想看可以看一下。"

淑子对做任何事都提不起劲，只是坐在客厅时，丈夫从书房探出头来，递给她一沓像是文件的东西。那是将丈夫的博客打印出来的纸张。

"我稍微写了一点波比的事。我不好意思给你看，但写了就是写了。如果你不想看的话，也可以不看。"

丈夫递给淑子一沓 A4 的纸张之后，又回了书房。交给她这些纸张时，丈夫低着头，不肯和她四目相视。连他自己都说不好意思，看来是真的难为情。

淑子拥有自己的电脑，但是电子邮件用手机就解决了，所以电脑几乎没有在用。她偶尔会上网看中国茶的网站，饲养波比之前，也经常盯着介绍柴犬的网页，但是后来完全不看了。因为其他柴犬对淑子而言，根本无关紧要。淑子曾心想"丈夫整天把自己关在书房，博客里到底写了什么呢？"，只偷看过一次他的博客。内容是针对存款多的中高龄者的营销方式，尽是一堆专业术语、枯燥乏味的文章，所以她完全不感兴趣。不过，丈夫自称"鄙人"，淑子心想"这是什么时代的用语啊？"，不禁笑了。

博客名称是：高卷幸平的《银发族营销术》（シニアマーケッテイソグ術），左方的作者介绍栏放着丈夫为遮掩头发稀疏而戴着帽子的照片。淑子迟疑了一下，但是决定看一看。

"之所以更新迟了，是因为私人的原因。其实，我家养的柴犬生病，内人在看护它，鄙人也一直感到痛苦，提不起劲儿面对键盘。狗的名字是波比。六岁的柴犬，前一阵子得了心脏病。而前几天，波比被疼爱它的内人抱在大腿上，咽下了最后一口气，鄙人意识到了一件非常重要的事。

"波比生病之后，日渐衰弱，呼吸好像也很痛苦，瘦削到令人看了于心不忍的地步。但是，波比拼命地想要活下去，和病魔奋战。无论是看着痛苦的波比，或者看护的妻子，我都很难受，持续了一段痛苦的日子。而波比断气时，鄙人年纪一大把却哭了。我之所以哭，除了悲伤之外，感动也是原因之一。我觉得波比和死神奋战，减轻了内人的伤心。"

"波比和死神奋战，减轻了内人的伤心。"

淑子看到这个地方，忽然觉得眼前变得清晰，觉得原本失焦看不清楚的东西，清楚地出现了轮廓。对越来越虚弱的波比的复杂心情，她无法用言语形容。

波比明明虚弱得不成样子，连站起来都没办法，却还挣扎着想去散步。淑子看到它这个模样，明白了生物即使在呼吸困难的凄惨状态，还是会寻求对自己而言，重要的事物。波比并非想要给予饲主感动，而在挣扎。它的身体即使变成了只是在等死，它还是想去它最爱的散步，以至基于本能地摆动手脚。所以，淑子确实感受到了什么。然而，在看丈夫的博客之前，她无法言明那是什么。

"我想，不只是鄙人，一定有许多人经常受到'自己究竟是为了什么而活'这种无力感的袭击。波比教了鄙人一件事：也许光是展现想要活下去的这种态度，就能给予其他人什么。波比到了末期，无法走路也站不起来，甚至连坐着都没办法。但是，因为它是动物，所以这倒也是理所当然，尽管如此，它还是想活下去。它看起来很痛苦，陪伴它的内人，好像也一样痛苦。

"鄙人看不下去，甚至不晓得该对内人说什么才好。但我想，内人一直看着波比呼吸困难，然后连进食也没办法，日渐瘦削、衰弱，她一定也是希望让波比从这种痛苦中解脱。"

淑子和波比一起关在三叠的房间，尽量不和丈夫碰面，也不和他交谈。丈夫为什么会察觉到那么多事呢？丈夫写的内容正确无误，淑子总觉得他看穿了自己的心思。波比的病情恶化，连进食、坐着也没办法，只能发出粗重孱弱的呼吸声时，淑子心想：如果这么痛苦，不如永远长眠比较轻松。

丈夫接着写道：

"关东下起第一场雪的那晚，波比在内人的大腿上，静静地，真的是静静地咽下了最后一口气。当时，鄙人和内人在看电视播的电影《泰坦尼克号》，这辈子大概不会再看《泰坦尼克号》了。虽然对不起知名导演詹姆斯·卡梅隆（James Cameron），但是即使过了五年，不，即使过了二十年，应该都不会再看《泰坦尼克号》了。因为他们会想起波比死去的那一晚。

"然而，鄙人不禁在心中低喃：'波比，这样你就不用再受苦了。'内人应该更强烈地想着一样的事吧。波比断气时，我心想内人应该在悲伤之中，体贴地松了一口气。那时，我无法止住泪水。

"我强烈地切身感觉到无论是人或狗，即使奄奄一息，或者徘徊在死亡边缘，还是能够给予别人勇气和感动。所以，无论被逼到多么痛苦的境况，我们还是不能轻易地接受死亡。波比教了我这件事。光是想要活下去的态度，不，光是存在，波比就给了我们力量。（双手合十祈祷）"

"呃，老公，我跟波比关在三叠的房间时，你为什么会知道我的心情之类的事呢？"

淑子将打印出博客的纸张拿到书房还丈夫时，鼓起勇气，问了这件事。丈夫没有马上回答问题，而是指了指那些纸张，问道："你看了吗？""看了。"淑子说道，点了个头。丈夫又露出难为情的表情，背对着她，说："是喔。"淑子心想：啊，这是他平常的表情。丈夫之前冷淡无情的口吻，伤害了她无数次。但是，说不定他只是不好意思而已。说到这个，刚才递给他打印出博客的纸张时，他也是一样的表情。

"因为我们是夫妻。我觉得，毕竟我们一起生活了几十年。"

丈夫不看淑子，依旧背对着她说道。

他应该是想说："就算你把自己关在三叠的房间，避而不见，我光凭你的动静，就能察觉出你的心情。毕竟，我们是夫妻。因为是一起度过几十年的夫妻，所以知道。"淑子听到丈夫这么说，心情变得非常复杂，涌现"果然是这么一回事"的心情，以及"从之前的态度来看，不可能有那种事"的相反心情，让她理不清心绪。

"我知道了。"

淑子如此说道，想要关上书房的门，但是心想：丈夫让自己看博客，必须向他道谢才行。淑子看了博客之后，打从心里感到开心。那不是写给读者，而是写给她的。丈夫因为不好意思当面对她说，所以写成了文章。淑子想要向他道谢，但是无缘无故地觉得难为情，话说不出口。于是她意识到，之前也有许多这种犹豫，结果没说出口。至今从来没有想过，坦然说出是如此麻烦的事。

"呃，老公。"

淑子鼓起勇气，如此呼唤丈夫，丈夫依旧背对着她，不耐烦地嘟囔了一句："干吗。"丈夫的应对方式依旧令人讨厌，淑子心想"换作从前，我应该会停止跟他说话，关上房门闪人"，但是最后说："博客的内容，谢谢你。"

正要离去时，敲打键盘的声音停止，丈夫转向她，一脸想不通的表情，目不转睛地看着她。淑子想要关上房门，丈夫露出了欲言又止的表情，所以她停止了动作。

"哎呀，呃，老夫老妻了，有什么好谢的。"

丈夫不自然地如此快速说道，依旧一脸错愕的表情，望着淑子的脸许久之后，重新面向了键盘。

梅花盛开时，淑子前往家居用品中心购物，忽然心想：绕道去公园一趟好了。天空下着小雨，说不定吉田先生在那里。波比死了之后，淑子数度开车经过公园旁边，去附近买东西，但是不愿踏进公园一步。

公园里充满了关于波比的回忆。若是一个人走在公园里，就会感觉到波比已经不在这个世上，而且会被爱狗人士们问到波比的事。所以，淑子绝对不想去那里。

为什么心情会改变呢？是因为下雨吗？难道是因为想见吉田先生吗？不过，之前也有过雨天，但是不会想去公园。波比死了将近两个月，淑子和丈夫之间的关系很微妙，对话确实增加了，而且会外出吃饭。淑子总觉得丈夫改变了，但也有些地方和之前几乎没有两样。

这一两个月，石黑先生打电话来邀约了三四次，丈夫开始会说"你要一起去吗？"，确认淑子的时间是否方便，或她想不想去。淑子拒绝了两次，觉得不好意思。二月上旬，她和丈夫一起出门去了，但还是觉得不自在。后来，丈夫心情不悦地说："你如果不想去的话就直说。"两人之间尴尬了好几天，所以并非单纯地感情变融洽了。

"很难过吧？"

吉田先生看着淑子没有牵着波比，只是如此问道。除此之外，吉田先生什么话也没说，既没问"它什么时候死的？"，也没问"它死的模样如何？"，莎莉依旧在追一群野鸽，吉田先生用哀愁的眼神望着她。淑子恍惚地心想"早知道会遇见吉田先生，就带普洱茶来了"时，吉田先生对她说："呃，或许是我多嘴……

"我想，你应该还没有那种心情，但如果可以的话，要不要考虑养波比二世呢？"

淑子不置可否地应了一声："嗯。"她想过好几次，但觉得暂时没办法。

"波比一定也希望你打起精神来。"

听到吉田先生如此说道，淑子心想：丈夫会怎么说呢？于是，她忽然意识到吉田先生常告诉自己亡妻的事，但是自己完全没说过丈夫的事。

自己一定不想提起丈夫的事。"他的态度冷淡，我总是被他的话刺伤"，这种事怎么能说。这种事既不该对别人说，吉田先生应该也不想听别人家的牢骚。家丑不可外扬。而且吉田先生的妻子过世了，但是她的丈夫还活着。无论是何种状态，夫妻的关系都还持续着。说不定告诉别人，是吉田先生唯一确认自己和亡妻之间的关系的方法。

吉田先生刚才说，说不定波比也希望淑子养新的狗，打起精神来。但是，吉田先生很矛盾。曾几何时，他说过："内人的癌细胞转移到肺部和淋巴时，她对我说'你是个怕寂寞的人，我死了之后，你要找个体贴的人'。"

但是，吉田先生没有再婚。他说："我忘不了她的那句话，反而不想找任何对象。"淑子害怕破坏他的心情，但是把心一横，试着问了那件事。

"你记得真清楚。"

吉田先生露出了腼腆的笑容。

"所以，我错了。我思考了很多多余的事，我应该会忍不住拿新的对象跟内人比较，而且对再婚的对象也很失礼。但我心想：假如立场倒过来的话，我会怎么样呢？我会希望内人只想着我一个人，孤独过一生吗？还是希望她笑着过一生呢？答案很明确。可是，唉，到了这个年纪，我已经没有自信和精力跟其他人从头来过了，何况我还有莎莉。不过，我经常后悔自己没有更认真地思考内人隐忍心痛所说的话。"

淑子问："她是个贤妻吧？"吉田先生摇了摇头，说："不是。"

"不是。她不喝酒，开玩笑又冷，不是光是和她在一起就很愉快的那种人。至于她是个怎么样的人，不管跟她在一起多久都不会累，而且光是散步就能度过非常美好的时光。总之，她是一起走漫长人生路的良伴。"

吉田先生所说的"波比二世"，其实不是波比的孩子，而是另一只新的狗。淑子心想：我会不会忘记波比呢？

"没那回事。你之所以悲伤，是因为波比的模样铭刻在心上。亲密的人或疼爱的狗死掉时，沉浸在令人无法忍受的巨大悲伤之中，确实非常痛苦，那是作为记忆，铭刻在内心某个部分的必经过程。"

"养狗？你到底在想什么？不是才刚经历那么痛苦的事吗？"

淑子老实说自己想养一只新的狗，丈夫以愤怒的语气如此问道。他的表情、语气、说的话都跟她猜想的一模一样，淑子觉得滑稽，发出了连自己也大吃一惊的笑声。她心想：丈夫应该又会问我为什么笑吧？再次听到一如猜想的话，她觉得更好笑，笑到停不下来。丈夫目不转睛地望着发出笑声的淑子。

"我也觉得还太早，只是说看看而已。"淑子辩解道，然后补上一句，"结果你的反应跟我猜想的一模一样，觉得好好笑。"这是她的真心话。于是，丈夫露出认真的表情，说："不，养比较好。"他的反应出乎意料。而且令人无法置信的是，丈夫的眼中隐隐浮现泪光。

"你自己一定不知道，你这一阵子不曾发出笑声。如果能够看到你像那样发出笑声，养狗我也无所谓，我非常赞成。不管养狗、养马，随便你爱养什么就养什么。"

淑子内心动摇了。她没想到丈夫会说这种话，觉得和丈夫之间的关系正在改变。她的内心一团乱，担忧自己能否适应新的关系。她心想："先跟丈夫两人喝普洱茶吧。喝完茶之后，再思考波比二世的事。总之，先喝茶，让心情平静下来之后，再重新出发。"

旅行照护员

源一认为自己的人生就是在反复这种事。

这一点才是最大的打击。

关于外婆的回忆

　　源一一面用唯一剩下的三川内烧茶碗喝在超市特价买的狭山新茶，一面心想"像我这么爱说话的人受到这种孤独折磨，到底是怎么一回事？"，频频叹息。在发生东日本大地震的秋天，因为狭山茶的许多品牌验出铯这种辐射物质超出标准值，所以附近的超市宣称安全、低价促销，源一得以大量采购。狭山的新茶入口，涩味之后微微回甘，十分美味。而且今年的新茶明明非常安全，似乎还是有许多人避免购买。

　　源一之所以喜爱日本茶，是受到外婆的影响。她是三重县志摩町和具这个地方有名的海女。此外，他之所以变得话多，也是受到外婆的影响。源一五岁时，父母离婚，他被托给外婆两年半左右。因为母亲住进名古屋近郊的旅馆工作，母子俩好一阵子无法住在一起。父母老是吵架，曾是轻型卡车司机的父亲一喝酒就变得暴力。或许是因为在这种家庭长大，源一变成了非常沉默、内向的孩子。

源一被托给外婆时，外婆已经五十多岁了，但她那时还在出海，是在和具捕获最多鲍鱼的海女。外婆名叫千代（chiyo），海女们称她为 chiyobana。源一至今仍不明白，chiyobana 的 bana 是什么意思。当时，和具的渔村没有幼儿园这种设施，源一从早到晚，一直跟外婆一起度过。外公在四十多岁因病去世，外婆守寡，但是身边有一大堆伙伴，精力充沛地生活。

外婆五十多岁仍在工作，而且像是超级巨星般的海女，尽管她个头娇小，手脚纤细。她很疼爱源一，但是不会一天到晚娇纵源一，斥责他时，也会被气得脸颊鼓起。外婆只有在源一撒谎，或者给别人添麻烦时才会动怒，其他时候都是放养式教育。

"源一，你是男人，可以絮絮叨叨地说个不停。不过，己所不欲，勿施于人。"

外婆只会如此说道，其他事情随便源一。

外婆从三月到九月的捕鱼期间，除了星期日之外，每天一大早出海，主要捕捞鲍鱼。操控海女船的船长是个男人，他叫作吉本叔，个性忠厚，似乎和外婆搭档了十多年。潜入海里的海女和手持安全绳、操控小船的船长似乎大多是夫妻。然而，自从丧夫之后，外婆就一直仰赖吉本叔。

外婆一个人住在海边的房子。早上，源一和外婆一起去港口，在海女小屋等待海女们归来。小屋是间十七平方米左右、有铁皮屋顶的朴素建筑，有水泥地的房间、厕所和浴室，总是烟雾弥漫。宽敞的水泥地房间正中央，有一个只以水泥砖围起来烧柴的地炉，周围摆放着凉席和坐垫。天花板开了一个连接烟囱的排气孔，但是没有通风扇，小屋里总是烧柴，烟雾弥漫，刺痛眼睛。海女们出海捕鱼之后，海女小屋内也一定有大人。除了源一之外，还有其他海女托管的孩子，海女小屋兼具类似幼儿园的功能，所以附近农家的阿姨或退休不再当渔夫的爷爷，会来这里照顾孩子们。

孩子们禁止擅自离开海女小屋。因为港口虽然有渔业工会、码头和市场，但是靠岸处没有栅栏，很危险。因此，源一会一直在小屋等候，直到中午和傍晚外婆捕完鱼回来。他立刻习惯了烟雾弥漫，而且阿姨和爷爷总会说一些有趣的故事，所以不无聊，也不寂寞。

开始和外婆生活，一整天几乎在海女小屋度过之后，源一的个性变了，而且是某一天，突然改变了。他和父母一起待在爱知县冈崎这个地方时，沉默寡言又内向。但是来到和具，过了一个月左右时，他一如往常地进入海女小屋，看着从木柴袅袅升起的一缕烟雾，胸口一带突然发痒，简直像是机关枪似的，开始对一个熟识、名叫优子的四岁女孩噼里啪啦地说话。

自从那天后，源一在和具的海女小屋，突然从沉默寡言的孩子变成了话多的孩子。冈崎与和具的方言不同，所以应该难以听懂，但是优子和在场负责看孩子的爷爷也没有嫌他吵，只是笑眯眯地默默听他说。源一记不清楚自己到底说了什么。他想，大概是以父母为主的事。

到了中午，结束上午捕鱼的海女们回到小屋，脱下白色衬衫，晾在吊在天花板的竹筒上，一面在地炉旁边暖和身体，一面叽里呱啦地一起说起话来，掩盖了源一的声音。

出海捕鱼回来时，海女们的能量惊人。源一不知道海女的渔获量如何，但是被迫感受到她们情绪亢奋。有海女像是用吼的一样，大声说她捕到了许多又大又好的鲍鱼，也有海女像是大发雷霆似的，抱怨她毫无收获。与其说是在向对方说话，倒不如说是要扑向对方，但是听者也不只是默默地侧耳倾听。兴奋地说她捕到了许多鲍鱼的海女，会被别人吼回去，说"你只是一时运气好，小心下午一个也捕不到哟"，而抱怨毫无收获的海女则被别人嘲笑道"谁叫你没有耐性",这个响应又引发了其他响应,小屋里充满了像洪水般的话语,搞不清楚究竟是谁在听。

源一心想:那种亢奋和活力渗透体内,过了一个月时,心中封闭、累积情感处的门爆破,话语像是水坝决了堤似的奔流而出。

海女们各自打开便当之前,一定会先喝热的煎茶或粗茶。即使是盛夏,也不会喝冰麦茶,而是喝热茶。外婆一定会说"喂,源一你也要喝吗?",拿着热茶过来给他,问"你有没有乖?",抚摸他的头。每次喝外婆拿给他的茶,源一都会心想:待在冈崎时,没有这种时光。那间海女小屋里,充满了人具有的独特能量。

源一在和具待了两年半左右。母亲在名古屋近郊租了一间小公寓,把他接了过去,道别那一天,外婆显得落寞,泪水扑簌簌地流下。那是源一第一次看到外婆哭泣。后来,源一在暑假一定会造访和具,而他回名古屋的那一天,外婆会休息不出海捕鱼,到车站目送他,然后又一定会流泪。

母亲因为原本沉默寡言的儿子个性变了,大吃一惊,但是对于他变开朗了,她打心底感到开心。源一转学到名古屋近郊的小学,因为在和具晒得黝黑,所以同学们会嘲笑他这一点,但是他绝对不会心情低落。他觉得自己全身充满了包含外婆在内的海女们的能量，无论是动口或动手，他都不会输。

父母离婚后，和父亲见面的次数少到数得出来。他是货车司机，一喝酒就跟变了一个人似的，但是本性稳重。离婚后，父亲住在冈崎，数度开轻型卡车来见源一，让他坐在副驾驶座，在附近兜风。父亲每次都会跟母亲发生口角，不久之后，源一上了初中，父亲就完全没有现身了。源一一问起父亲的事，母亲的心情就会变差，所以不知不觉间，想见父亲的心情逐渐淡去，然后几乎忘了他的存在。

但是，源一之所以成为卡车司机，肯定是受到父亲的影响。当时，无论是轿车或卡车，都非常少。那时是自行车和两轮拖车在未铺柏油的道路上往来的时代。

离婚前，父亲会开着轻型三轮车，运送食品和衣服等各种物品。虽然是货运公司的轻型卡车，但是父亲以开车为傲。坐在副驾驶座时很爽快，若是在路上和朋友擦身而过，源一就会感到骄傲。

父亲也是沉默寡言，但是开车时，他一定会说同一句话。父亲的口头禅是"运送什么，有其意义"，感觉像是说给自己听的，而不是在对儿子说。

无论是物品或人，使其流通都非常重要。鞋子和衣服堆在仓库里没用，但若被运送、摆放到店里，就会产生价值。我的工作就是搬运，它非常有意义。

　　源一一面心想"我之所以成为卡车司机，大概也是因为老爸的那句话渗入了内心深处"，一面吃着便利商店买来的通心面沙拉和味噌煮青花鱼。天色渐渐黑，所以从茶换成了烧酒。源一住在东京都内一栋木造灰泥的狭窄公寓的一间套房。六叠和三叠的房间各一，加上巴掌大的厨房。到了夏天，源一就已经六十三岁了。他终究觉得不妙，只剩下少得可怜的存款，或许该找更便宜的地方了。

　　目前失业中，之前不是正式员工，所以养老金有等于没有。从前的公司偶尔会找他开卡车。任职时关照他的大学毕业的年轻车辆调度员，是个非常聪明的男人，后来晋升至专任董事。司机不够时，他会优先给源一工作，但是源一体力上已经不能开大型卡车，也不能跑长程了。他知道自己的极限是开八吨卡车，一天往返五百公里。这让他累得要命。堆栈板很轻松，但若栈板业者让他堆货或卸货，隔天他就会累趴，爬不起来。

　　六十岁之后，源一被公司裁员了。表面上是基于健康这个理由，其实是除了快递之外，陆上运输的工作持续减少，而且无法就职的年轻人考取中型货车驾照，一拥而入，造成司机过剩。源一试了好几次快递的工作，但是实在不适合。他觉得，在狭小的地区转来转去，配送小包裹，欠缺当司机的迷人之处。陆上运输司机的迷人之处，原本就是自由。源一喜欢"走自己的路"这种感觉，但是快递的工作量大，没有自由的时间。

假如是女人的话，他想变成海女。如今，源一认真地这么想。

一般人一定认为，海女是一份辛苦的工作。从三月到九月几乎毫无休息地出海，捕鱼期结束时，似乎会瘦好几公斤。外婆专门在深海处捕捞，所以说她会瘦八到十公斤。冬季期间，她会在珍珠养殖场工作，或者在家后方的小田耕作。但是，外婆在捕鱼期间，经常一天赚好几万日元。海女的工作远比陆上运输的长程司机更公平，能够获得鲍鱼或蝾螺卖价的八成。渔业工会拿百分之五、船长拿百分之十五，剩下的全归海女所有。

外婆应该赚了不少，但是她并不买衣服或鞋子，说到爱好，顶多是偶尔到市区打小钢珠，还有一个月到渔业工会附近的镇民活动中心一次，和认识的海女一起吃寿司。外婆享寿八十七岁，但是令人无法置信的是，她出海到八十五岁，似乎比任何人捕到的鲍鱼都多。丈夫比她先走，但是她有无数的伙伴。海女们彼此是竞争对手，但也是非常亲近的朋友，彼此之间有一种住在都市的人无法理解的独特友情。

源一如今仍然清楚地记得，上午捕完鱼回来的海女们，会在小屋打开便当，所有人会互相分享菜肴，没有人例外。外婆也会替年幼的源一做便当，所有人将便当传来传去，所以根本不知道究竟在吃谁的便当。

　　从那之后，源一没有看过感情那么好的一群人；从那之后，源一不曾遇过那么温暖的气氛。

黄昏之恋

　　源一从当地的高中毕业之后，先任职于名古屋的货运公司，然后来到了东京。虽然母亲反对，但是他无论如何都想去东京。初中时，奥运会在东京举办，全日本陷入疯狂。当时，东京这个专有名词几乎是希望的同义词。经济高速成长时，名古屋货运公司的薪资也不错，但是源一想搭乘新干线前往东京，走在新宿、涩谷和银座，奔驰于东名高速公路和首都高速公路。名古屋也是都市，但是东洋的美女喜极而泣、日本选手在体操项目中连续使出超 C 级难度动作、阿比比·比基拉（Abebe Bikila）跑完马拉松的地点都不是名古屋，而是东京。

源一在东京任职的第一家公司，是位于品川的小货运公司，过了几年，因为石油危机后的大萧条，说倒就倒。后来就职于相当有名的大型公司，考取大型货车驾照，和在公司里担任行政人员的年轻女性结婚。女性才二十岁上下，容貌和智慧都是"中下"。他之所以结婚，是因为上司的建议，以及他一心认定"男人过了二十五岁就该结婚"。

　　日本摆脱不景气，公司急速成长，基本薪资加上佣金，赚得比大学毕业的上班族多，但是工作和婚姻都不长久。工作稳定，几乎在固定的时间上班，主要替电气产品批发商配送商品至零售店。但是不知不觉间，从一个地方将货物运送到另一个地方，让源一变得痛苦。他觉得在运送什么的感觉越来越淡。或许是因为每天反复做一样的事，没有身为司机的自由度，公司内的气氛也变得有点乏味，源一觉得"这么一来，跟一般的上班族没有两样"。辞去工作之后，他和妻子之间的关系在转眼间恶化。妻子原本说"我第一次遇到像你这样说话风趣的人"，离婚时，丢下一句"我已经受够了你的话痨"。婚姻生活才持续了八个月，当然也没有生孩子。

　　后来，源一换了几家公司。然后，进入位于东京都内花小金井这个地方的货运公司，被委任跑长程，但是源一认为那一阵子不是自己的黄金时代。

从 70 年代末期至 80 年代，泡沫经济瓦解之前，是他的人生巅峰期。平均睡眠时间五小时，以民用无线电和伙伴尽情谈话，以大音量放最爱的荻野目洋子的磁带，开大型卡车从鹿儿岛跑到青森，年收入远远超过五百万日元。当时，要是努力存钱，或许就不会年逾花甲，还一个人住在这种破公寓，每晚吃便利商店穷酸的现成食物，喝便宜的酒，也不会畏惧孤独，而应该会爱喝多少好茶就喝多少。

钱主要花在喝酒、玩女人，以及打小钢珠等吃喝玩乐上。有一阵子，源一沉迷于赛艇。一切都只是虚掷金钱。退休之后，没过多久就缺生活费，无论做什么都要花钱，无可奈何之下，他前往二手书店，从古代小说开始，看了各种书籍。源一觉得只要一百日元就能度过一天，真是太棒了。有生以来，他第一次感受到知识增加的喜悦。

自从开始看书之后，源一觉得茶变得比以前更好喝了。泡着特卖时才会买的茶，在代替和室桌的小茶几上看书，是源一如今唯一的乐趣。假如不把钱花在喝酒、玩女人和打小钢珠上，从三十年前开始就像这样看书的话，人生一定会变得不同。开长程卡车时，人生璀璨耀眼，源一并不后悔，但是感到遗憾。过去蠢事做尽，一年换一个女人，假如当时像现在这样好好看书，说不定就能培养知识和素养，甚至再婚，有了孩子，如今儿孙满堂，过着幸福的晚年。

源一心想：我只不过是个话多的老头子罢了。他的话很多，在小酒屋很受欢迎，交往对象几乎全是特种行业的女人。他是个开朗风趣的人，一开始讨人喜欢，但是说话没有内容，所以不久之后，女人就听腻了，有的人啐道"你能不能闭嘴一下"，有的人酸道"别老说一样的话"，关系便画下了句点。

源一越想越觉得至今的人生过得很愚蠢，但之所以不后悔，大概是因为他觉得自己身为卡车司机，度过了美好的时代。

如今的卡车司机很惨。若不是排斥在固定的时间，绕行固定的地区，配送几乎固定的货物，源一大可以在快递配送等固定路线的货运公司工作。但是，能够获得自由度这个迷人之处，以及一径行驶于道路上的快感的中长程卡车司机们，正在濒临危机。自从泡沫经济于90年代瓦解之后，就出现这个趋势，时代明显改变了。总之，这二十年来，运费几乎没变。确实，业者因为法规宽松而增加，陷入了过度竞争也是运费没变的原因之一，但源一认为，不只是因为如此。

大部分深夜行驶于高速公路和一般道路的卡车，都是所谓的包租车，隶属于中小货运公司。源一也是长年任职于包租车的货运公司。中小货运公司并不会直接和发货人交易。发货人底下，一定有原本承揽的货运公司（大包），然后大多有二包。而问题在于二包底下，俗称"水屋"的货物处理中介业者。水屋会实际分派哪家公司的卡车运送哪些货物。所以，三包、四包无法和发货人交涉运费，如果不仰赖水屋，就接不到工作。

源一不太记得，水屋的势力是从什么时候开始抬头的。听说有许多历史悠久的货运公司变成水屋的案例。从前不存在的零售业形态大量出现，像超级市场、便利商店，以及家电、家具、衣服、鞋子等的量贩店等，物流量像是天文数字般地增加，发货人的数量、种类也随之增加，和从前不可同日而语。为了处理这些货运需求，必须要有水屋，但是水屋变得强势，运费能砍多少就砍多少，所以没有最低运费，只有更低运费。

如今，开四吨卡车，从关东跑到关西，多少钱呢？大概四万日元上下吧。距离是六百公里，当然不含高速公路的通行费。若是扣掉高速公路的通行费和油钱，大概只剩一半（两万日元），这是货运公司的应得收益。考虑到司机的薪资、车辆检查费用、行政费用等，这个金额实在不会产生利润，所以无论如何都必须超载或超时工作，卡车司机总是被迫面对警察开单和生命危险。

低薪资和超时工作的恶性循环，不只发生在长程货运业界。出租车业界也是一样。法规宽松使得新司机加入，引发过度竞争，司机的薪资大约降至从前的六成，唯独工作时间持续变长。

长途巴士也是一模一样，司机载着大批乘客，几乎没有小睡片刻的一个人开巴士，引发重大车祸。没有再次引发车祸反而令人不可思议。

源一完全不懂：日本明明应该远比三四十年前富裕，但是钱却没有落到底层的人手上。春季要求提高工资的抗争中，大型工会也对经营高层言听计从，这一阵子，薪资完全没有调涨。非但如此，在业绩不佳的家电厂商，不断刮起裁员风暴。大型厂商都这种情况了，中小企业的员工、派遣人员、打工族等的悲惨程度更是超乎想象。

源一如今对于未来毫无指望，但是觉得自己在美好的时代工作，在对的时间点离开了职场。只是看过泡沫经济瓦解之后的时代，或许会觉得这种糟糕的工作环境是理所当然的，但是对于见识过经济高速成长和泡沫经济的人而言，会觉得宛如地狱。明明人口逐渐减少，但是大多数的劳工却苦于低薪，寻找便宜十块、二十块的便利商店便当，寻找廉价的居酒屋，哪怕是便宜一块也好，从一开始就放弃了美食、美酒。

源一或许是摆脱不了从前的感觉，自以为是地一心认定凡事船到桥头自然直，至今一直逃避去思考未来的生活。今后该靠什么活下去呢？他总觉得有办法填饱肚子，不会饿死。存款几乎等于零，养老金也没多少，而且体力变得相当差，若要找快递承揽公司的计时打工，倒也不是没有。问题倒不是三餐，而是这种无法排遣的孤独感。

源一想要温情。他不时会打电话给从前的司机伙伴聊天，但是退休之后，大家分散各地。有故乡的人大多回去了。话说回来，一群上了年纪的男人聚在一起喝酒，一点也不有趣。源一只是感到寂寞，心想：我想要的果然还是女人。这是他的结论。前前后后已经六年左右，他没有和女人交往了。

梅雨季刚好结束时，发生了一件令他觉得"说不定这就是人生转机"的事。存款金额低于五十万日元，源一心想"差不多得下决断了，看是要开始做快递的工作，或者寻找更便宜的公寓，否则这样下去的话会完蛋"，但是依旧过着只看书、喝茶、吃便利商店食物配烧酒这种无所事事的日子。那天也是为了避梅雨季过后的酷暑，一大早就前往西武线的小平站附近，一面在小巷的咖啡店吃当作早餐的吐司，一面看松本清张的推理小说，打发时间。

他几乎快看完《零的焦点》（ゼロの焦点），心想"差不多该补书了"，前往位于车站后方的二手书店。那是一家怀旧的雅致二手书店，自称前大型出版社编辑的八十二岁老人独自经营。如果去东村山或花小金井，就有BOOK OFF之类的新连锁二手书店，但是除了书之外，还有卖 DVD 和电玩软件等，那种店的商品五花八门，令人心情浮躁。

"好热哟。真受不了。"

源一一面如此说道，一面走进店内。那家店挂着"岛田书店"这面招牌，约十七平方米大，右边是烤鸡肉串店，左边是洗衣店。年迈的老板一面用水管洒水降温，一面清扫店门前，冷淡地应道"夏天当然热"，笑也不笑一个。店头堆积着令人怀疑这种东西究竟谁要看、几百年前的作家的文学全集和厚重的辞典，以及摄影集和画集等。店内左右两边的墙壁和中央各有书柜，除了小说、散文的精装本、文库本之外，还排放着铁路、登山，以及象棋、围棋的书籍和杂志。往内侧走去，摆着旧得吓人的黄色书籍，有一部分陈列在玻璃展示柜内，其中也有一本两万日元以上的高价杂志。那是昭和三四十年代的色情杂志，源一曾问过"这种东西卖得掉吗？"，但似乎有客人专程大老远地跑来买。

源一在寻找松本清张的文库本时，听见了那个女高音的声音。

"你好。天气完全变热了耶。"

清脆的嗓音悦耳动听。

老板听到"天气完全变热了耶"这句招呼语，献殷勤地笑道："真的，已经热到受不了了。"源一心想：这家伙真是两面人。我对他说"好热哟"时，他看也不看我一眼，冷淡地应道"夏天当然热"，但是听到女人说一样的话，就一个劲儿地傻笑道"真的"，简直像是从前在零食店前面的点头人偶"Peko酱"一样，笑眯眯地频频点头。

老板给人的感觉是整个人干瘪瘪的，但他果然也是个不折不扣的男人。源一看到发出女高音般清脆美妙嗓音的女人，心想：也难怪身为男人的老板会眼睛为之一亮了。她的芳龄在五十岁上下，没有令所有人回头看的花哨外表，而是鹅蛋脸、身材纤细、五官清秀。如果待在小酒馆，肯定是会受到大叔们压倒性支持的容貌。她身穿花纹连衣裙，赤脚穿着凉鞋，手撑白色阳伞，仿佛从以前的日本知名电影中走出来的女人一般，令源一吁了一口气。

"堀切小姐，你要的文库本来了哟。"

年迈的老板毕恭毕敬地引领女人进入店内。源一心想"她姓堀切啊，不知道名字叫什么"，心荡神驰地眺望女人的脸，老板仿佛在说"喂，闪开"，撞了源一一下，把他推到角落，从书柜上取出一本文库本。书名是《砂器》。源一心想：太棒了。原来姓堀切的女人喜欢松本清张。就交集点而言，完美无缺。而且，既然她会来这种二手书店买二手书，应该可以当她是平常人家。源一偷偷地察看她双手的手指，都没有戴戒指。虽然没戴戒指不代表未婚，但是并非不好的迹象。

源一也把手伸向书柜，发现老旧的 KAPPA NOVELS[1] 版的《眼之壁》，开心地高喊："噢——终于找到了！"

"哎呀，这本连图书馆也没有。大热天特地跑来，总算没有白跑一趟。"

《眼之壁》包着塑料套，价格是三百九十日元，略微偏高，但是想到这是和女人之间重要的交集点，源一觉得很便宜。

源一拿着《眼之壁》，心想：该怎么做呢？姓堀切的女人已经支付了《砂器》的书钱。上下集的二手文库本定价三百二十日元，老板依旧一脸谄笑的表情，收下女人递出的五百日元硬币，找给她两枚百日元硬币。不是在内侧的收银台，而是在书柜前面结账，源一心想：老板八成是不想让女人看到色情杂志那一区吧。女人将《砂器》放进偏大的白色皮包，像是在寻找有没有其他中意的书似的，望向书柜。

源一硬着头皮，小声地说："也算我便宜一点嘛。"老板摇了摇头，说："少胡说八道。"源一后悔地心想"早知道有这种邂逅的话，就穿得更体面一点了"，但是为时已晚。他身穿在百日元商店买的 T 恤、牛仔裤，以及鞋底磨损的凉鞋，一身的打扮糟

---

1 KAPPA NOVELS，株式会社光文社于 1959 年发行的一系列小说的系列名，有《零的焦点》《砂器》《白昼的死角》《日本的沉没》等。

透了。不过话说回来，源一心想"好美啊"，目不转睛地看着女人，突然和她四目相视。她八成是感觉到了源一的视线。源一连忙别开目光，但是令人无法置信的是，女人轻轻地点头致意，对他微笑。

源一吓了一跳，不知道该作何反应才好，感觉自己的脸颊变红了。要是打招呼回应就好了，但是他丢人地惊慌失措，勉强挤出了像是皮肤在抽搐般的僵硬笑容。源一心想"可是，为什么她会对我微笑呢？"，真的好久没有心头小鹿乱撞了。仔细想想，除了特种行业的女人之外，他不曾和正经的女人交往过。日复一日，结束配送回来，一家接一家地去常去的酒馆报到，把酒当水喝，然后老练地挑选爱玩的女公关，带她去深夜营业的烤肉店或唱卡拉OK，看准时机勾引对方上床，以十次成功一次的概率去宾馆开房。

搞不好我意外地是她的菜。这么一想，心情像是一盏水晶吊灯在脑海中点亮。有女公关说："源哥，你是少见没有变成欧巴桑[1]的大叔耶。"她是一个三十多岁，年纪可以当他女儿的可爱女人。据那个女人所说，不知道为什么，最近的大叔不用说，连年轻男人也会在转眼间变成欧巴桑。

---

1 欧巴桑，日语おばさん的音译，是大妈、阿姨的意思。在本书中该词表人变老、变油腻之意。

据那个年轻女公关所说，像 SMAP 这种天团的成员也渐渐变成了欧巴桑。

"草彅刚和中居正广很久之前就像欧巴桑了，最近连木村拓哉和稻垣吾郎也有变成欧巴桑的危险，香取慎吾也有危险。变成欧巴桑男人的特征是，感觉很适合穿围裙，惊人的是，放浪兄弟当中，也有好几个人变成欧巴桑了。去日晒沙龙或蓄胡子也没用，藏不住的。冰川清志从一开始就变成欧巴桑了。"

源一问："你觉得男人为什么会变成欧巴桑呢？"那个年轻女公关应道："因为进入了守势。"她说菅原文太是少数的例外。他已经年近八十岁了，但是相貌和眼神都拒绝变成欧巴桑。说到菅原文太，就会想到他主演的《卡车野郎》（トラック野郎）。实际上并不存在那种卡车司机，但是源一经常去看电影。

据那个年轻女公关所说，不知道为什么，源一免于变成欧巴桑。他的长相和体格并非男人味十足，眉毛不浓密，眼神也不严肃。连他自己也觉得，自己相貌平凡，肌肉算是结实，中等身材，而且小腹稍微凸出。不过，"进入守势"这种说法真妙，意思大概是人生中该守护的事物越来越多，生活方式变得保守。源一心想"我确实没有任何该守护的事物"，莫名同意。

源一没有家人、房屋、财产，没有半样该守护的事物，而且当了卡车司机将近四十年，不是在企业组织底下维生，而是靠自己的本事讨生活。近来，或许这种男人少了。而那个姓堀切的女人，搞不好喜欢没有变成欧巴桑的男人。源一看着从花纹连衣裙底下露出、形体姣好的细长腿，如此心想，感觉内心涌现出一种像是希望的情绪。当然，他十分清楚那是渺茫的希望。但是，毫不起眼的六十岁男人也需要希望。源一心想：一般来说，那种美女对我抱持好感是不可能的事，然而积极思考也很重要。

　　源一为了让姓堀切的女人听见，提高音量对老板说："岛田先生，你之前说的货物，我可以替你运送哟。"从前，老板曾经拜托源一："高田马场的出租仓库里堆放着大量的二手书，你能不能开卡车替我载过来？"源一一问报酬，老板说"十本松本清张的文库本"，因为报酬低得不像话，所以不予理会。老板听到源一在做搬运的工作，误以为他拥有自己的卡车。源一虚荣心作祟，没有予以纠正，只以忙碌为借口，拖延正面回应。但是，今天的情况不一样，必须让姓堀切的女人知道，自己是真正的男子汉，是卡车司机。

　　老板一脸错愕的表情，说："你突然哪根筋不对了？没钱哟。"

　　"哎呀，虽说是一堆二手书，大概也不到十吨吧。我想，四吨卡车就够了。你也知道，我专门开十吨卡车跑长程，迟迟约不到四吨卡车，但是最近可能约得到。所以我想帮你一个忙，就以十本松本清张的文库本做交换，怎么样？毕竟平常受到你的照顾。"

"我才没照顾你。"老板不讨喜地嘀咕道，依旧一脸"想不通源一哪根筋不对了"的表情。

"什么时候？你什么时候肯替我运送？"

实际上，源一压根儿没有打算运送二手书。一沓沓的二手书重得要命，是最糟的货物。再说，他已经没在做运送的工作了，心想：一定不要跟老板约定日期。

"嗯，我约到四吨卡车之后，再跟你联系可以出车的日期。最近少量的货物增加，所以像我们这种专开大型卡车的长程卡车司机，要约到四吨卡车是意想不到的麻烦。你能谅解吧？"

才说近日能够约到四吨卡车，马上又说了矛盾的话，但是那不重要。源一说到"专开大型卡车的卡车司机"时，故意提高音量，将视线转向姓堀切的女人，感觉她一脸"哇，好帅气"的表情，看着自己。

"那么，你是看了电影版啰？"

女人的全名是堀切彩子。两人坐在青梅大道旁的美式餐厅，彩子喝着名字叫起来饶舌的"天堂热带冰茶"（Paradise tropical iced tea）饮料。

走出二手书店时，源一试着邀她"要不要去喝点凉的？"，紧张到心脏差点炸开，但惊人的是，彩子随口应道"哎呀，好啊"，爽快得令源一目瞪口呆。附近没有雅致的咖啡店，在酷暑之下走在青梅大道上，因为太过紧张，源一数度差点走到一半，一屁股跌坐下来。二手书店的老板一脸羡慕地目送两人。"我会好好替你运货。"源一大声说道，并挥手道别。但是，老板无视他的道别招呼语，把不悦写在脸上，回了店内。源一看到他的背影，心想：多么悲哀的老人。

"嗯，我是看电影版的。"

源一觉得自己的说话方式好像变了，喝了一口啤酒，原本心想"大白天就喝啤酒，要是她觉得我没教养怎么办"，霎时感到不安，但光是面对面坐在美式餐厅的座位上，心脏就怦怦跳，只能靠喝啤酒，让心情平静下来。话题是《砂器》，源一还没看小说，但是看过电影。从前电视上播过好几次，源一觉得那是部非常灰色的电影，不太喜欢。正职是卡车司机的时期，他只看黑道片或动作片，不太想看书。但是，这种事不能让彩子知道。因为他只想让彩子知道他是卡车司机，做着男人中的男人的工作，而且爱看书。

"哎呀，这部电影很有名，对吧？我没有看过，是很感人吧？"

源一心想"其实我不太记得了"，但是这句话说不出口。孩子跟着罹患麻风病的父亲在各地流浪的那一幕，令他印象深刻，但感动倒是其次，他反倒心想"这有点奇怪"，感到疑惑。父子漫无目的地走在雪花飘落的寒冬街上，源一心想：要是穿那么少，走在那种地方，铁定马上就会动弹不得，冻死街头。但是，这种话他也说不出口。

　　"是啊。有一幕是罹患麻风病的父亲和孩子互相依偎，走在看得见寒冬的海、大雪纷飞的地方，我觉得自己仿佛身临其境，感觉全身都被冻僵了。"

　　源一心想：幸好我天生话多。他使用文雅的用词时，连自己都觉得恶心，但是设法掩盖了过去。然而，他心想：如果不快点结束《砂器》这个话题，迟早会露出破绽。

　　"哎呀，我越来越期待看这本小说了。"

　　源一有生以来第一次和遣词造句典雅的女人交谈，感觉仿佛置身于以前的日本电影中，啤酒的酒意舒服地上身。他想聊一聊《零的焦点》，但转念一想，自己还没看完，于是作罢。他看完了《点与线》《黑色画集》《波之塔》，但是没有自信机灵地诉说。毕竟，对方是遣词造句宛如贵族的女人。

　　但是，尽管要改变话题，源一也不知道该说什么才好，总觉得不能问"你结婚了吗？""你在工作吗？"这种私人的问题。

对方若是小酒馆的女人，源一可以满不在乎地劈头就问"你有男友吗？"，或者说"三十岁之后，好像一个月不做爱，大脑就会生病"，但是现在回想起来，感到毛骨悚然。

"你是长程卡车的司机吧？"

源一在寻找话题，坐立不安时，彩子针对职业询问他。他心想：老实说我已经退休了，应该比较好。但是，刚才在二手书店，说了自己如今在开十吨卡车之类的话。

"是啊。不过，我已经六十多岁了，没有在开全程。公司为了顾及高龄司机的健康，工作量减少了许多。"

一旦年逾六十岁，出车日会减少是真的。

"哎呀，这工作非常辛苦吧？"

彩子一面喝天堂热带冰茶，一面如此问道。她含着吸管的樱桃小嘴非常可爱。

"确实很辛苦，但是我很自豪。"

源一心想：我终于说出了帅气的话。

彩子"哇——"地惊呼，源一总觉得她的表情亮了起来。说不定是源一擅自认定，但他宁可认为她确实对"自豪"这两个字有了反应。

"自豪，是吗？"

彩子如此问他，源一心想果然如此，原本小口小口地啜饮啤酒，突然心情大好，一口气喝完半杯左右。他担心语气变得自以为是，静静地说"是啊"，开始滔滔不绝地说起话来。

"虽说是自豪，呃，但感觉和快递的电视广告不太一样。我觉得'我们会用心配送您的重要货物'这种台词，与其说是亲切，倒不如说是一种人道主义。物流是联结生产与消费，甚至可以比喻为全身循环的血液。我常听父母说，'二战'后不久，全日本闹饥荒。那么，包含米在内，什么食物都没有吗？事实并非如此，所以人搭乘像是在挤沙丁鱼的列车，前往农家购买非法的米。粮食或许不足，但是并非一点也没有。缺乏的是物流。"

源一心想"她会不会觉得这种话题很无聊呢？"，略感不安，出言相问。"哎呀，哪会，没有那回事。"彩子说道，轻轻地左右摇了摇纤纤玉指、形体姣好的手。源一受到鼓舞，讲得更加眉飞色舞。

"人们最近常说，比起经济增长，还有许多更该做的事，像是粮食自给自足。这真是太奇怪了。总之，日本不产石油，必须向国外购买。买石油需要钱，如果没有石油，就无法从产地运送粮食。东京的粮食自给率好像是百分之一左右。所以，要是物流停止，大家在转眼间就会陷入饥荒。"

彩子说："哎呀，真糟糕。"她又使用了一样的感叹词，将形体姣好的手抵在可爱的樱桃小嘴上，瞪大了细长的眼睛。正职是卡车司机的时期，源一说不出这种话。那时，他的话题尽是周刊杂志上的新闻或性爱。忍耐孤独读书总算有了价值。人生中，凡事都是有意义的。

"但可悲的是，自豪的卡车司机减少了。"

源一眺望美式餐厅的窗外，演出落寞的表情，以感慨万千的语气说道。

"我们大多在承揽的中小货运公司工作，现状是运费能砍多少就砍多少，我们开卡车只为了挣一口饭吃。从前有一阵子，赚得比大学毕业的银行员都多，但那已经成了南柯一梦，如今吃不饱、饿不死，不是想开卡车而开，而是被迫开卡车。该怎么说呢，因为公司追求效率吧。我觉得，一味追求效率的世界有待商榷。"

彩子曾是小学老师。她说，她年逾五十岁之后不久，因故退休了。她的年纪应该是五十出头。走出美式餐厅时，源一趁着喝啤酒的醉意，畏畏缩缩地问："我们可以再见面吗？"彩子语气开朗地应道："当然可以。"源一差点忍不住高举双手，大喊"万岁"。他总觉得突然问手机号码不礼貌，就说道："该怎么跟你联系呢？"彩子递给他一张写着电子邮箱的便条纸。不是手机号码，而是电脑的电子邮箱。源一没有电话，但是因为工作关系，会使用手机的电子邮箱。

源一老实地说："我不太使用电脑。""哎呀，我也是。"彩子说道，并倾斜阳伞，撇嘴"呵呵呵"地笑了。源一心想：她为什么告诉我不太使用的电脑的电子邮箱呢？

"哎呀，你不觉得这个年纪不太使用电脑，有点丢脸吗？"

不过，源一觉得她真是经常说"哎呀"，并告诉了她这件事。"那是我的口头禅。"彩子说着，又"呵呵呵"地笑了。源一想起从前一个零食广告的玩笑话，说："那么，我叫你阿拉好了。"彩子又发出愉快的笑声，差点笑弯了腰。

源一决定今后以电子邮件和彩子联系，决定见面日期之后，约在岛田书店碰面。因为彩子说，她家在二手书店附近。

"我现在没办法硬撑，也不跑长程了，但干劲十足地活跃于长程货运业时，譬如下午三点离开公司，去老客户那里把货堆上车，然后依运送地点、货物、工作人数而定，大约会花两三小个时。从前，司机是不用堆货的，上游业者一般会遵守这种不成文的规定。或许该说是讲义气，当时还有那种公司。如今，司机根本被当狗使唤。大部分的货运业者都被大型货运业者外包，要是上游业者要求你堆货或卸货，你根本无法拒绝。如果拒绝的话，货物就不会再外包给你，所以只好对上游业者唯命是从。

"因此，三点出货的情况下，大多要等到五点半或六点左右，才能出发前往目的地。假设目的地是神户，这也是从前美好时代的事，目的地是关西的话，当然是走高速公路。但是如今，只有夜间车才会支付高速公路的通行费，所以如果六点出发，就要走一般道路。一般道路哟。半路上，要花一到一个半小时吃饭、小睡片刻，所以抵达交货地点，大概是隔天早上七点左右，一大清早还没有人上班，所以要就地等候，八点开始卸货，这又要花去快两个小时。然后为了将回程运送的货物堆上车，譬如载货地点是京都或大阪，又要开车过去。卡车运送是以堆货运送计价，所以要是空车回来，就会赔钱。

"分派回程货物的也是上游业者，所以卡车司机在他们面前抬不起头来，必须唯命是从。下午一点左右，抵达堆货地点，就地等候到轮到你为止。这个时候，我会补眠。堆货完毕大多是傍晚六点左右，因此又要走一般道路，譬如前往神奈川。半路上，用餐、小睡片刻，有时候会去洗澡，休息三到四小时，隔天早上抵达目的地。然后回到车库，下午出发前往堆货地点，傍晚堆货完毕，晚上七点左右先回车库，再回家睡几个小时，然后深夜十二点，譬如出发前往东北。反复这种日子。"

彩子完全没有露出厌烦的表情，仔细听着他说。

源一和彩子以电子邮件联系，在岛田书店碰面，一样前往青梅大道旁的美式餐厅，依时间而定，有时候喝茶，有时候吃午餐。彩子没有告诉他手机号码和手机邮箱，所以源一采取先寄一封电子邮件到她的电脑，内容是"明后天有空吗？"，等待她的响应，再确认具体时间这种做法。源一心想：如果知道手机号码的话，就能打电话给她，迅速地约她，但是彼此都有一定年纪了，或许这种慢步调的应答比较适合。每天讲电话，或者打电话之后马上见面，感觉有些粗糙、猴急，说不定彩子不喜欢那样。

　　彩子大多当个听众，佩服地点点头，毫不厌烦地附和，随后满面笑容。两人大致上会以两周一次的频率见面。源一其实每天都想见她，但是忍耐住了这股欲望。相对地，他恳求以前熟识的车辆调度员分派工作给他，这一个月积极地跑了四趟。虽然是开八吨卡车，往返名古屋或关东圈的轻松运送，但是作为零用钱不无小补。第三次约会时，源一第一次请她吃午餐，从此之后，源一开始自然地支付餐费和饮料费。

　　"最近，工作如何？"

　　"你有爱好吗？"

　　"你家在附近吗？"

　　进入美式餐厅，点完餐点或饮料之后，彩子会笑眯眯地询问这类问题。她大多身穿以白色或米白色为基调、有花纹的淡色连衣裙或裙子。源一觉得她总是秀丽高雅。她似乎喜欢阳伞，每次都会拿着不同样式的伞出现。七月下旬，阳光变得更强烈之后，彩子还会替他撑伞。源一做梦也没想过，到了这把年纪，还能和貌美如花的女性一起撑伞步行。他心想：这或许是人生的转机。

"我已经这把年纪了，工作大多是开中型卡车，也大多是在比较近的地方。"

实际上，除了已经退休之外，关于工作，源一没有撒谎。

"至于爱好嘛，我喜欢看书和喝茶。"

第四次约会时，彩子问到爱好，源一如此回答，她露出了意外的表情。那是一个大热天，最高气温三十六度，两人共撑一把伞，走到常去的美式餐厅，点了常点的饮料。

"哎呀，喝茶？喝哪种茶呢？"

彩子问他喝哪种茶，源一起先不太懂她的意思。他除了日本茶之外，几乎不喝其他茶，所以没有想到茶除了日本茶之外，还有红茶和中国茶等。

"你问我喝哪种茶，就是一般的粗茶。手头宽裕的时候，哎呀，我很少手头宽裕就是了，会喝新茶或玉露。"

源一如此回答，彩子一副"原来如此"的样子，一面高雅地微笑，一面将头倾斜至微妙的角度，频频点头。源一心想"我又不是在说什么了不起的话"，不敢相信有女人会如此绝妙地让说话者心情愉悦。

"堀切小姐，你真是令人吃惊。你是个令人无法置信的好听众。"

源一不是在拍马屁，而是发自内心地如此夸赞道。"因为我和孩子们在一起将近三十年。"彩子说道，露出了怀念从前的表情。但是，除了曾是老师之外，彩子只字不提私人的事。即使约过几次会，源一仍旧不晓得她是否结婚了。而源一在不知不觉间，开始擅自认定她单身。虽然不是频繁地见面，但是男女单独面对面约会，源一觉得已婚的女人不适合做这种事，而且应该没办法这么做。

"你以前就喜欢日本茶吗？"

源一想提起外婆的事，"海女"这两个字来到了喉咙，但是作罢。他在和具的海女小屋度过童年的时光中，从内向寡言变成开朗多话，进而爱上了日本茶，不知道为什么，这件事他说不出口，倒不是因为"海女"这个职业见不得人。彩子一定会懂海女的好。尽管如此，不知为何，源一还是不想聊到外婆。

"是啊。我从小就喜欢茶。但小时候，我不是听话的小鬼哟。我很顽皮，但是喜欢茶，是个喜欢茶的淘气鬼。"

源一没有提及外婆，只是如此回答，把话题换成了三川内烧的茶碗。

"我对陶瓷器不太了解，但是比起有名的有田烧，我更喜欢佐世保市的三川内这个地方制作的瓷器。不过，有田烧的确很棒。柿右卫门、源右卫门等，个个都是国宝级的。还有唐津、伊万里，那一带似乎是日本瓷器的发源地。三川内烧虽然不比有田烧有名，但该怎么说呢。或许应该说它没有什么了不起之处，但给人的感觉低调，而且白瓷清丽，上头有非常淡的青色美丽图案。那应该说是青色，还是蓝色呢？颜料似乎是一种叫作吴须的氧化钴，釉药会和它产生化学反应，变成妙不可言的高雅青色玻璃般的东西。我从前开长程卡车，去九州岛西边的时候，大多会顺道前往三川内。当然，我买不起太贵的。我只有几个茶碗，两三个茶壶，但是一将新茶或玉露倒进三川内烧的茶碗，淡绿色的半透明液体在内侧纯白的白瓷茶碗里像这样摇晃，感觉很好。我这么说很奇怪，但是三川内烧的蓝色和你给我的感觉有点像，我不太会说，可是真的很像。感觉淡淡的，但是很强烈。外表低调，但是外表之下好像隐藏着什么重要的事物一样。"

源一说得起劲，发表长篇大论，彩子惊呼"哎呀，这样啊"，露出了腼腆的笑容，但是源一觉得她的笑容有点不对劲，心想"现在的情绪是什么呢？"，感到诧异。她的笑容并非不自然，感觉也不是硬挤出笑容，而是跟平常一样清爽的微笑相比，总觉得她的微笑背后有一种像是阴影般的东西。源一心想：她是对我的哪一句有反应，露出了阴郁的一面呢？

秘密败露

秋老虎终于结束，开始吹起徐徐秋风，和彩子约会，对于源一而言，渐渐从人生的转机变成希望。约会地点总是常去的美式餐厅，也一起共进晚餐了两次。晚餐时，彩子稍微喝了一点红酒，说"好久没喝了"，脸颊染上一抹红晕。

除了她端正的五官、楚楚可怜的身影，以及像是以前日本电影女星般的高雅说话方式之外，还有许多吸引他的地方。当然，还有爱看松本清张的小说这个共同的爱好，而且源一觉得，老是在同一家店约会，她却不会抱怨，这一点也很难得。确实，附近没有其他雅致的店家也是原因之一。车站后方的二手书店周围，只有居酒屋、拉面店、烤鸡肉串店或酒馆，车站周边的咖啡店或餐厅有许多年轻人或带着孩子的家庭主妇，令人心情无法平静。

源一记得至今的约会次数、对话内容，以及彩子每次穿的衣服等，所有与约会相关的细节。他倒是不曾穿过很贵重的西装外套，第二次约会开始，他会身穿有衣领的衬衫、一般的棉质西装裤，而不是牛仔裤或工作裤，脚穿一双皮鞋，而不是凉鞋。源一自有一套对衣服表示敬意的方法。

一共约过九次会，其中两次是共进晚餐，餐点是汉堡排、姜烧猪肉，而且附上汤品和沙拉，可以说是套餐。午餐大多是吃三明治、比萨或咖喱饭等简餐，饮料几乎固定是天堂热带冰茶和啤酒。

总之，彩子绝对不会要求要吃寿司，或者说"今天想吃中菜""想去东京都中心，吃意式餐厅的精致料理"。九次约会都在同一间美式餐厅，实在没有情趣，但源一认为更重要的是两人见面，以及交谈，场所、菜肴和饮料是其次。彩子一定也这么想。因此，即使每次都是同一间店，她也总是露出一样的笑容。

但是，第十次约会时，发生了异常情况。

到了十月下旬，干爽的秋风吹在身上，感觉遍体舒畅。两人一如往常地以电子邮件互相联系，约在岛田书店碰面，但是比约定的时间晚了四十分钟左右，彩子还是不见身影。至今的约会，她不曾迟到过。源一不知道她的手机号码，即使用电子邮件，也是发送到她的电脑，无法紧急联系上。

"怎么了？被放鸽子了吗？"

老板一面用扫帚把店头的落叶扫在一堆，一面窃笑地挖苦道。源一最近不太买二手书，一面翻阅八百年前的杂志，一面等待彩子现身，一见面马上前往美式餐厅，所以老板心里应该不是滋味。而且，源一颇久之前说要开卡车替他运送二手书，但是之后什么也没做。老板一开始会死缠烂打地问他"什么时候替我运送？"，但知道源一没有真的要运送的意思之后，再也不说什么了，即使源一对他说话，他也经常装作没听到。

"我告诉你，我不想多嘴，但是你最好别陷入太深。那么漂亮的女人单身，一定有隐情。你的钱迟早会被掏空。"

源一心想这老头讲话真不中听，感到火大，但令人不甘心的是，老板的话具有说服力。源一本身见多了特种行业的女人纯粹的部分，以及狡猾的一面。女人觉得他是个意外有趣的男人，也会说他很体贴。正职是卡车司机的时期，他会喝酒喝到早上，在宾馆和女人大战一场之后，睡三个小时左右，然后跑长程。他觉得，自己算是玩够本了，也知道自己身为游戏人间的人，有一定的市场，但其实他并不怎么受欢迎。当时，他没有基本的素养，所以女人马上就对他感到厌倦，立刻就看穿了他是个轻浮、爱玩的男人。

而且，尽管多少提升了素养，但源一已经六十三岁了，这是原本应该有孙子的年纪。虽然只是单纯地在美式餐厅见面，但源一自己心里其实一直觉得，像彩子这种美女，怎么可能会跟自己这种糟老头交往。

"抱歉，我迟到了。"

源一在思考这种事时，彩子正好迟到一小时，身穿米白色的针织衫现身了。

源一看到彩子后，松了一口气，但是马上被一股不祥的预感包围。彩子之前都会准时现身，令人怀疑她搞不好是在附近一带等候。源一之前为了目击她准时现身那一刻，起码提早了二十分钟，在二手书店等候。这种固定的程序一被打乱，人就会变得不安，心生不祥的预感，而棘手的是，这种预感大多会成真。

"呃，可以借一步说话吗？"

彩子皱起眉头，促请源一稍微离开二手书店。她大概是不想被老板听到他们的对话。

"因为发生了一点状况，我想停止见面了。或许用电子邮件告诉你就好了，但我觉得那样未免太过失礼，所以决定像这样当面告诉你。"

源一心想"果然是这样啊"，莫名地接受了。不过，源一莫名地钦佩，心想：相较于之前特种行业的女人，彩子亲自跑来传达心意，所以至少她是诚实的。但是因为事出突然，源一还是感到沮丧，眼前变得一片漆黑，有些重心不稳，心想："究竟发生了什么事呢？难道不能告诉我不能再见的原因吗？"

"如果说明原因，会给你添麻烦，所以如果可以的话，我希望你体谅我的苦衷，可以吗？"

了解原因，为什么会造成我的困扰呢？源一心想"这段感情已经走不下去了"，但若就此道别，永不相见，或许会因为寂寞攻心而振作不起来。源一说："我不太清楚会给我造成什么困扰，但如果可以的话，我希望你告诉我原因。"彩子一动也不动地低着头，闭眼良久，露出了像是在忍耐什么的表情。她那痛苦的表情十分迷人，小腿被肉色丝袜包覆着，那微妙的曲线令人心荡神驰，刚才抱持的戒心消失得无影无踪。

"是嘛。我知道了。虽说是原因，其实只是丢人的小事，那么，我们走吧。"

彩子如此说道，迈步走向看得见变黄的银杏行道树的青梅大道。

两人一如往常地进入美式餐厅，点了天堂热带冰茶和啤酒。女服务生记得两人，讨好地笑道："天气终于变凉了耶。"源一心情紧张，感觉自己的脸颊泛红了。

"我希望你答应我。"

即使饮料来了，彩子也没有拆开吸管的封套，依旧一脸严肃的表情。源一心想答应什么？

"我接下来要说的事，其实不可告人。所以，我希望你只听我说，别多问。"

源一一头雾水，心想：我到底该作何反应才好？

"其实，我在几年前离过婚，前夫欠了一笔债，而我是他的担保人。不是全额，而是一部分，但也是一笔不小的金额。前夫也是老师，是个老实人，但人越老实，越脆弱。他在高中同学的劝诱下，一头栽进了期货，才半年就陷入了无法自拔的状态。我之前怕丢脸，说不出口，但我之所以辞去教职，也是因为那件事传开了，我也在学校待不下去。如今，我在池袋一个实在不可告人的地方，当女公关。我实在没资格跟你见面。不过，你说话风趣，让我忘了现实，所以接受了你的好意。这才是我的真实模样。你的心意令人感到愉悦，我越想必须告诉你实话，越是无法老实说。所以我想，我们见面就到今天为止。真的很抱歉。"

彩子深深地低头致歉之后，想要从座位起身。源一心想"搞什么鬼，到头来，这个女人也在从事特种行业吗?! 而不可告人的店是怎样的店?! 色情的店吗? 她在卖身吗?"，心情变得郁闷，总觉得从某处传来"就这样跟她道别! 否则会惹祸上身!"这种声音。但是，源一以连自己也感到惊讶的温柔语调，说"唉，请稍微冷静下来"，制止了彩子站起来。

彩子刚才说的话，为什么会造成我的困扰呢? 源一只想到了一个原因。

"呃，这样或许很失礼，但我可以问一个问题吗?"

彩子依旧低着头，点了下头，但是不知道为什么，眼眶泛泪。

"什么问题? 我希望你让我尽早告辞。"

彩子以粉红色的手帕拭泪。

"堀切小姐，你不用客气。我也已经快退休了，所以拿不出大笔金额，但二十万，不，三十万的话，我可以设法筹出来借你。"

源一从至今的对话分析，彩子显然是为钱所苦。她坦白说出自己在不可告人的地方当女公关，肯定像遭受了千刀万剐一样的痛苦，源一心想"进一步跟她扯上关系，恐怕不妙"，心中掠过一丝不安，但更担心再也无法遇见这种美女。因为跑了几趟中程的打工，所以存款勉强维持在五十万日元。如果三十万的话，应该能够设法借她。听到钱的话题的瞬间，彩子吊起眼梢，瞪大眼睛地看着他。

"你真见外啊。我以为我们是无话不说的交情。"

源一觉察到对方的心情，故作轻松地挤出笑容，如此说道，于是彩子的表情变了。她以可怕的目光瞪视源一，然后面露冷笑，低头道谢，就此一声招呼也不打地离开了餐厅。源一心想"原来她不是要讨钱啊？"，对于自己的愚蠢感到气愤，但是事情已经无法挽回了。他茫然地拿起啤酒杯，喝了一口，但是食不知味。

在那之后，源一就联系不上彩子了。他不知道发了几百封道歉的电子邮件，然而，彩子毫无响应。源一试图安慰自己：这样也好。他告诉自己"她真是个可怕的女人，我差点被骗了，她露出本性，所以跟我断绝关系，我得救了"。但是，不管怎么想都不合理。假如彩子打算骗他的话，源一提起钱的话题那一瞬间，她会气愤地从座位起身吗？如果拿得到钱，目的就达成了，但是彩子却动怒了。

源一越想越觉得莫名其妙，心想："彩子为什么突然坦白那种事呢？会给我造成困扰是怎么一回事呢？在池袋一家不正派的店工作是真的吗？对她而言，我到底算什么呢？"而令人无法置信的是，自从和彩子联系不上之后，源一失去了食欲，身体产生不了吃的动力。从前无论任何情况下，他都不曾丧失食欲。离婚之后、母亲过世之后，寂寞和悲伤都打垮了他，但是不久之后感到饥肠辘辘，赫然回神，自己已经吃了什么。但是如今，虽然他将热水倒进杯面，盖上盖子，但是之后恍神地杵在原地，过了一段时间之后，他突然回过神来，把泡烂的泡面丢掉，一再地反复这种情形。

源一心想"得吃点什么才行"，去便利商店买了低卡路里营养膳食饼干 Calorie Mate 回来，咬了一口，但是简直像是将破布塞进喉咙。他也不想泡茶，久而久之，也不想外出了。晚上，他稍微吃一点花生或鱿鱼丝等下酒菜，喝啤酒或廉价威士忌，烂醉如泥地钻进被窝，两三个小时之后，感觉非常不舒服地醒来，然后无法入睡。既没洗澡，也没更换衣服，他身上开始散发出异臭。

源一感到恐惧，他害怕自己会不会就这样孤独地死去。除了啤酒、威士忌、下酒菜和 Calorie Mate 之外，没吃任何东西，身体毫无力气，总是摇摇晃晃。有一次，他心想"这样下去的话，脑袋会有问题"，想去淋浴而试图起身时，一阵晕眩倒下，眼角被桌角撞出了一道伤口，感觉温热的鲜血淌过脸颊。当源一用手按住伤口，忍耐疼痛的过程中，他意识到自己完全误会了，心想"我一直在自欺欺人"，于是情绪纷乱，泪水涌现，号啕大哭了起来。他心想"我想再见她一面，我想听到她的声音、看到她的脸，即使因为她，我的人生被搞得一团乱也无所谓，总之，我想见到她"，像幼童般不停哭泣。

源一之前一直告诉自己"幸好跟她分手了，要是跟那种女人进一步交往的话，事情一定会变得很严重"，但终于察觉到自己在自欺欺人。一旦承认"我现在也想见到她，如果没有看到她的脸、听到她的声音，我一定会活不下去"，源一便痛不欲生，仿佛胸口快要破裂，但不可思议的是，他感觉自己一点一滴地恢复了力气。

源一一面照镜子，一面清洗伤口，轻轻地以面纸擦拭伤口之后，贴上了创可贴。镜子里，映出自己乱长的白胡子，脸颊瘦削。源一心想：什么德行。虽然因为伤痛而终于拾回了自我，但是自己寻求离去的女人时，简直像小鬼般哭泣，如今仍胸口闷得慌。满脸白胡子乱长的六十多岁男人，宛如失恋的高中生一样，源一终于意识到女人的分量有多大，因而茫然自失，杵在原地。源一心想：因为太过痛苦，所以我不想承认事实。他告诉自己分手是正确的，试图自欺欺人。但是这和自己真正的心情互相矛盾，于是内心失衡，他连饭也吃不下。

"我得想办法再和那个女人见一面才行。我不晓得她坦白的内容是否一切都是真的，但可以确定的一点是，她并不想向我讨钱。二手书店的老板说彩子'有隐情'，那大概是对的。老板还说'你的钱迟早会被掏空'，但这是错的。我说要准备钱时，她愤然起身，而且从此和我断绝联系。即使退一百步，她的愤怒是演出来的，假如她想要钱的话，应该会想再跟我见面。"

源一一面吃杯面，一面思考和彩子见面、交谈的方法。需要的是住址。只要知道住址，他有一个至今试过两次，每次都见效的点子。那是长程卡车司机才办得到的示爱方式。关于住址，只有那家二手书店的老板有可能知道，但是就算知道住址，那个老头也不可能告诉他。源一低喃道："没办法，只好替他从仓库运送二手书了。"

源一恳求车辆调度员的十天后，车辆调度员分派一趟到群马的近程工作给他。源一不停歇地开四吨卡车，赚取时间，回程前往高田马场的出租仓库一趟，装载一沓沓的二手书。八个瓦楞纸箱，以及十几沓只以绳索捆绑的二手书，而且出租仓库准备了手推车，所以堆货比想象中更轻松。把四吨卡车还回花小金井的公司车库之前，源一前往小平的二手书店一趟，代替腰不好的老板，卸下所有的货，搬进店内。

"我依约替你运送了，拜托你告诉我她的住址。"

开始刮起了初冬的寒风，但是源一因为卸货而浑身湿透，而且刚运送完毕，处于亢奋状态，所以气势十足的说话方式，连他自己都被吓一跳。老板面向收银台，拿着一张纸。彩子之前曾来卖藏书，老板似乎留着当时的收据。

"我想再问一次，你不会想要闯进她家，做出什么违法的事吧？"

老板紧握着抄写住址的便条纸，一脸担忧的表情。源一心想"这家伙到底以为我是个怎样的人？"，面露苦笑。

"我只是要带礼物去见她。我都这把年纪了，不可能当跟踪狂吧？"

老板终于把纸条递给了他。

"还有，你保证你不会说，你是从我口中打听出她的住址吧？"

源一说："不会，谢啦。"他正欲离去时，老板又从背后对他说："你最好适可而止。"

"你别怪我啰唆，但你最好不要跟那种女人扯上关系。当成她让你做了一场美梦，这样就好了吧？"

"好啦，我知道了。"源一没有回头望向老板，点了点头，敷衍地应道。随后，他没有发出声地嘀咕"我跟你不一样，我还老当益壮"，坐上了停在道路旁的四吨卡车的驾驶座。

"如果可以的话，最好是星期天晚上，借我十吨卡车几小时。"源一说道，并塞了一张万日元纸钞给车辆调度员，拜托他。十月也结束了，源一终于约到了卡车，但不凑巧的是，十吨卡车似乎都出车了，所以变成八吨卡车。源一心想"哎，凑合着用吧"，决定妥协。看在外行人眼里，应该差不了多少。重要的是外观拉风的大卡车这种感觉。

源一数度以地图确认了彩子住的公寓所在地，从新青梅大道稍微转进通往小平灵园的道路旁。公寓叫作"楠木庄"，简直像是出现在描绘昭和三十年代漫画中的公寓名称，源一心想"她住在寒酸的地方啊"，莫名地心安。假如是高层公寓，计划的效果就会降低。八成是木造灰泥的两层楼建筑，顶多是三层楼的公寓，而且房间是 103 室。源一心想：不管怎么想都是一楼，太棒了！

拿着蛋糕和花束，晚上开卡车造访女人，这是源一的"必杀"计划。源一之所以选择星期天晚上，是因为他不知道彩子从事特种行业还是色情行业，但无论她从事哪一种行业，晚上应该都不用上班。

"阿源，我教你一个妙招。假如有中意的对象，就开大型卡车，晚上带着花束和蛋糕去见她。如果可以的话，要穿西装。我曾经打蝴蝶领结去见女友，失败概率百分之一百。"

资深员工如此说道。源一执行了两次，第一次成功地直接上宾馆，第二次时，女人也感动地抱紧他。近距离看到的卡车气势十足，女人一定会惊讶，而且潇洒健壮的男人打开车门，带着花束和蛋糕盒下车，这可不是所有男人都做得到的事。唯独卡车司机才做得到这又男人又浪漫的示爱方式。

确定约得到卡车那一天，源一将唯一留下的一套西装和白衬衫拿去干洗。咖啡色的西装外套和西装裤超过二十年了，设计上多少感觉老旧。而且因为源一变胖了，所以白衬衫的第一个扣子扣不起来，但是一穿上，立刻精神抖擞。

于是，那晚来临了。源一仔细地洗澡、刮胡子，系上唯一留下的一条花纹领带，翻出十年前买的、瓶底只剩下一点的古龙水，大量喷在脖子上，用发胶整理头发，捧着白天准备的一束玫瑰花和装有巧克力蛋糕的盒子，出门去借八吨卡车。

"你今天怎么了？"

新人时，请他去吃烤肉或带他去喝酒、熟识的车辆调度员，看到出现在公司用地的源一，瞠目结舌。因为源一穿西装、打领带，头发打理过，而且胸前抱着一束玫瑰花，手上提着蛋糕盒。

"嗯，有点事。"

源一心想"这身打扮果然很奇怪吗？"，心情不安了起来。陈年古龙水有点混浊变色，变得像是厕所芳香剂般的怪味。发胶也是颇久之前买的，也发出奇怪的味道。源一心想"时尚或香味不是什么大问题，重要的是男人的心意"，不以为意，但是看到车辆调度员的表情，亢奋的心情动摇了。

"呃，或许是我多管闲事，源哥，你该不会是要去女朋友家吧？"

发量变得稀疏的车辆调度员一面递出卡车钥匙，一面对他竖起右手的小指。源一接过钥匙，走向停在车库右边的八吨卡车，难为情地应道："唉，是啊。"

"呃，我不好意思说，但是你的那条领带有点……"

领带怎么了吗？蓝底的布料上头画着白色的百合和橘色的扶桑花。虽然不是名牌，但是源一很中意。花样很怪吗？

"现在没有人打那种宽版的领带了。请等一下。"

车辆调度员当场卸下自己的领带。

源一说："喂，不用了，我打这条就可以了。"但是，车辆调度员说："拿去。"将卸下的领带递给他。那确实是细版的，一比之下，源一的领带比它宽了一倍有余。他不知道领带的宽窄会依时代而有所不同，包含婚丧喜庆在内，他系领带的次数数得出来。

"谢啦。"

源一卸下花纹领带，系上车辆调度员的灰色和粉红色相间的条纹领带，确实有现代感。车辆调度员笑着说："帅哟，这样一定能够俘获美人芳心，加油！"源一心想：这家伙真是好人。

"那我走了。我三个小时，不，两个小时后就回来。"

源一按下钥匙上的按钮，解除门锁，先将花束和蛋糕放在副驾驶座，然后上车。那是铃木的最新款车，外观也很气派。电镀水箱罩、电镀扰流板和保险杠一体成型，后照镜和轮圈中心盖也电镀成银色，闪闪发光，而且给人感觉沉稳。车头灯是超强光卤素车灯，配备能够确认后方的倒车监视系统，而且安装了告知障碍物的声音警示器。源一心想"他替我准备了超赞的卡车，而且还借我领带"，不禁红了眼眶。

.

"楠木庄"近在咫尺，位于小平灵园正东南方的住宅区。顺着小金井大道北上，在新青梅大道左转的话，八成几分钟就会抵达，不需要汽车导航。如果只是把花束和蛋糕交给她，然后说"改天再见吧"，应该用不着两小时，只要半小时就够了。但是，在新青梅大道左转时，"搞不好事情不会进展得那么顺利"这种不安成真了。道路太窄，八吨卡车开不进去，而且是连续的 L 形弯，若不数度反转方向盘，就无法过弯。而且还是快递卡车行驶的时段，这一带又是住宅密集地区，所以频繁地会车。当然，要直接会车是不可能的事，所以必须寻找会车的地点。

源一焦躁不安，频频咂嘴，口出恶言。

已经过了将近四十分钟，但尽是L形弯，不能刮伤铃木的新车，所以煞是费神。而且一有车停在路边，就必须绕道，迟迟抵达不了"楠木庄"。源一擅长一面忍耐睡意，一面行驶在高速公路或国道上，但是八吨卡车完全不适合在住宅区开。越来越烦躁时，一辆没开灯的自行车突然从电线杆后面冲了出来，险些将它卷入车底，源一急踩刹车。于是，放在副驾驶座上的花束和蛋糕盒向前弹飞。花束没事，但是蛋糕盒猛地撞上仪表板之后，盒底朝上地掉在地上。

源一停下卡车，想要轻轻地捡起蛋糕盒时，轿车从后方逼近，嚣张地按喇叭，令他快发飙了。源一打开车窗，探出头来，正要扯开嗓门怒吼时，勉强保持了形象。但是，蛋糕摔烂了。源一拿起盒子，知道蛋糕全挤在一个角落，烂成了一团。他渐渐感到一股不祥的预感，数度告诉自己要冷静。

"楠木庄"就在眼前时，已经是出发的一个小时后，晚上九点了。果不其然，那是一栋木造灰泥的两层楼旧公寓，源一悄悄地接近确认的目的地，但是103室的灯光依旧没开。不在家啊？源一感觉全身乏力。连星期天也上班吗？假如从事特种行业或色情行业，回来的时间很晚，源一跟车辆调度员说好了两

个小时后归还卡车，超过三小时就糟了。开夜间卡车的司机要
出车，而且那个车辆调度员信任源一，爽快地调了最新的八吨
卡车，还借他领带。源一不能让他难做人。然而，假如今晚见
不到彩子，接下来不晓得何时才能约到卡车。源一将卡车停在
能够看见"楠木庄"的铁工厂用地内，决定等三十分钟。

源一叹了一口气，正打算放弃，想要发动引擎时，一个眼熟
的背影映入眼帘。对方虽然背对他，但是有花纹的裙子浮现在
街灯下，缓缓地朝前方步行。

彩子身穿有花纹的裙子、羽绒夹克，出现在左前方的转角
处，一开始只有她的背影浮现在街灯放射状的光线中。蛋糕摔
烂了不能用，所以源一只拿着花束。想从卡车下车时，他察觉
到彩子不是一个人。因为街灯昏暗，而且源一死盯着裙子的花
纹，所以刚才没有看到彩子正前方的东西。

那是一张轮椅。它穿越道路时，源一清楚地看见车轮，知道
上面坐着一名头向前瘫的男子。彩子没有进入公寓，而是在面
向公寓的道路上，不停地看着手表，另一只手抚摸坐在轮椅上
的男子。

男子全身盖着毛毯，一动也不动。头发垂落在脸上，所以
看不出来年纪，但是既非孩子，也不是老人，应该和彩子同辈。
大概是有人打电话来，彩子从口袋掏出手机，一面说什么，一

面望向道路的另一侧。

不久之后，出现车头灯，一辆白色厢型车靠了过来，停在两人前面。机械声响彻附近一带，后门敞开，然后身穿白袍的男人从驾驶座下车，和彩子互打招呼，源一隐隐听见"那么""麻烦你了"的声音，男人将轮椅推上厢型车的后车厢，又传来机械声。大概是轮椅专用的升降装置。后门关上之后，男人又和彩子对话，最后坐上了驾驶座。厢型车发车，正好从源一开的卡车旁边经过，离去。彩子眺望厢型车离去的方向好一阵子，然后朝公寓迈开脚步。

坐在轮椅上的男子一定是她前夫。源一总觉得像是看到了不该看的东西，对于自己轻率地带着花束和蛋糕来见她，感到羞耻，不知道该怎么办才好，姑且发动卡车的引擎，离开了铁工厂的用地。

经过"楠木庄"前面时，看见 103 室的窗户亮了。源一心想"该就这样不发一语地离去吗？"，无法抑制想要看她一眼的冲动。他想要向她道歉，于是将花束放在副驾驶座上，前往公寓，但要从门口进去终究令人迟疑，所以用指尖轻轻地敲了敲 103 室的玻璃窗。耳边传来："来了，哪位？"源一紧张得心脏快要炸开，鼓起勇气出声说："堀切小姐，我是下总。"他的声音在颤抖。

毫无响应地过了半响，源一心想"还是就这样回去吧"，想要从建筑物离开时，窗户忽然打开，彩子探出头来。一开始，她一脸像是无法置信的惊讶表情，露出了夹杂悲伤和愤怒的骇人神色，然后低声问："有什么事？怎么了吗？"

"抱歉，呃，我想向你道歉。然后，碰巧知道了你的住址，明知晚上拜访很失礼，但真的只想跟你说一句对不起。"

彩子打断他的话，静静地说："我要报警啰。"源一声音颤抖地继续说："哎呀，我真的只想向你道歉。"但是，窗户以玻璃快裂掉的气势被关上。源一心想"完全结束了"，后悔今晚的所有行动。假如领带不是借的，他恐怕会扯下来撕碎。他没有力气开卡车，有生以来第一次想死。

"我吓了一跳。你看到我丈夫了吧？他罹患了肌痛性脑脊髓炎，又叫作慢性疲劳综合征的难治之症。那不同于一般的慢性疲劳。他于二十年前发病，当初不知道病名，身体只是越来越虚弱，从十年前开始，几乎卧床不起，我一个人无法看护他，所以让他住进了疗养院。这种疾病在国际上被分类为神经类疾病，但是在日本却备受歧视，连残障手册都领不到。我对你撒了谎，请你原谅我。不过，请你别再做那种事了。夏天的那些日子，是美好的回忆，我不能再跟你见面了。永别了。"

死亡崖边的救命菩萨

　　源一不知道看了那封电子邮件几百次。他写了好几次回信，但是无法按下发送键。他恨透了自己，心想：希望一点也不剩了。彩子并没有当前夫的借款担保人。她丈夫罹患了难治之症，住进了疗养院。大概是星期天能够外出，两人在"楠木庄"共度一段时光，回疗养院之前，出门散步，回来时被源一看见了。多么巧的时间点。他之所以挑星期天，会不会是神明的旨意呢？神明安排好了，要告诉他现实。

　　源一像是想起来什么似的，吃杯面和便利商店的便当，过着无所事事的日子，他觉得自己简直像是行尸走肉。他试图调查彩子在电子邮件中提到的难治之症，出门前往岛田书店，但是没有关于"肌痛性脑脊髓炎"或"慢性疲劳综合征"的书。"我没听过那种病名。"年迈的老板说道，然后又说，"对了，你去那个女人家见她了吗？"他想要知道彩子的事，所以源一早早闪人了。

他来到新宿，逛了两间大书店，告诉店员病名，请店员找书。只有一本类似抗病过程的书，源一站着看，书中写道那是一种连原因也不清楚的难治之症，治疗法顶多只有服用维生素和中药。目前这种病仍备受歧视，媒体报道这可能只是单纯的怠惰病，有的人将它和忧郁症混为一谈，有人误以为它是慢性疲劳恶化之后会罹患的疾病。症状包含无法生活的强烈疲劳、喉咙痛、肌肉和关节痛、肌力低下、头痛、睡眠障碍等，如同彩子在电子邮件中写的一样，因为在日本尚不承认它是一种疾病，所以也不会发残障手册。

关于三川内烧的蓝色，源一说"感觉很强烈，外表低调，但是外表之下好像隐藏着什么重要的事物"时，彩子的脸色一沉，如今，他知道为什么了。但是，对于源一而言，还有更令他震惊的事。

明明说了那么多话，但是为何不想提起和具的海女小屋的事。我们都不对彼此诉说最重要的事。真正重要的事，只能对真正重要的人说。源一自以为彩子是希望，但两人之间的关系，其实根本可有可无。而源一认为自己的人生就是在反复这种事，这一点才是最大的打击。

源一在和具的那间海女小屋，有一次像是被海女们的活力煽动似的，爆炸性地说起话来，但是本质性的东西是否什么也没有改变呢？一面等待外婆回来，一面独自恍惚地对着海女小屋的篝火烤手的幼童，真的是自己吗？婚姻破裂也是理所当然的，小酒馆的女人们选我作为玩伴也是理所当然的。我不是别人可以诉说重要的事的人，而是可以用来消磨时间的绝佳对象。因为我是个纯粹用来消磨时间、打发无聊，像玩具般的人。

彩子的人生一定很痛苦，为了罹患难治之症的丈夫，八成瞒着丈夫，在池袋非法的小酒馆或色情店工作。彩子很可怜，活在痛苦不堪的现实中，偶尔去疗养院见丈夫。丈夫星期天外出时，她替他推轮椅，一起散步，轻抚他的头发。源一一想起彩子，总觉得自己变回了小时候在和具的海女小屋，等待外婆回来的自己。他开始觉得至今的人生是由一连串徒劳无功的事所组成，心情低落，连哭都哭不出来。他想了几千次，要再去"楠木庄"道歉一次，但是如今真相摊在大太阳底下，那种行为也变得毫无意义。

脑海中浮现和具的海。外婆过去住的房子似乎已经被拆了。从外婆家走山路往山上爬半个小时左右，有一个断崖，能够将伊势志摩的大海尽收眼底。开卡车造访公寓那一晚，彩子以玻璃快裂掉的气势，用力地关上窗户。当时，源一好想死。从此之后，那种情绪不曾消失过。

　　源一恍惚地开始准备旅行。他不是靠自己的意志那么做，简直像是被谁操控似的，感到浑身不舒服，将衬衫、内衣、牙刷等塞进塑料制的包里。源一一面心想"我到底想做什么呢？"，一面准备防寒的围巾和手套，然后出声低喃道"泡最后的茶吧"，自己也吓了一跳。为何刚才用了"最后"这两个字呢？

　　他一面煮热水，一面站在煤气炉旁，缓缓地环顾室内，心想：我在这间屋子住了几年呢？换工作进入花小金井的公司之后，他搬了两三次家。在这里住了将近二十年。但是，源一对它却没有一丝感情和眷恋的感觉。在这间屋子里，没有发生过任何好事。

　　"真的好喝啊。"

　　源一以三川内烧的茶碗喝狭山的茶，不知道为什么，脸上自然地流露微笑。虽然没有发生任何好事，但是像这样一面喝茶，一面看小说或散文，令他感到怀念。不过，一旦遇见松本清张的作品，往返二手书店所发生的事掠过脑海，源一仿佛坠入无底黑洞似的，各种情绪消失，心情降至冰点，现实感淡去，囿于一种自己不再是自己、奇妙且非常无助的心情。

源一取出二十万日元存款，检查内袋的驾照，在新宿转乘JR，前往东京车站。他之前最讨厌人群，但不可思议的是，置身于新宿或东京车站的人山人海之中，令他感到舒适。熙来攘往的人们与自己毫无关系，对他视而不见，源一总觉得自己变成了透明人，觉得这样很好。

源一搭乘新干线前往名古屋，转乘在来线南下，在松阪下车，在车站前面租了车。过了伊势、鸟羽，经过海岸线，穿越志摩半岛，从大王崎走外环道，进入前岛半岛，马上就看见了英虞湾，他眼底浮现了外婆的脸。他心想"我回来了"，也觉得回到和具，变回了年幼时的自己。

日暮前，源一抵达了和具的港口。海女小屋位于和从前一样的地方，模样没有改变。屋顶不再是铁皮，变成石棉瓦，窗口变成了铝窗，但是烟囱没少。因为是休渔期，所以进出的门上了锁，没有任何人，但是源一非常怀念，总觉得耳边仿佛传来海女们的说话声。他想从窗户窥看屋内，但是作罢。因为心情变得奇妙，好像年幼时的自己一个人孤零零地坐在地炉前面，源一和他对上了眼。

像是穿越时空般，没有现实感。但他心想：能够看到海女小屋真好。他并非早就决定要去和具，而是在对外婆的回忆引导下，前往东京车站，买了到名古屋的新干线车票，开着出租车。源一心想：我接下来应该会前往外婆家曾在的地方，走山路上山，站在断崖上。他并不想去那里，也没有告诉自己：我必须去那里。他已经没有了意志这种东西。

松本清张的小说中，经常出现变成贪污事件的牺牲者而自杀的中级主管。每次出现这种角色，源一都会觉得好蠢，但是如今，他清楚地明白了。没有人决定要死而死，而是像被某种东西吸引、简直像是从好久之前就如此决定了一样。源一像是漫不经心地开着卡车，前往早已决定的目的地似的，其实只是试图前往某个地方避难罢了。他心想：但是，我的人生也没那么差，我唯一清楚的一件事是，我以卡车运送各种货物，这具有一定的意义。源一想要回到停在码头旁的出租车时，三辆白色厢型车驶进了港口。

接着，有人从厢型车下车，打开后门，源一想起了那一晚的事。他感觉自己心跳加速，腋下冷汗直流，因为坐在轮椅上的人，陆续地从三辆厢型车里被推出来。轮椅一共有六张，看似陪同的人分别随侍在侧，他们的夹克背后写着"旅行照护员"几个字。

源一心想"这些人是做什么的？"，一开始感到不对劲，仿佛被扔进了噩梦中。坐在轮椅上的人当中，也有人看起来相当愉快，面露灿烂的笑容。推轮椅的随行者开始介绍：这里是和具的港口。

　　"啊，不好意思，你是渔业工会的人吧？我是看护旅行公司的人，也就是旅行照护员。请多指教。"

　　源一哑然望着，看似领导者的中年男子靠了过来，对他打招呼，递出名片。源一身穿运动夹克和工作裤，中年男子看他的装扮和长相，误以为他是渔业工会的人。源一口吃道："不，其实我是……""我们绕港口一圈之后，回去酒店用餐吧。"领导者大声地对其他人说道，朝码头凸出的一端走去了。

　　源一前往外婆家的遗址，爬上杂草丛生的山路，来到开阔的地方，不禁苦笑。记忆中应该是断崖，但那里只是几米高的山崖。一定是因为对于幼童而言，那是断崖绝壁。源一心想"即使从这里跳下去，也只会受伤而已"，全身变得乏力。然后，"旅行照护员"这几个字在脑海中萦绕不去，他心想：他们是在帮助需要看护的人旅行吧？总之，他们是在帮忙别人移动，运送人。一面帮忙，一面运送人，一而再、再而三地如此反复。

　　源一的脑海中浮现一幕景象，怎么也甩不开那个画面——自己用厢型车载着彩子和她的丈夫去旅行，彩子拾回了微笑，自己一直望着她的微笑。源一数度告诉自己不可以想那种蠢事，但是那个画面仿佛漆黑海里的一道光线似的，不曾消失。他低喃道"我能够担任旅行照护员吧？"，总觉得听见了外婆叫自己"源一"的声音。外婆说："要做自己想做的事情哟。"

抬头仰望，星光熠熠。源一心想"外婆，谢谢你"，确认拿到的名片，开始步下山路。

后记

写五篇在报纸连载的中篇小说，比我想象的更辛苦。问题不是每天截稿，而是连续写五篇八十至一百二十张四百字稿纸的"中篇"，实际做过之后，才知道这有多么辛苦。

长篇小说只要设定主角，建立作品的架构，故事就会产生像是大浪般的东西，它会扮演向导的角色。相反地，短篇只要像快拍一样，截取一瞬间即可。但是，中篇小说必须重叠几个不可或缺的情节，呈现出一个小世界。而且，本作是"连作中篇"，所以就整体而言，各个作品必须互相呼应。

此外，主角们都过了人生的中点，是设法"重新出发"的中高龄者，而且必须是"一般的人们"。体力渐渐衰弱，经济上也不是全无后顾之忧，而且有时候必须意识到年老。这种人该怎么存活于这个难以生活的时代才好呢？这个问题即是本作的核心。

但是，我也确实从五个故事的主角身上，感受到了至今没有的共鸣，而贴近他们的生活书写。因为我和主角们几乎是同辈，即使立场不同，但也抱持着类似的问题。

每个人在退休后、老后面临的困难不尽相同，加上经济条件的差异，困难更是多样化。因此，我将五位主角设定为代表"富裕阶层""中产阶层""贫穷阶层"的人物。但是，所有阶层也有共通之处。那就是这些人物在至今的人生当中，和谁建立了何种信赖关系。这也是我在写小说的过程中，第一次如此意识到"信赖"这两个字的概念。

我要向装帧师铃木成一、为我这部作品提供发表舞台的幻冬舍的石原先生，以及刊载这部作品的日本全国各地方报的负责人，致上深深的谢意。

二〇一二年 秋天

村上龙